乱れからくり

泡坂妻夫

玩具会社部長の馬割朋浩から、妻・真棹の素行調査を依頼された調査会社社長・宇内舞子は、新米助手の勝敏夫と共に夫妻の乗った車を尾行する。ところが、その車を隕石が直撃するという奇禍で、朋浩は命を落とす。この事件が幕開けを告げたかのように、馬割家で不可解な死が連続し、舞子と敏夫は、幕末期まで遡る一族が抱える謎と、「ねじ屋敷」と呼ばれる同家の庭に造られた、五角形の巨大な迷路に隠された秘密に挑むことになる。絢爛巧緻な犯罪絵巻であり、本格ミステリの醍醐味に満ちた、第31回日本推理作家協会賞受賞作にして、不朽の名作！

登場人物

宇内《うだい》舞子《まいこ》……宇内経済研究会の社長
勝《かつ》敏夫《としお》……同研究会の新入社員
馬割《まわり》蓬堂《ほうどう》……ひまわり工芸の創始者
馬割《まわり》鉄馬《てつま》……蓬堂の孫。ひまわり工芸の社長
馬割《まわり》龍吉《りゆうきち》……鉄馬の弟
馬割《まわり》朋浩《ともひろ》……龍吉の子。ひまわり工芸の製作部長
馬割《まわり》真棹《まさお》……朋浩の妻
馬割《まわり》透一《とういち》……朋浩と真棹の子
馬割《まわり》宗児《そうじ》……鉄馬の子。ひまわり工芸の営業部長
馬割《まわり》香尾里《かおり》……宗児の妹
京堂《きようどう》……榎木町警察署交通課の刑事
奈良木《ならき》警部……西原警察署の捜査主任
狐沢《きつねざわ》……県警本部捜査第一課の刑事

乱れからくり

泡坂妻夫

創元推理文庫

DANCING GIMMICKS

by

Tsumao Awasaka

1977

目次

乱れからくり

1　かたかた鳥

釣銭を受け取るとき、一枚の小銭が道の上に落ちてしまった。小銭は小さく鋭い音を立てた。勝敏夫《かつとしお》は転がってゆく小銭をすばやく足で倒して拾いあげた。フットワークはまだ鈍っていない。煙草《たばこ》の箱を手にしてから、西木ビルを尋ねた。西木ビルはすぐに判った。そのビルの前なら、何度も通っていたのである。

敏夫は煙草をポケットに入れかけたが、思いなおして、反対側のポケットに入れた。右側のポケットは、もう二つの煙草でふくらんでいたからだ。

小さな会社が立て込んでいる狭い道。印刷機の唸《うな》り声が聞える建物と、山小舎《やまごや》風の喫茶店との間に、西木ビルがあった。

茶色のモルタルが煤《すす》けている。細長いビルで、ビルといっても木造の四階建てだった。敏夫が見上げると、曇った窓の縁に、長い雨のしみが下がっていた。

一階のガラス戸には、禿《は》げた金色の文字で、パン写真新聞社と書かれている。いままではこの文字に気を取られ、何度も通り過していたのだ。

その隣に開け放されたドアがあり、狭い通路を通って、二階に登る階段が見えた。ドアの上には黒い木の札が何枚も並べられ、びっしりといろいろな会社の名が、白いエナメルで書き込まれていた。社名は二十近くもあった。

――正満工業所、研信社、劇画えぽっく同人、東洋貿易新報社、工業文献調査会、東京ユニオン観光社、日本ムラアヂ株式会社、三友商事、吉野耐火ボード製造株式会社、鮫文社……

その中に宇内《うだい》経済研究会の社名があった。二階の列の、最後の札である。

敏夫はビルに入り、薄暗い通路を通って階段を登ろうとした。そのとき、上から人が降りて来たので、身体を横にしなければならなかった。階段は人がやっと通れる広さしかなかった。男は敏夫にちょっと目をやっただけで、外に出て行った。糊気《のりけ》の抜けたベレー帽をかぶり、黒いよれよれのコートを寒そうに着た若い男だった。

敏夫は急な階段を登った。敏夫の足もとで、階段はきしみを立てた。

二階には二つの部屋があった。建物の後ろ側に当る部屋のガラス戸には、研信社と書かれてある。敏夫はその前を曲り、道に面した部屋の前に立った。同じガラス戸だったが、この方には社名がなかった。敏夫はその戸を引いた。

四角い部屋で、十あまりの机が並んでいたが、普通の事務所の感じとはまるで違っていた。第一、机の形が全部不揃《ふぞろ》いだったし、書類なども見当らなかった。机の上に置いてあるのは、せいぜい灰皿ぐらいだ。その中で、四、五人が書き物をしたり、新聞を読んだりしていた。

窓際にいる新聞を読んでいる男が、ふと顔をあげて敏夫を見た。度の強い眼鏡を掛けた、丸顔の唇の厚い男だった。敏夫が何か言おうとしたが、その男はすぐ新聞に目を戻してしまった。「河北潟《かほくがた》の埋立て工事、住民との対立悪化」という見出しが見えた。

ドアのすぐ前に、二つの電話機が置いてある机があり、若い男が電話を掛けている最中であった。その机の上に、受付と書かれた札があるのを見て、敏夫は電話の終るのを待った。

若い男は、しきりに用件を書き取っていた。詰襟の学生服を着て、童顔の残っている顔だが、電話の応対は、てきぱきとしていた。

受話器を置くと、若い男は敏夫の方を向いた。

「あの、宇内経済研究会――」

言い終らぬうち、

「おう、こっちだ」

奥の方で声がした。女性の声である。

新聞を読んでいる男の前の机で、さっきから書き物をしていた人だった。敏夫は声の主と、受付の男の顔を見比べた。

「どうぞ」

そう言うと、受付の男は、自分の仕事に掛かってしまった。

「こっちい、来なさい」

女性がまた、言った。肥《ふと》って、目鼻だちの大きい、明るい感じのする人だ。

「おかけよ」

女性は隣の机から椅子を引き出した。敏夫は彼女の方を向いて腰を下ろした。

「私が宇内経済研究会の、宇内舞子《まいこ》」

と、女性は書類を閉じながら言った。

「週刊誌の求人広告を見て――」

他の男たちが、敏夫をちらりと見たような気がした。

「待ってたんだ。で、履歴書は？」

敏夫は内ポケットから封筒を取り出して舞子に渡した。舞子は中を抜き出し、ざっと目を通した。白く丸い指に、赤い石が光っていた。

「――勝君、てんだね」

「そうです」

敏夫は舞子を見た。眸《ひとみ》が大きく、人形のような顔立ちだが、年はすでに三十を越えているだろう。黒く艶《つや》のある、量の多い髪を、無造作に後ろで束ねている。

「学生運動かい？」

その質問の意味がつかみかねて、敏夫は黙っていた。舞子は敏夫の顔を見て、また履歴書に目を移した。

「やあ、ごめんよ。学校を中退したとあったものだからね」

敏夫は周囲の視線が、また気になった。

「で、ジムの方は？」

「すっかり辞めました」

舞子はいきなり立ち上って、椅子の背に掛けてあった、派手なオレンジ色のコートを着た。履歴書と、大きなバッグをつかむと、

「ついて、おいで」

どんどん歩き出す。

敏夫は舞子の後を追った。舞子は事務所を出て、階段を降りた。西木ビルを出ると、後も見ずに隣の喫茶店に入った。

無造作に一と隅を陣取り、敏夫が腰を下ろすのを待ちかねて、

「珈琲《コーヒー》で、いいね」

有無を言わさない。

大声で珈琲の注文をすると、改めて敏夫の身体を眺《なが》め渡した。

午前中のせいか、客は舞子と二人きりだった。壁に山を一杯に描いた絵が掛けられている。木目を磨き出したテーブルの上には、小さなランプが載っている。

「フライ級かい？」

と、舞子が訊《き》いた。敏夫は苦笑いして、そうですと答えた。

「なぜ、辞めた？」

「二十三になって、プロ入りが出来なかったからです」

「なぜ、二十三でなけりゃならない？」

「二十三は大学卒でしょう。二十三でプロになる。でなければ辞《よ》す。ボクサーを志したとき、そう心に決めていたんです」

この人には自分の心が判らないだろう、と敏夫は思った。自分は最初の決意を曲げたくなかったのだ。だが、それは舞子に判らなくとも、よいことだった。

舞子はバッグから煙草の箱を取り出したが、空だった。舞子は空箱を丸めて、灰皿に突っ込んだ。

「よかったら——僕のがあります」

敏夫はポケットから、買ったばかりの煙草を取り出した。

「そりゃ有難い」

舞子は敏夫のポケットが、まだふくらんでいるのを見逃さなかった。

「勝君は、いつもそんなに煙草を持ち歩いているのかい？」

敏夫はもう一つの封を開けて、

「西木ビルが、なかなか見付からなかったのです」

「ばかだなあ」

舞子は笑った。

「道なんざ、ただで聞くものさ。これからは、そんなことじゃ、いくつ煙草を買っても間に合わないぜ」

「そうします」

舞子は運ばれて来た珈琲に口を付けた。それから勢よくマッチで煙草に火を付けた。

「弱かったろう」

「え？」

「その調子じゃあ、腕は強かったかも知れないが、勝負にゃ弱かったろう」

敏夫は言い当てられて、どきりとした。

最後の試合を思い出した。東日本新人王戦の決勝戦だった。最終ラウンド、十中八九まで敏夫に分のある勝負だった。自分は対手《あいて》をノックアウトしてプロ入りすることに定《き》めてあった。対手が倒れないと知ったとき、敏夫はリングの上で棒立ちになった。対手はすかさず強烈なパンチを放った。敏夫はゴングの音を聞きながら、ひっくり返った。リングを去るとき、不思議なことに、笑いがこみ上げていた。ノックアウトされたことで、敏夫は最初の決意のとおり、ボクサーを辞めることが出来た。

「だが、気に入った」

舞子は大きい目を、半眼にして言った。

「で、どうだい、そっちは」

「そっち？」

「私は君が気に入ったが、君はどう思うと訊いているんだよ。私のところで、働いてみる気はあるのかい」

予想していたより、小さな会社のようだった。だが贅沢《ぜいたく》は言っていられない立場だ。家賃も滞っている。郷里からの学費もこれ以上ねだる気にもなれない。一方、言葉は乱暴だが、舞子という女性の人間味に、なにか牽《ひ》き付けられるところがあった。

「働かせてください」

と、敏夫は姿勢を正して言った。

「どんな仕事か、まだ訊いていないぜ」

敏夫の早計さを非難する口振りだ。

「経済研究会——というと、経済を研究する会社ですか？」

「研究は研究だが、早い話が経済方面の、興信所ってやつだ」

「興信所？」

「君はなんにも知らないんだなあ」

また自分を見透《みすか》された。そのとおり、今までの敏夫はボクシング以外、なにも知らないのだ。

「例えば或《あ》る会社で、取引対手の営業状態、利益、信用度などを知る必要があるとき、それを調査してやるのが私の仕事だ。早い話が経済の探偵と言えば、判り易いだろう」

「僕にも出来るでしょうか」

「私が教えたとおりにやれば、誰にでも出来る。ただ、綺麗《きれい》な仕事ではない。楽な仕事でもないぜ」

「身体には、自信があります」

「そうだろうなあ」

舞子は笑った。よく笑う女だ、と敏夫は思った。

「給料は週刊誌に出ていたとおり、原則として休日は休むが、仕事のあるときには、出勤してもらう。いいね」

「判りました」

「じゃ、定めよう。私の住所を教えておこう」

舞子はバッグから、名刺を取り出して敏夫に渡した。名刺には社名と舞子の名、事務所の住所と電話番号が印刷してあった。舞子は名刺の裏に自宅の住所と電話番号を書き込ませた。敏夫が運転免許証の間に名刺をしまおうとするのを、

「名刺には、貰った日付を書き込んでおくといい」

と注意した。

舞子は立ち上り、部屋の隅に行って、公衆電話を取り上げた。

「——ああ、黒沢《くろさわ》君？　宇内です。もう、事務所には帰りませんがね。多分来ないと思うが、誰か来たら、もう応募は終ったって言って下さい。それから机の上の物は、引き出しに放り込んでおいて。じゃ、お願い」

舞子は席に戻ると、残りの珈琲を飲み干した。

「会社の人ですか？」

敏夫は受付の若い男の顔を思い出した。

「違うよ」

舞子はおかしそうに敏夫の顔を見た。

「じゃ？」

「いいかい。宇内経済研究会というのは、私と君の二人だけの会社なんだ」

「じゃ、あの事務所にいた人たちは？」

「あれは、別の会社の人間さ」

「すると、あの部屋の中には？」

「そう、今のところ、十二の会社が雑居しているよ」

敏夫はその数に、ちょっと驚いた。

「いいかい。あの部屋は貸しデスクといってね、机一つの単位で家賃が支払われているんだ。だから机一つに一つの会社があると思っていい。ほとんどが社長一人だけで飛び廻っている。社員の一人もいれば、いい方だ。仕事も全部違っている。印刷のブローカー、業界新聞社、会計士、画家の卵、ルポライター、詐欺師《さぎし》――」

「詐欺師までいるんですか？」

「ついこの前、子供の雑誌に懸賞を出し、全員に当選の通知を出しておいて、賞品の送料を送らせ、それを集めてどろんをきめこんだ男がいた」

あの事務所の机の上に、物が置いてない理由も、それで判った。

「部屋には二つの電話があり、黒沢君という子が番をしている。彼はどの会社の社員でもあるわけ。会社の人間はほとんどいることがないから、黒沢君が電話の掛って来た会社の社員となって、用件をメモする。掛けた方はちゃんとした事務所があると思うだろうね。——勝君は、会社というのはどれも社員や事務員がいると思っていたのかい？」

「そうです」

「同じさ。私も初めは同じだったよ」

「社長は——」

言いかけて、敏夫は口を閉じた。経済研究会なら、会長だろうか。

「社長ね——」

舞子はちょっと考えた。

「社長じゃいけませんか」

「社長も悪くはないが、まあ、当分は宇内さんでいい。宇内さんと呼びなさい」

「——宇内さんは、もともとこの仕事でしたか？」

「私のことかい。ビルの入口にある社名を見ただろう。二階の最後に並んでいたということは、一番新しい入居者というわけだ」

「その前は？」

「君と同じさ。まあ、落ちこぼれの一人だろうな。私のことはいずれ判るようになる。それよりも……」

舞子はバッグの中から、今度は一と握りほどの、鳥の形をした玩具を取り出した。

鳥は鮮やかな緑色で、頭に赤い毛が植えられている。ガラスの大きな目に愛敬があり、嘴《くちばし》がいやに長かった。

「なんの鳥に見える？」

本物の鳥は見たことがなくとも、その形は画などで見覚えがあった。

「きつつきでしょう」

「そう、かたかた鳥という商品名が付けられている」

「かたかた鳥――」

「この鳥はただ置いて見るだけの玩具じゃない。ちょっとした、からくりが仕掛けられていてね」

よく見ると、鳥の胴はばねで小さな台とつながっており、台は吸盤になっているようだった。舞子は壁に張られた、磨かれて光っている腰板に、かたかた鳥の吸盤を押し付けた。

鳥は直立した姿で腰板に止った。と見ると、鳥はリズミカルに腰板をつつきだしたのである。

「ね、どうだい」

鳥の動きは、妙に写実性があり、愛敬のある表情とうまく溶けあって、見飽きることがなかった。

しばらくすると、鳥の動きが止まった。舞子は板から吸盤を外すと、今度は鳥を逆さまに止まらせた。かたかた鳥は、逆立ちの状態で、木をつつく動作を始めた。動きの面白さを見ているうちに、この鳥はどうして動いているか、という疑問が起ってくる。

「ぜんまい仕掛けじゃなさそうですね」

「そう、モーターなど仕込んであるのでもない。この玩具の勝《すぐ》れている点は、ごく簡単な仕掛けだということさ」

舞子は鳥を壁から外して、敏夫に渡した。鳥は動きを止めていた。だが外から見たところでは、なんの仕掛けもないように思えた。鳥と吸盤の台とは、ただ一本のばねで連結されているに過ぎない。

「そう、見ただけじゃだめだ。軽く振ってごらん」

敏夫は舞子の言うとおりにした。すると、鳥の胴体の中から、さらさらという音が聞えた。

「砂が入っているんですか?」

「そう、砂からくり。砂の落ちる力を利用して、玩具を動かす工夫は、昔からあったらしい。今では書物にしか残っていないが、寛政《かんせい》の頃には〈闘鶏〉というからくり人形があった。これは作り物の鶏が、砂を利用した動力で動き、闘鶏のさまを見せるのだけれど、唐団扇《からうちわ》を持った童子が行司の役もする。最後には岩の間から、犬が飛び出して、鶏と童子は共に逃げ出してしまうという。これだけのことを全部、砂からくりだけで作った玩具があったんだそうだ」

「本当ですか?」

「私も初めは信じなかったがね。その作り方をきちんと図解した本が残っているんだから仕方がない。この、かたかた鳥の方はそれに比べれば最も単純な方で、鳥を壁に止まらせると、胴体の中の砂が下に流れ落ちる。それを弁の操作で、鳥がリズミカルに木をつつく動きに変えるのだね。更に鳥の胴と吸盤を連結しているばねが、鳥の動きを面白いものにしているんだ。鳥の動きが止まれば、逆さまにしてやると、胴体の中の砂は、砂時計のように、再び流れ出すというわけ。だがね、人形の身体と台を結ぶ、ばねのアイデアにしても、新しいものじゃない。米喰《こめく》い鼠《ねずみ》というのを知っているかい？」

「知りません」

「いつか、子年《ねどし》の年賀切手の図案に使われたことがあるんだがな。天保《てんぽう》時代からある、金沢の人形で、この方は竹のばねで鼠と台が連結されている。台の上には小さな皿が取り付けられていて、米が入っている。鼠の身体にはずみをつけてやると、ばねのために鼠が米を食う動作を続けるんだ」

　細かく説明されてみると、その玩具はどこかで見たことがあった。

「尻尾が長くて、ぴんと立っている鼠でしたね」

「思い出したようだね。そう、このかたかた鳥は、砂からくりと、米喰い鼠のアイデアを、上手に結び付けた玩具なのさ」

「宇内さんは、いろいろなことを、よく知っているんですね」

「私が、かい」

　舞子はちょっと笑った。

「なに、受け売りさ。今の話は全部、三友商事の福長《ふくなが》さんから聞いた話でね」

「福長さん？」

「ほら、事務所で、私の前の机で新聞を読んでいた人だ。おそろしく物知りでね。大抵のことは、事典より精しく知っているよ」

「なにをしている人ですか？」

「知らない。毎日ただああやって、新聞ばかり読んでいる」

敏夫は感心した。今日は感心することが多かった。敏夫は、かたかた鳥をひねくり廻してから舞子に返した。

「面白い玩具でした。有難う」

かたかた鳥をバッグに戻した舞子が、大きな目をした。

「おいおい。私は君をあやすためにこんな玩具を見せているんじゃないぜ」

「はあ？」

「ばかだなあ、これも仕事のうちさ。この玩具を作った会社の製作部長が、今度の仕事の依頼主なんだ」

「製作部長というと、個人的な仕事なのですね」

「おう、たまには鋭いところもあるんだな。そのとおり。個人的な仕事でね。玩具の会社というのが、ひまわり工芸。覚えておきなよ」

舞子は水を注文し、一と息で飲み干した。

喫茶店のドアが開き、三、四人の客が入って来た。舞子は客に背を向けるように坐《すわ》りなおし、バッグから白い封筒を取り出した。舞子がその封筒から出したものは、一枚の写真だった。

サービスサイズの、平凡なスナップ写真だった。艶消《つやけ》しのカラーで、松林を背にして、二人の男女の上半身が並んで写っていた。

季節は夏だろう。空が真っ青で、光と影のコントラストが強かった。必要以上に空の占める部分が多い。自動シャッターで撮られたスナップなのだろう。

敏夫は女性の姿に、強い印象を受けた。女性は風に乗って動く青葉のように、ふわっと笑っていた。カメラは切れの長い二重瞼《ふたえまぶた》が、動きだす瞬間をとらえたようである。表情に気品を感じさせるのは、やや広い額と、反りの浅い眉にあるらしかった。唇の形から、敏夫は爽《さわ》やかな声を想像した。

「男の方は、まわり、ともひろ」

と、舞子が言った。

敏夫はまた舞子に自分の心を見られたような気がして、言葉がよく聞き取れなかった。

「ひまわり？」

「ひまわりじゃない。馬を割ると書いて馬割。ともひろは、月を並べた朋の字と、さんずいに告げるの浩。馬割朋浩だ」

敏夫はそう言われて、男の方を見た。色の白い、下ぶくれの顔で、白い歯を見せている。髪は禿《は》げ上って、はれぼったい瞼と、極端に小さく見える口がこの男の特徴であった。

「それが、今度の仕事の依頼主、ひまわり工芸の製作部長、馬割朋浩だ」

敏夫は写真の二人を見比べた。だが、敏夫の目はすぐに女性の方に吸い寄せられた。赤に近い柿《かき》色のノースリーブ。すべり落ちそうな肩の丸みと、わずかな胸の隆起。写真では小柄に見える。隣の男が肥っているためであろうか。

「女の方は馬割朋浩の妻で、まさお」

と、舞子が教えた。

「まさお？」

「そう、男みたいな名前だがね。真実の真という字に、舟の棹で、真棹。これからの仕事は、今日一日の真棹の動向を知ること。いいね」

敏夫は舞子の言葉に、不快な臭いを感じた。

「でも、依頼主はこの人の主人でしょう」

「そう」

「二人は、夫婦じゃありませんか」

「夫が妻の行動を監視しちゃ、いけないのかね？」

舞子は面白そうな顔をして、敏夫を見た。

「いけないとは言えませんが」

「好かないと言うのかい。だが世の中にはそういうことだって、あるもんだ」

「僕にはこの人が浮気などするようには見えませんよ」

「浮気は顔でするもんじゃない。それに、誰が浮気だなどと言った」

「こういう仕事も、多いのですか?」

舞子はちょっと敏夫を見、写真をバッグに投げ込んで、大きな音を立てて口を閉めた。

「なあに初めてだ。だが、儲《もう》けになることだったら、どんな仕事でもしなきゃな」

舞子は伝票を持って立ち上った。

露天の駐車場まで行くのに、たっぷり五百メートルは歩かされた。並んで歩くと、舞子はかなり大柄だということが判った。化粧のない肌だったが、肩を並べると、かすかに香水の匂《にお》いを感じた。

舞子の車はツウドアの実用車で、丸い車体の形から、エッグという愛称がつけられている車種だった。駐車場の片隅でクリーム色のエッグは、埃《ほこり》をかぶっていた。舞子は車の前に立つと、

「運転に自信はあるかい?」

と、訊いた。敏夫がありますと答えると、バッグの中からキーを取り出して、敏夫に渡した。

敏夫がエンジンを吹かしていると、舞子は一つ大きく息を吸ってから、敏夫の隣に大きな身体を滑り込ませ、

「品川《しながわ》へ」

とだけ言った。

2　スペイスレース

馬割朋浩の家は、静かな住宅地の、一角にあった。

平凡な木造モルタルの二階建てで、木目の浮いた板塀《いたべい》で囲われていた。すぐ隣が五階建てのマンション、前は緑色の化粧レンガを張った真新しい住宅が建ち、新建材の鮮やかな色彩の間で、馬割家の一角だけが暗く感じられた。

人通りは少ない。ときどき通りかかるのは、鞄《かばん》を下げたセールスマン、買物籠《かいものかご》を持った主婦である。

「時間を合わせておこう」

と、舞子が言った。十時十分。舞子の時計が五分遅れていた。敏夫は朝、駅で確かめたので、間違いはない。舞子は自分の時計の針を動かした。

二人の車はマンションの塀にそい、朋浩の家に背を向けて止めてあった。バックミラーで馬割家の玄関が見とおせる位置だ。

「ひまわり工芸の社長は、馬割鉄馬《てつま》といって、今年で六十二歳。まだ働ける年だがね、去年軽い脳溢血《のういっけつ》で倒れて以来、業務から手を引いてしまった。横浜の奥、大縄《おおなわ》に住んでいる。大縄――ほら、いつか古代の土器が発掘された土地だ。鉄馬はよほどの用のない限り、会社には顔を見せない。実際の仕事は息子の馬割宗児《そうじ》という男が当っている」

舞子の説明は、敏夫には意外な気がした。

「依頼先の事情まで、調べなければならないんですか?」

「ちょっと、わけありでね」

舞子の表情は、厳しくなっていた。

「馬割宗児というと、さっき見た写真の、朋浩の兄弟ですか?」

「違う。宗児と朋浩はいとこ同士だ。朋浩の父は龍吉《りゅうきち》といい、ひまわり工芸の社長、馬割鉄馬の弟に当る。龍吉はもう二十年も前に死んで、まだ子供だった朋浩は母親の手で育てられるが、生活は鉄馬の援助が必要だった。その母親も朋浩が学生の頃に病死してしまった。そうした関係で、朋浩は学校を卒業すると、すぐ、ひまわり工芸に入社することになった。で、現在、宗児はひまわり工芸の営業部長、朋浩は製作部長として活躍しているわけなのだが、この二人、もともとあまり仲の良い方じゃなかった」

いとこ同士でいながら、朋浩の方は早くに両親を失い、鉄馬の庇護《ひご》の下にある。写真の容貌からも、屈曲した気質を持っていることが想像できる。

「二人の性格が違っているんだね。宗児の方は、からくり玩具の蒐《しゅうしゅう》集に凝ったりしている、楽天的な気取り屋。朋浩の方はどちらかと言うと、玩具を扱うにはふさわしくない、実際的な不満家だ。その上、朋浩は鉄馬と宗児に、大きな劣等感を持っている。この二人の対立が激しくなったのは、或る事件がきっかけだった」

酒屋の小型トラックが、朋浩の家の前に止まり、店員が中に入るのがバックミラーに映った。すぐに何本かの空瓶《あきびん》を荷台に積み込むと、向う側に走り去った。

「玩具業界は、このところ大きな変貌をとげつつある。デパートの玩具売り場を覗《のぞ》いたことがあるかね？　万を越すような贅沢《ぜいたく》な玩具が、山と積まれているよ。玩具のメカニックも近代科学の粋が集められている。動力はバッテリーで、自動車だって、ぜんまいで動かすようなものは過去の玩具になってしまった。動力はバッテリーで、操作は電波や音波によって、遠くから動かすことが出来る。ラジオコントロールとか、ソニックリモートコントロールと呼ばれる自動車を知っているだろう。女の子の人形にしても、大資本投下の宣伝による大量生産と、玩具自体の高級化は、今までにはなかった玩具全盛の時代を作り出している」

敏夫は玩具に興味は薄かったが、玩具の宣伝量の多さは感じていた。

「大体、玩具産業というのは、昔から、家内的手工業が主で、大きくはなりにくいのが特徴だった。二、三人の内職的なものから、大きいところでも、従業員はせいぜい千人止まり。これは特殊な例を除いて、どこの国でも共通した玩具業界の性格だという。現に、ひまわり工芸の社員は二十数人、これは、ひまわり工芸の前身であった、鶴寿堂《かくじゅどう》といった時代から、そう大した変化がない。かたかた鳥に代表されるような、いわゆる小物玩具の製造販売が主な業種だった。ところが、昨年、時代に遅れまいとしたのか、流行に便乗する気だったのか、これは社長馬割鉄馬の考えというより、若い宗児たちの企画だったと思う、ひまわり工芸は、レーシングカーに手を出した」

「知っています。レーシングカーなら、今、子供たちの間で、大変な人気でしょう」

「ひまわり工芸の新製品の名が、スペイスレース。レーシングカーとしては、業者も驚くような最高級品だった。これが順調にゆけば、ひまわり工芸も、飛躍的な発展をとげたろう」

舞子はちょっと口を閉じた。

「失敗したのですか？」

「そう。レースのスポーツカーを走らすには、走路に電流を流さなければならない。普通は、家庭の電気を使い、変圧器で電圧を一〇ボルト程度に落して、一、二アンペアの電流を走路に流してやる。スポーツカーはこの電流を受けて、内蔵しているモーターを廻《まわ》して走るんだがね、ひまわり工芸の製品には、この変圧器に不備があった。販売された製品のうち、突然火を吹いたものや、触れると電気ショックを感じる品が発見されたんだ」

「そんなことが、あるんですか？」

「変圧器は下請の会社で作らせていた。全部が全部不良品というのではないが、ごくわずか不備な製品もあったことは確かだった。そのため、スペイスレースは全面的に製造禁止、全商品は回収されて廃棄処分された」

「大変な損害だったわけですね」

「実際、ひまわり工芸は、倒産寸前までいったんだ。業者の中では、ひまわり工芸の存続を、いまだに信じない人だっている。現在ひまわり工芸は、莫大《ばくだい》な負債を背負っているはずだよ」

「宗児と朋浩は、その責任を押し付け合っているんですか」

「さっきも話したとおり、二人は小さい頃から仲はよくなかった。にもかかわらず、爆発を避けていたのは、朋浩の方がじっと辛抱していたためだと思われるんだが、最近、朋浩はとうとう我慢がならなくなったらしい。というのは――」

舞子はまた口を閉じた。朋浩の家のくぐり戸が開き、一人の女性が姿を現わしたのが、バックミラーの中に見えた。

「――真棹だ」

舞子は時計を見た。


目的のある足どりだった。

バックミラーの中の真棹は、写真で見たように笑ってはいない。痩《や》せて見えるのは、そのためだろうか。顔の色が、想像していたより、ずっと白かった。真棹は黒っぽいコートを着て、黒いバッグを持っていた。うつむき加減に足早で近付き、車の傍を通り過ぎた。舞子のエッグには一瞥《いちべつ》もくれなかった。

真棹は大通りに出たところで、左に曲り、見えなくなった。

「どこへ行くのでしょう」

「駅の方面だ」

舞子はエッグのドアを開けた。

「多分、駅だ。私は歩いて真棹の後を尾《つ》ける。勝君は車で追ってくれ。もし真棹が車を拾うようなときは、そのまま追って、折を見て事務所に電話を入れ、黒沢君に連絡すること。車を拾う気配がなかったら、駐車場が三印銀行の後ろにあるから、そこに車を置いて、駅で落ち合おう」

舞子は言い終えると、車のドアを閉めた。

大通りに出て左折すると、真棹の後ろ姿がすぐに見えた。車を拾う様子はなく、同じ調子で歩き続けている。

敏夫は駐車場にエッグを置くと、国鉄の駅に駆け付けた。駅に着いたのは、敏夫の方が早かった。しばらくすると、真棹と舞子が駅に歩いて来た。

真棹はためらわずに切符を買った。敏夫は自動販売機の数字を読み、同じ金額の切符を、二枚買った。

電車は空いていた。敏夫は真棹のいる場所から、二つほどドアを距《へだ》てたところに立った。舞子が近寄って来た。

「車は？」

「言われたとおりにしました」

真棹は時間を気にしているようだった。誰かと逢《あ》うのだろうか。あとは、じっと外を眺める。中高《なかだか》で、引き締った横顔だった。黒い髪を綺麗《きれい》に後ろで束ね、銀色の髪飾りで止めてあった。切れの長い目と、歯切れのよい声を想像させる口元、すべり落ちそうな肩は、写真で見たとおりであった。横から見て、初めて気が付いたところもある。やや上を向いた鼻と、猫背《ねこぜ》気味の、背の曲線である。

次の駅で、ゴルフの道具を持った男が、立ち上って降りて行った。舞子は空いた席に腰を下ろした。

真棹はそれから五つ六つ過ぎた小さな駅で降りる気配を示した。敏夫は目で舞子に知らせた。少ない乗客に混り、真棹は例の足取りで、階段を下り、改札口を出ると、まっすぐに商店街を通り抜けてゆく。商店街を過ぎたところで、真棹は右側に曲った。

細く続く、なだらかな坂道。赤い実を一杯につけた柿の木が、重そうにたわんでいる。人通りは少なかったが、尾行を発見される恐れはなかった。真棹は一度も後ろを振り返らない。

今度は左に曲ると、その一角は、小さなホテル、旅荘が軒を並べている通りだった。ほとんどが玄関を深く、植込みに打ち水をして、ひっそりと客を待つ造りである。

「どこへ行く気でしょう？」

敏夫はこんな場所に足を入れる真棹が気に入らなかった。舞子を責めるような口調になった。

「ラブホテルさ、ね」

舞子は敏夫を横目で見て、意地悪そうに言った。

「君は真逆と思っているんだろうが、ほれ、見ねえ」

真棹は白いブロック塀の中に吸い込まれた。敏夫は自分の目を疑った。

「対手《あいて》があるんですか？」

「当り前さね」

「誰でしょう」

「私も知らない」

敏夫は真棹が消えた場所に立った。入口の白い壁に、気取った青い文字が見える。シャンボール館。

両側に円筒型の翼を持つ、四階建てのホテルである。壁は白く、三角錐《さんかくすい》の青い二つの屋根の間に窓が見える。窓の縁には入り組んだ蔓《つる》の装飾が付けられていた。

舞子は時計を見、五分たったところで塀の中に入った。敏夫はちょっと、ためらった。

「おい、君もだ」

と、舞子が言った。通りかかった主婦が、敏夫を見たようだった。敏夫はあわてて、舞子の後を追った。

黒いガラスの自動ドアを入ると、中はとっぷり暗く、暖い空気が身体を包んだ。棕櫚《しゅろ》の鉢植が、オレンジ色の照明に光っている。いきなり夜の世界に踏み込んだようだった。

「いらっしゃいませ」

小柄な女が奥からすっと出て来て、頭を下げると、そのまま横を向いた。

「どうぞ――」

柔らかい絨毯《じゅうたん》を踏んで女の後に従う。エレベーターで四階。女は一つのドアを開けた。

ガラスのシャンデリア、壁に飾りの暖炉《だんろ》が切ってあり、中に電気ストーブがついている。部屋の装飾はどこかの宮殿を模したものに違いない。

「どうぞ、ごゆっくり——」

紅茶を置いて出てゆこうとする女を、舞子は呼び止めた。

「これは、どうも」

舞子は女に紙幣を握らせていた。

「でね、五分ばかり前にこのホテルに入って来た女のことだが……」

女は表情を固くした。それを見て、舞子はバッグを開けて、黒い手帖をちらつかせた。女は
舞子と敏夫の足元を見比べた。

「お連れさんは、もうお待ちかねかい？」

「お隣さんでございますよ」

女は壁を指差した。

「お馴染《なじ》みさんかね？」

「ええ、まあ……」

舞子は振返って、どうだという顔をした。

「で、一つだけ頼まれてもらいたいんだが、お隣さんが帰るようだったら、その前にちょっと、知らせてくれないか」

「お帰りの、前にですね」

「そうだ」

「かしこまりました」

女が出て行くと、舞子は椅子に腰を下ろし、バッグから煙草を取り出した。

「あんなこと、いいんですか？」

敏夫はバッグを指差して言った。

「この手帖のことかい？」

舞子は煙草に火をつけた。

「警察手帖なんかじゃ、ないのでしょう」

「当り前だ」

「見付かったら、どうします」

「どうもしない、あの女だって、そんなことは、百も承知しているさ」

「というと？」

「判らないかなあ。私はちょっと、あの女を喋《しゃべ》り易くさせてやっただけなんだ」

敏夫は今までこんな行動をする女性は、見たことがなかった。

「だが、かなり堂に入っていただろう」

舞子はにやっと意味あり気に笑った。

「さて、折角だから、一と風呂浴びるか」

舞子は煙草をもみ消して立ち上った。寝室のドアを開けると、電気をつけた。ベッドの半分が見えた。枕元に花模様のスタンドがなまめかしい光を放っている。

浴室のドアを開ける音が聞え、続いて湯の音がした。

舞子は居間に戻って来た。

「さて、どこまで話したかな？」

「どこまで、というと？」

敏夫は舞子の言っていることが、よく飲み込めなかった。

「ぼんやりしちゃ、いけねえ。仕事のことだ。車の中で、朋浩のことを話していただろう？」

「――そうでした。最近、朋浩と宗児の仲が悪化した、そこまででした」

「そう、それが表面に立って来たと言ったね。そうなんだ。その前に、宇内経済研究会のお客さんは、どこから来ていると思うね？」

「週刊誌などに、広告を出すのですか」

舞子は吹き出した。

「勝君のように世の中が動いてくれると、本当に助かるんだがなあ。――女子供が、取引調査などするかい」

男の憎まれ口なら馴れているのだ。トレーナーの罵声《ばせい》がまだ耳に残っている。――この間抜け、死んじまえ。敏夫は口をつぐんだ。

「無論、西木ビルの社名を見て尋ねて来る人間もいやあしない。私が困っていたときにね、助けてくれた先輩がいたんだ。ちゃんとした興信所の所長でね、今そこの下仕事を請けているんだ」

舞子の顔から、もう笑いが消えていた。

「たまたま、私のところに廻って来た仕事の一つに、馬割朋浩が依頼した信用調査があったんだ。調査内容は、新規取引に関係する、対手会社の信用調査。個人名で、特にひまわり工芸に対しては、極秘を保つこと。どうだい？」

「つまり、朋浩が、ひまわり工芸と別れて、自分の会社を設立しようとする下準備なのですね」

「そうなんだ。朋浩は、ひまわり工芸と訣別《けつべつ》する手配を、着々として進めているわけなんだが、疑問が一つだけある。朋浩はその資金を、どうやって整える目当てがあるか、ということだ」

「スポンサーはついていないのですか？」

「私の調べた限りではね。いずれにしろ、朋浩は新社創立の資金を調達する見込みがあればこそ、極秘に動き出したんだ。といっても、根掘り葉掘りそれを調べ上げる理由は、私としては、ないんだがね」

「真棹の素行調査も、朋浩の依頼だったわけですね？」

舞子は額に皺《しわ》を寄せた。

「いや、素行調査とまではいかないんだ。二、三日前朋浩に会ったんだが、そのとき、真棹を尾《つ》けてみて欲しいと頼まれた。私はすぐには返事をしなかった。どうも自分の柄じゃないと思ったからだ。ところが朋浩は、一日だけでいいんだと言う。今日の朝十時から五時まで。むずかしく考える必要はない、ただの好奇心だというわけで、私は承諾することになった。——結局は素行調査になったようだが」

「朋浩は前から妻の行動を疑っていたのでしょうか？」

「真棹がこうしたところに来た以上はね。朋浩に或る予想があったとは考えられる」

「二人の間に、子供は？」

「男の子が一人いる。二歳と何か月、三歳にはならない。透一《とういち》という名だ。真棹の母親が面倒を見ているはずだ」

不思議に、敏夫はまだ真棹を責める気になれなかった。家から出て来た真棹の表情は、夫の目を忍んで、愛人に逢いにゆくものではなかった。

湯の音が変った。

「湯が一杯になったようだ」

舞子は立ち上って、寝室に入って行った。なんとなく落着かない。敏夫は煙草をせわしく吹かした。

威勢のよい湯の音が聞える。気が付くと、浴室に面した壁が透きとおっている。今までは、花模様のただの壁だと思っていたのだが、ガラスの仕切りなのである。浴室の電燈がつくと、向う側がすっかり見透せるのだ。

舞子の方では、それに気付かぬらしい。湯気の中で、白い裸身が、子供のように両手を高く伸ばしていた。豊潤な、若々しい乳房である。肉付きのよい割に、全身は引き締っていた。舞子は大きい伸びを一つすると、浴槽に飛び込んだ。

敏夫は目のやり場に困った。ガラスの仕切りの横にカーテンが目に付いた。敏夫は急いで、そのカーテンを引いた。

しばくすると、舞子が身体にタオルを巻き付けて寝室のドアを開けた。顔が赤く上気している。

「勝君も入るかい?」

その答えは、ぼんやり待っている間に、用意しておいた。

「真棹が急に帰るようなことがあると、いけませんから」

半分はこのまま、真棹が帰ることを期待していたのだ。

「そうだね」

舞子はふとカーテンに気が付いて、少し開けて浴室を見た。

「ふうん……。君はなかなか紳士なんだな」

敏夫は舞子を困らせてやりたくなった。

「宇内さんは、いい身体をしていました」

舞子は敏夫を見て、朗らかに笑った。天真爛漫《てんしんらんまん》な笑い声に、敏夫の方が、ちょっと赤くなった。

「これでもスポーツには自信がある。柔道も三段の腕前だぜ」

舞子は濡れた髪をタオルで拭《ふ》いた。

「私は夕べろくに寝ていなかったんだ。これから少しまどろむからね。何かあったら起してくれ。一時間もたてば、目が覚める」

そう言い残すと、舞子は寝室に入って、ドアを閉めた。内側から錠《じょう》を下ろす音が聞えた。敏夫はぼんやり寝室のドアを見続けた。

真棹はどうしているだろう。同じ浴槽に身を沈めているのだろうか。男の方は矢張りガラス越しに、真棹の肢体《したい》を賞翫《しょうがん》しているのだろうか。いや、ホテルの女の話では、二人は初めての客ではなさそうだった。とすると、男は同じ浴室で真棹と身体を流しあい、もう二つの身体は、もつれ合いながら、寝室へ……

敏夫は椅子の肘掛《ひじか》けをつかんで、思い切り力を入れ、身体を浮かせて、倒立した。靴の先がシャンデリアに当った。シャンデリアが大きく揺れた。

敏夫は椅子から飛び下りて、テレビをつけた。どのチャンネルも、子供たちが走り廻ってい た。やっと一つの局でニュース解説を捕えた。アナウンサーは河北潟の埋立工事に対する、住民たちの反対運動の争点を解説していた。だが解説の言葉は、全然頭に入らなかった。敏夫の思考は、磁石にでも吸い寄せられるように、真棹の周辺に集まってしまうのだ。敏夫はテレビの隣に、小さな冷蔵庫が置いてあるのに気が付いた。戸を開けると、ビールやジュースが見えた。敏夫はビールを持ち出して、栓《せん》を抜いた。

きっちり、一時間後、舞子が寝室から出て来た。きちんと服装が整い、清々とした表情になっていた。

「独りでやけを起していたようだな」

テーブルの上に並んだビール瓶《びん》を見て、舞子が言った。舞子は冷蔵庫から自分もビールを取り出し、コップに注いで、一と息に飲み干し、うめえ、と言った。

ドアを静かにノックし、ホテルの女が、真棹たちが帰る用意をしていると告げに来たのは、それから四十五分ばかりたってからであった。


シャンボール館から、真棹が出て来た。

真棹一人だけだった。顔が違っていた。肌が赤味をさし、艶やかに光っていた。髪が解かれ、両肩にかかっているので、瞬間、真棹には見えなかった。

だが、表情はまっしぐらにホテルにやって来たときと同じだった。歩き方もそうだ。試合に赴き、試合を終えて帰って来る姿に似ていた。真棹はうつむき加減に、もと来た道を歩いて行った。

「男の顔を見ておこう」

塀の陰で舞子が言った。

五分ばかり待つと、その男が現われた。

色が白く、唇の赤い、ほっそりとした感じの男だった。薄く色のついた眼鏡をかけ、白っぽいコートに両手を突っ込んでいた。

舞子の顔が、緊張したのが判った。

「宗児だ！」

舞子は低く叫んだ。

真棹の対手は、朋浩のいとこ、馬割宗児——なぜ真棹は、そんな危険を犯さなければならないのだ。

宗児はぶらぶらと空を見ながら、真棹の過ぎ去った道を歩きだした。

舞子は足早になった。もう宗児などに用はない。真棹を追うためだ。舞子は知らん顔で宗児を追い越した。宗児はちょっと舞子に気を取られたようだった。敏夫が通り過ぎるとき、宗児は、

「おう、ジュモウ……」

と言ったような気がした。きらりと、犬歯の金が光った。

真棹は駅で、来たときと同じ切符を買った。

「宗児は私に気が付いたかい?」

電車の中で、舞子が訊いた。

「宇内さんの顔を、知っているんですか?」

「知らないよ。知らないから平気で宗児の傍を通り抜けたんだ。宗児は何か独り言を言ったようだったが」

「ジュモウとかなんとか言ったのが聞えました」

「ジュモウ?」

舞子は考え込んだ。

「ジュモウって、なんですか?」

「聞いたことはある名だが――今、想い出せない」

真棹は自分の駅で降りた。駅前の大通りを渡り、商店街に入る。このまま、自分の家に戻るのだろう。そう思って、注意力が弱くなったのだろうか。真棹の姿が、ふっと見えなくなった。商店街は昼どきであり、人が多く出ていた。二人は顔を見合わせた。敏夫は、真棹がいなくなったあたりの商店を、一軒一軒見て歩いた。薬局に真棹の後ろ姿があった。

大して広くない店である。敏夫は用心深くドアを押した。真棹は新しい客には、全く無関心だった。カウンターの向うに、口髭《くちひげ》を生やして、白衣を着た男がいた。年恰好《としかっこう》からして、この店の主人だろう。今、小さな緑色の小箱を包みかけているところだ。敏夫は小箱の薬名を素早く読み取った。

真棹は代金を払った。レジスターが鳴り、新しい金額が現われた。敏夫はその金額も覚えた。真棹は包みを受け取ってバッグに入れると店を出て行った。甘い匂いが後に残った。

主人は新しい客に向きなおった。

「風邪薬を……」

主人は症状を聞いて、後ろのガラス棚から一つの箱を取り出した。箱は真棹が買った薬によく似ていたが、銘柄は違っていた。敏夫は覚えていた薬の名を口に出した。

「…………」

主人は手の動きを止めた。改めて敏夫を探るように見た。口髭がもぞりと動いた。

「――医師の、処方箋《しょほうせん》をお持ちですか？」

「処方箋？　持っていませんよ」

「じゃあ、お気の毒ですが、お売りはできかねます」

主人はおだやかな調子で言った。

「危険な薬なのですか？」

「使い方によっては……睡眠薬ですから」

「今、店にいた人には、売っていたじゃありませんか」

「あの方は……ちゃんとした処方箋をお持ちでした」

敏夫は仕方なく、風邪薬だけを受け取った。

商店街を出たところで、舞子に追い付いた。

「なにを買った？」

敏夫はポケットから、小さな紙包みを取り出した。

「風邪薬です」

「また、余計な物を買ったらしいな。今度、買わずに物を聞く方法を教えてやろう。真棹も風邪薬を買ったのか？」

「あの人が買った薬は、僕には売ってくれませんでした」

「売ってくれなかった？」

「あの人が買ったのは、睡眠薬です」

「睡眠薬――ね」

舞子はけげんな表情で言った。

「睡眠薬は、医師の処方箋がないと、買えないんですか？」

敏夫は断わられたことがまだ不服だった。

「真棹はそれを、持っていたのかい？」

「店のおやじはそう言っていましたが、あのとき、そんな気配は全然なかった」

舞子は薬局の主人と同じように、敏夫の姿を見た。

「人を、見られたんだよ」

「人を？」

「ちゃんとした家庭の、顔見知りの客になら、医師の証明なんぞなくったって売るさ。だが、通りすがりの、若者などには売りやしない」

「そうでしょうか」

「もっとも、真棹なら処方箋を何枚持っていても不思議はない。彼女、もと総合病院の看護婦だったんだ。彼女に好意を持っている医師は何人もいるだろう」

「あの人は睡眠薬がなければ、寝られないんでしょうか」

「……そのところが、どうも判らない」

真棹は最後まで歩調を乱さず、自分の家のくぐり戸から中に入った。

「運転は、大丈夫かい？」

と舞子が訊いた。

来た。


「大丈夫——？」

「ビールを飲んだだろう」

「あんなもの、もう覚めていますよ」

舞子の方が、まだぽっと赤くなっていた。

敏夫は銀行の裏の駐車場まで歩き、エッグを舞子のところに戻した。舞子は車の中に入って来た。

「まだ監視を続けるのですか？」

「そうだ。五時までは約束だからな」

近くの幼稚園が終ったのだろう。制服を着た子供と母親が、何組も通り過ぎた。

一時過ぎ、駅の方から来たサラリーマン風の男が、真棹の家に入って行くのが、バックミラーに写った。小肥りで、背の低い男だった。

「あれが、真棹の亭主さ。馬割朋浩だ」

と、舞子が言った。

前に見た写真は、朋浩の特徴をよくとらえていた。抜け上った額、小さすぎる口、ぽってりした顎《あご》。朋浩は自分の家に入る瞬間、ちらっと舞子の車に目をやった。

敏夫は、宗児と比べたとき、朋浩の表情に、陰湿なかげりを感じた。

「朋浩が帰ったのだから、もう監視の必要はないと思いますがね」

「まあ、お待ちよ」

舞子は腕時計を見た。

「朋浩って奴、何を考えているか、判らないところがある」

3　はずみ車

朋浩の家の前に、ハイヤーが止った。朋浩が自分の家に入ってから、一時間ほどたっていた。運転手が門のチャイムを押すと、すぐ朋浩が現われた。紺の背広に着替え、コートを抱えて、片手に大きな皮の鞄を下げていた。

朋浩に続いて、真棹の姿が見えた。ツイードの白っぽいコートに、クリーム色のスーツケースを持っている。真棹は髪を結いなおしていた。見覚えのある銀の髪飾りが見えた。形の良い真棹の顔の輪郭が、遠くから浮き立って見える。化粧を整えたのだろう。運転手が、朋浩の鞄と、真棹のスーツケースを後ろのトランクに運んだ。

「どう見ても、旅行に行く姿だな。それも、かなり長い――」

舞子が独り言を言った。

朋浩の家から、二、三歳の幼児を抱いた、年寄が出て来た。面差《おもざ》しが、真棹によく似ていた。真棹は年寄から横に長い黒のバッグを受け取って、ちょっと幼児の頬を突いた。幼児は口を開いた。虫歯のある口だった。

朋浩と真棹は車に乗り込んだ。年寄と幼児が盛んに手を振った。

二人の車は舞子のエッグを通り越して行った。しばらくして、敏夫は静かに車を始動させた。

「尾《つ》けていることが、判ったっていいさ。どうせ、依頼者の車だから」

敏夫は舞子のエッグで、どうやってハイヤーを見逃さずに尾けることが出来るか、心配だった。その言葉で敏夫はハイヤーにぴったり食い付くことにした。

道路の混乱は思ったほどでなく、ハイヤーの運転は慎重であった。だが、二、三台の車が割り込むのを、どうすることも出来なかった。

「どこへ行くのでしょう」

敏夫は気が気ではなかった。

「空港に行く気かも知れないよ」

言われてみるとそうだった。朋浩の鞄は国内旅行にしては大袈裟《おおげさ》である。真棹が朝から宗児と出会ったのは、当分二人の密会が出来なくなるからなのだろうか。

「でも、高速道路に入ったら、追い続ける自信はありませんよ」

舞子は時計を見た。

「気にすることはないさ。空港までは一本道だ。海外に発《た》つようだったら、私は朋浩をつかまえて、話すことになるかも知れない」

高速道路の手前で、大きなタンクローリー車が割り込んで来た。舞子のエッグにのしかかるように無理矢理に押し分けて尻を振った。

停止信号で、舞子の車は、まともにタンクローリー車の排気を浴びた。右側の道路傍に、犬猫医院の大きな看板が立っている。舞子はぼんやりそれを見て自嘲《じちょう》した。

「全く、犬みてえな仕事さ」

これで、この仕事も終りだろう、と敏夫は思った。

それから間もなくだった。敏夫は、空に異様な物を目撃した。色も形も判らない何かが、凄《すさ》まじい速度で落下したようだった。車全体が衝撃を受けたのが、それと同時だった。ガラス窓が吹き飛んだかと思ったほどだ。敏夫は直感でブレーキを踏んだ。

前のタンクローリー車も赤ランプがつき、楕円形《だえんけい》のタンクが見る見る大きくなった。敏夫は後続の車を気にしながら、ブレーキをかけ続けた。

エッグが止ると、敏夫は反射的に車道に飛び出した。三、四台前の車が火を吹き上げていた。黒い煙が空に駆け上る。朋浩と真棹が乗っていたハイヤーだった。ハイヤーの後ろには別の車が突っ込んでいた。

タンクローリー車のドアが開き、運転手が飛び出した。

「逃げろ！」

誰かが怒鳴った。

車道の上に、白いコートが吹き散らされそうになっていた。敏夫はコートに飛び付いた。引き起すと、真棹は気を失い、目を閉じていた。敏夫は夢中で真棹を抱きかかえた。小さな靴が一つ転がっていた。あとで思い返すと、そのときの行為は説明しがたい。敏夫は片手でその靴を拾った。すぐ、靴の傍まで、火が来ていた。

「伏せろ！」

気の狂ったような叫びだった。

二度目の爆発音がした。二台目の車に火が入ったのだ。舞子の姿は車の中になかった。真棹の横に長いバッグの紐が腕にからみついていた。敏夫はバッグを放そうとした。そのとき、真棹の胸に手が当った。乳房の柔らかさに敏夫は狼狽《ろうばい》した。敏夫はバッグを後ろのシートに投げ込み、ドアを閉めるや、遮二無二《しゃにむに》Uターンをした。車体がタンクローリー車に当ったようだった。

反対車線の車はストップしていた。振り返ると、二台の車が煙を吹き上げていた。車から逃れた人たちが、駆けているのが見える。

真棹の額に血が滲《にじ》んでいる。目と口をしっかりと閉じ、肌に血の気が引き、透きとおるほど白くなっていた。

病院の当てはない。ただ、数分前に見た、犬猫病院の看板が目当てだった。

敏夫は獣医の前で車を止めた。歩道にいる人たちは、全《すべ》て遠くの黒煙を見て、駆け出していた。

敏夫は車道に下り、車を廻って、反対側のドアを開けると、真棹がぱっと眸《ひとみ》を開いた。敏夫は黙って、真棹の目を見た。

「――私は」

「事故に会ったんです。気が付いて、よかった。痛むところは？」

真棹は、はっとしたように全身を見渡した。

「病院の前です。見て貰《もら》うといい」

「事故に会ったんでしょうか……」

敏夫は初めて真棹の声を聞いた。響きのよい、ちょっと鼻にかかった声だった。

敏夫はエッグから、事故現場で拾った靴を取って、真棹の足元に置いた。

「あなたは――」

真棹は敏夫の目を覗き込んだ。

「あなたの車の三、四台後ろで走っていましたよ」

「助けて頂いたのね」

敏夫は手を差しのべた。

「有難う、もう、大丈夫です」

真棹は靴をはいて立ち上ろうとした。だが膝に力を入れることが出来なかった。真棹は敏夫の腕に倒れかかった。

「無理をしては、いけない」

真棹の髪が、目の前にあった。香水とは別の、覚えのある微香をきいた。

真棹は腕にすがったまま、ゆっくりと歩き出した。そのとき、遠くで三度目の爆音が聞えた。

真棹はびくっとして、敏夫の腕に力を入れた。

振返ると、物凄《ものすご》い黒煙が湧《わ》き起っていた。その煙と焔《ほのお》は、今までと比較にならぬほど烈しかった。

「タンクローリー車に火が入ったんだ」

真棹はいきなり敏夫の手を振り切ろうとした。

「どこへ行くんですか」

敏夫は放さなかった。

「夫がいるんです――夫が……」

「御主人？」

「私、夫と一緒にあの車に乗っていました。何だか判りません、いきなり身体が何かに突き当ったと思うと、目の前が火になりました。運転手が外に転がり出すのが見えました。夫はドアを開けて私を外に突き飛ばしたのです」

「心配することはありません。僕が駆け付けたときには、座席には火は入っていなかった。充分に避難する時間があったと思います」

真棹の足に血が流れていた。

「あなたの傷の方が、気がかりです」

敏夫は強引に、真棹を病院に連れ込んだ。

待合室にいた二、三人が、びっくりした顔で二人を見た。一人の女は胸に小さな犬を抱えていた。

「急患です。近くで、事故がありました」

敏夫は看護婦に言った。消防車と救急車のサイレンが続けざまに聞えてきた。

診療室に入ると犬が吼《ほ》えた。普通の病室とは違う消毒液の臭いがした。

医師は温和な顔の老人だった。コートを脱がせると、裏地が血で染っていた。医師はストッキングに鋏《はさみ》を入れて取り去り、傷口を調べた。医師の指図で、看護婦はてきぱきと手当にかかった。

「他に痛みは?」

真棹は首を振った。

「頭を打ちましたか?」

「さあ?」

医師は真棹の眸《ひとみ》と口腔《こうこう》を見た。

「足の傷は、出血の割には浅いようです。あとで、必ず専門医に脳波を調べて貰いなさい」

また、何台ものサイレンの音が通り過ぎた。真棹の落着きがなくなった。

「お願いです。夫のところへ連れて行って下さい」

「御主人が一緒でしたか」

医者は敏夫の方を見た。今まで敏夫を夫と思っていたようだった。

「そうです。同じ車に乗っていたのです」

「しばらく、安静にしておいた方がいいんだが――」

「私はもう大丈夫です。夫が心配なんです」

真棹は必死になった。

そのとき、電話が鳴った。看護婦が受話器を取って応対したが、すぐ敏夫の方に向きなおった。

「勝さん、でいらっしゃいますか？」

「そうです」

敏夫は電話を代わった。

「この、あわてもん！」

舞子が怒鳴っていた。

「何も言わず、どこへ消えちまったんだ。真棹はどうした」

「今、手当を受けています」

「重傷か？」

「いえ、幸い大したことはなかったようです」

「歩けそうか」

「はい」

「朋浩の方が大変なんだ。すぐ連れて来るんだ。北野《きたの》第一医院の外科。判ったか。道路は交通止になっている。遠廻《とおまわ》りして来い。すぐにだ」

「よくここだということが判りましたね」

「犬猫病院の看板を見たばかりじゃないか。それに車の走る方向がそっちだった。君の考えたことぐらい知るのはお茶の子なんだ」

舞子は手荒に電話を切った。

「夫が、何か――」

真棹は立ち上った。

「北野第一医院というところへ運ばれたようです」

「私、すぐ行きます」

真棹は血の付いたコートに手を通した。

「僕の車にお乗りなさい」

敏夫は医師から、北野第一医院への道順を聞いた。


外に出ると、野次馬が歩道にあふれていた。消防車のサイレンと、交通を規制する巡査の鋭い笛。ヘリコプターの音。

吹き出される煙の力は弱まっているものの、なお時折オレンジ色の炎が煙の中に甦《よみがえ》った。

呆然《ぼうぜん》として立ちつくす真棹をうながして、敏夫はエッグに入り、エンジンを入れた。

「勝さん、とおっしゃいましたわね」

真棹はハンドルを握った手を見ながら言った。

「そう、勝敏夫といいます」

「全く思いも掛けず、大変なお世話になりました。私は馬割と申します」

「馬割――」

敏夫はその名を翫味《がんみ》するように繰返した。だが真棹は違えて解釈したらしい。敏夫の顔を見ると、

「名は真棹です」

と言った。真棹は男めいた呼び名について、弁明も説明もしなかった。

「勝さんの住所を教えていただけませんか。お礼をしなければ……」

「お礼などいりません。僕はそういうことが嫌いなんです」

辞退するつもりの言葉が、つい強い調子になってしまった。真棹は何も言わなくなった。何かうまい言葉をかけてやらなければ、と思うが焦《あせ》れば焦るほどいい言葉が見付からなくなった。エッグは、そのまま、北野第一医院の玄関に着いた。

白い二階建ての病院だが、奥がずっと深いようだった。真棹は玄関の階段を登るとき、傷の足を引きずるようにした。

受付で名を言うと、いあわせた看護婦が二人を二階へ案内した。

「どんな工合ですか？」

敏夫が訊いた。看護婦は、何も答えなかった。

二階のホールの椅子に、舞子がいた。舞子は敏夫を見ると立ち上った。

「輸血が必要なら、私の血を――」

真棹は取り乱すまいとしているようだった。だが声はすでに、乱れていた。

舞子は敏夫に近寄って、何か言おうとしたようだった。だが、敏夫は見ない振りをして歩み去った。

看護婦は真棹の足に目を止めた。だが自分の歩行を緩めようとはしなかった。

看護婦は二階の長い廊下の奥で立ち止った。二人が追い付くのを見てから、ドアをノックした。

すぐドアが開いて、白いマスクをした医師が出て来た。

「御家族の方です」

看護婦は手短に言った。

医師はマスクを外した。敏夫は、負傷者の妻だと言った。

「残念ですが……全身に火傷《やけど》を負っていましてね。さっきから、奥さんのことを言っています。間に合われて、よかった――」

医師はドアを開けて、二人を中に入れた。真棹はもう騒がなかった。理性が勝をおさめたのだろうか。

朋浩がひどい状態であることは、一と目で判った。全身に包帯を巻かれ、わずかに出ている鼻に酸素吸入のマスクが付けられていた。輸血の瓶《びん》の中が泡立っていた。逆さになったAの文字が見えた。

「あなた――」

真棹は顔を寄せた。朋浩は腕を伸《の》ばそうとしたらしいが、その腕は輸血のため固定されていた。

朋浩は懸命に何かを言おうとした。

「俺は――いい」

首を動かし、口でマスクを押しのけようとする。

「あなた、苦しいでしょうが、頑張《がんば》って……」

「俺はいいんだ」

ほとんど聞き取れない。真棹はベッドの傍にひざまずいた。頬を擦《す》り寄せるばかりに顔を寄せた。

「俺に構うな……すぐ出発しろ……今ならまだ……航空便で間に合う……」

「でも――」

朋浩はその言葉が気に入らぬように、首を振った。

「明日……予定通り、ホノルルのラザフォード デービス氏に会い……マドージョを……渡せ」

「余計なことに、気を使っちゃ、いけないわ」

「余計なことじゃない……すぐ出発してくれ……マドージョを……必ず……明日」

「判ったわ」

真棹は子供を宥《なだ》めるように、朋浩の耳元にささやいた。

「あなたの言うとおりにします。安心して頂戴。だから、静かに――」

「すぐ出発しろ」

それでも朋浩は、旅程の変更をするなと繰返した。

最後には目が閉ざされ、荒々しい息だけが聞えた。真棹は唇を嚙《か》んだまま、じっと朋浩の顔を見守った。

朋浩の死が、医師から告げられたのは、それから十五分たってからである。

二階のホールの椅子で、舞子は不機嫌そうに煙草を吹かしていた。

「何をいつまで愚図愚図していたんだ」

敏夫の顔を見るなり言った。

「朋浩が死にましたよ」

「判っている。さっき朋浩の病室から、酸素吸入器が運び出されるのを見た。それにしても、困ったときに死んでくれた」

舞子は朋浩の死に対して、ひどく絶望的な表情をした。

「それはそうとして、君は考える前に行動を起す男だな」

「そうすることを、嫌になるほど教え込まれました」

「なるほどな。だが、これからは、それじゃ通らないぜ」

敏夫は神妙にうなずいた。

「一体、事故の原因は何だったのでしょう?」

「それが、さっぱり判らない。事故の直前、何人もの人が空から何かが落ちて来たのを目撃している」

「――それなら、僕も見ました」

「火の玉だと言う人もいるし、煙が落ちて来たという人もいる。勝君は、何に見えた？」

「さあ？　僕は前のタンクローリー車が気になっていましたから。強《し》いて言えば、白い煙のようでしたね」

「いずれにしろ、朋浩の車に落下物が当ったことだけは、確かなようだ」

「朋浩が、あんな重傷を負うとは、考えられませんでしたが」

それが、さっきから、気に掛っていたのだ。

「そうだろう。ハイヤーの運転手だって、かすり傷で逃げ出しているんだ。ハイヤーに追突した人たちも自分の車に火が入る前に避難することが出来た」

「すると？」

「車から飛び出した後、朋浩のとった行動は、自殺行為だとしか言いようがない」

「宇内さんは、見ていたのですか？」

「うん、はっきり見ていた。朋浩は車から飛び出すと、いきなり後ろに廻り、押し潰されて、半分口を開けている車のトランクから、自分の鞄を引き出そうとしたんだ」

「鞄を？」

「そう。鞄も皮が裂けて、中のものがはみ出す状態だったがね。それでも朋浩は鞄を引きずり出したんだ。そのときには、ハイヤーはすっかり火に包まれていた。鞄を引き出した朋浩は道路に転がった。足がもつれたのか、力が余ったためだろう。瞬間、朋浩は火だるまになった」

「人間は一瞬に、火だるまになることなんか、あるんですか？」

「あれは、引火した、という感じだったな。私が考えるのに、あの鞄の中には、何か油性の液体が入った瓶が入っていたと思う。転んだはずみで瓶が割れ、朋浩は中の油を浴びたんだ。その油に、車の火が引火したんだな」

「その鞄には、よほど大事な物が入っていたんですね」

「そうだろうね。だが、その鞄もすっかり焼けてしまったよ」

だが、海外に旅行するときに、油の瓶などを持ち歩くものだろうか。そう、海外旅行のことを、まだ舞子に話していなかった。

「宇内さんの言うとおりでした。二人はホノルルに発つことになっていたそうです」

「真棹が話したのか」

「二人はハワイからロサンゼルス、フロリダを廻って、二週間後にはボストンに着くことになっていたと教えてくれました」

舞子はじっと天井を睨んだ。

「――そう、思い出したよ。ボストンで、十一月、国際玩具見本市《インターナショナルトイフエア》が開かれることになっている。各国の参加業者は百数十社、世界のバイヤー、業界関係者が一万人以上集まることになると、新聞に出ていた」

「二人は、その国際玩具見本市に参加することになっていたんでしょうか」

「そう、まだちょっと早いが、真棹のいうとおり、世界旅行をも兼ねていたんだろうな」

「ひまわり工芸では、輸出もしているんですか？」

「日本の玩具生産額の、三分の二以上は輸出されているんだよ」

舞子はいたずらっぽく敏夫を見て、

「玩具の輸出額、第一位は、どこの国だと思う？」

敏夫はちょっと見当がつかなかった。

「日本さ。これも福長さんの受け売りだが、輸出の歴史は意外に古いね。明治の初年には、横浜の外国商館を通じて、すでに玩具の輸出が始まっている。世界大戦の前には、日本の全貿易額の四位を玩具が占め、重要輸出品とされた。日本の玩具に人気があるのは、精巧な技術と、アイデアの面白さ、そして何よりも値段が安いという点だ。終戦後も、玩具はすぐに復活した。人間にとって、玩具はなくてはならぬ物らしい。進駐軍の捨てた空罐《あきかん》をたたき伸した材料で、業者は玩具の自動車を作り出した。こんなこと、知っているかい？」

「知りませんでした」

「輸出の復旧も早かったね。フリクション玩具の改良をきっかけに日本の玩具は再び輸出の首位に立つようになった」

「フリクション玩具？」

「ゼンマイを使わずに走らす車だ。ほら、車輪を何回か空廻りさせて手を放すと、意外に遠くまで走って行く自動車があるだろう。これは車の内部に、フライホイールと呼ばれる重いはずみ車が収められているからでね。乗り物の車輪を床で摩擦してやると、フライホイールが急速に回転するようになっているんだ。このフライホイールの慣性で、乗り物はかなり遠くまで走ってゆくことが出来る。原型は明治の初期、下町の職人が考察したという。このフリクション物を皮切りとして、輸出は順調に伸び続けた。昭和三十六年には輸出額は三百億に肉薄、世界第一位に成長したんだ」

「ひまわり工芸ではどんな玩具を輸出しているんですか？」

「さっき見せたかたかた鳥がドル箱らしい。あとは似たような小物玩具。だが、大物を狙ったひまわり工芸は、スペイスレースでは失敗した」

朋浩の最期を思い出した。彼は死を目の前にしながら、執拗《しつよう》にマドージョというものを、何とか言う外国人に渡すように、真棹に命令していた。マドージョというのは、玩具の商品名ではなかったろうか。

「国際見本市では、いろいろな新製品が出品されるのでしょうね」

「勿論《もちろん》さ。バイヤーたちは目を皿にして、勝れた商品を漁《あさ》るはずだ。国際見本市で、グランプリでも取れば、会社も大変な収益になるだろうな」

敏夫は、朋浩の臨終の様子を、舞子に話した。

「マドージョって、何だ？」

「判りません。それが鞄の中に入っていたのかも知れませんね」

舞子はまた天井を見上げた。そして思い出したように、

「ところで、刑事が君に話を聞きたいと言っていたぜ」

「刑事が？」

「榎木町《えのき》警察署の交通課の刑事だ。事故の様子を聞きたいと言っていた」

「宇内さんは？」

「私は嫌だね。あの車には乗っていなかったことにして貰おう。顔だけ出して来りゃよい。すぐ済むことだろう」

そのとき、真棹がホールに歩いて来る姿が見えた。舞子がそれに気付き、

「私のことは、まだ喋《しゃべ》るなよ」

と言って、敏夫の傍をそっと離れた。

真棹はホールを見渡し、敏夫の姿を見ると、傍に寄って来た。片足は、まだ引きずっていた。

真棹は敏夫に頭を下げた。

「今日は、一《ひ》と方《かた》ならないお世話になりました」

こういうとき、何と言ってよいのか判らなかった。平凡に、お気の毒ですと言うより他なかった。敏夫はポケットからノートを取り出し、急いで字を書きつけ、ノートを裂いて真棹に渡した。

「僕の住所です。だが、さっきも言ったように、礼などされると困ります」

「いたしませんわ。あなたのお嫌いなことは」

真棹は紙片を大切に受け取った。

「ホノルルには、矢張り発たれるのですか?」

「いいえ」

真棹ははっきりと言った。舞子が後ろ向きで、二人の話に聞き耳を立てているのが判った。

「夫をこのまま放っておくことは出来ませんものね」

「御主人の命令は、ずいぶん強かったようですが」

「いつもは、あんな言い方をする人ではありませんでした。きっと、意識が正常ではなかったのでしょう。デービス氏には、会社から電話を掛けるように伝えますわ」

真棹にまだ聞きたいことが多くある。だがその内容は、真棹を車に乗せただけの、通りすがりの人間が知りたがるべきものではなかった。

「奥さんも……身体には充分気を付けて」

「有難う」

真棹はむりに笑顔を作ってみせた。

「じゃ、失礼いたしますわ」

片足を引きずってゆく真棹の後ろ姿が、痛々しく感じられた。敏夫は放心したように真棹を見送った。

「不幸ってやつは、一瞬にして顔を出すものだな」

気が付くと、舞子も真棹の後ろ姿を見詰めていた。

「朋浩が死んだとなると、真棹は宗児と一緒になるかな?」

舞子の言葉は、死者を前にして不謹慎極まるように思えた。

「あの人は、宗児なんか愛しちゃいませんよ」

「ほう——そうかな」

舞子は敏夫の見幕に驚いたようだった。

「馬割家のことを、もっと知る必要があるんだ。勝君が真棹と顔見知りになったのは幸いだ。もっと、心易くなってもらいたいな。——惚《ほ》れた振りをするってのも、悪くはねえ」

敏夫は最後の言葉は聞えない振りをした。

敏夫の運転で、二人は榎木町警察署に着いた。敏夫だけがエッグを降り、車は舞子が運転をして、遠ざかっていった。敏夫は舞子の車を見送りながら、真棹の横に長いバッグが後ろ座席に置いたままになっていたのを思い出した。

4　ドーナッツ時計

警察署はまだ塗装の臭いも残っている、新しく清爽《せいそう》とした建物であった。もし制服の警察官さえいなければ、業績のよさそうな、機能的な会社の事務所といってもよかった。

受付の婦人警察官に来意を告げると、一《ひ》と隅に通された。机の上に図面を広げて、背広を着た男が、しきりに何かを書き込んでいる。婦警が敏夫の来署を告げると、男は立ち上って、ステンレスの椅子を引き寄せて、敏夫にすすめた。

「やあ、わざわざお越しいただいて、御苦労でした。私がこの事故を担当することになった者です」

顔の幅が広く、口を開くと真っ白な歯だが、歯並びがひどく悪い。

刑事は事務的に敏夫の氏名と住所を控えた。職業を無職と答えたとき、刑事はちょっと上目使いに敏夫を見た。

「あまり変った事故なので、出来るだけ多くの人の話を聞いているわけです」

机の上に広げられているのは、事故現場の図である。一番最初の二台が、玉突き状態で描かれ、一台おいて、大きな車が描かれている。それが、タンクローリー車なのだろう。

「あなたの車は、ここでしたね」

刑事はタンクローリー車の後ろの車を鉛筆の先で示した。

「そうです」

「では、事故前後の様子を、なるべく精《くわ》しく説明して下さい」

敏夫は自分が見たことを話した。

図の上に、新しく真棹の倒れていた位置が書き込まれた。反対側に人の形が黒く塗り潰されて書かれている。朋浩に違いない。

「この人は？」

敏夫は図の黒い人型を差した。

「さっき通知がありました。死亡したそうです。気の毒でしたが」

「逃げられなかったのですか」

と、敏夫が言った。

「車のトランクから、自分の荷物を持ち出そうとしたらしい。その荷物の中に、油のようなものが入っていた。転んだはずみでその油が身体にかかり、それに火が引火したと、何人もの目撃者が言っています。この人は玩具業者でしてね。会社に問い合わせたところ、確かにそういう玩具を製造している。ドーナッツ時計というんだそうです」

「ドーナッツ時計？」

敏夫は初めて聞く名前であった。

「どんな玩具か、私は知りません。別な担当者が調べています。現場に落ちていたガラスの破片は集められて鑑識さんに廻っています。——ところでね」

刑事は改まった調子になって、敏夫を見た。目に疑心の色が見えた。

「あなたの車は署の駐車場にありますね？」

「いや、置いてきました」

「置いて来た？　どこへです」

敏夫は言葉に詰まった。

「置いて来たのではないんですね。君の車には、もう一人誰かが乗っていたんだろう」

「そんなことは、どうでもいいでしょう」

この言葉は刑事の心証を害したらしかった。刑事は威嚇《いかく》的に胸をそらせた。

「君たちは馬割夫妻が家を出るときから、車を尾《つ》けていただろう」

「そんなことはありません」

「ハイヤーの運転手が証言しているのだよ。彼は変な車が尾けていると、馬割氏に注意している。肥った女と一緒だったそうだ。その女は検証の係官を避けていたそうだ。彼女はどうした？」

「知りません」

「その車は、その女が乗って行ったんだな」

「知りません。そんなことは、あの事故とは、何の関係もないことでしょう」

「免許証を見せてもらおうかな」

それを拒否すると、もっと舞子のことを突っ込まれそうな気がした。敏夫は免許証を取り出した。刑事は免許証を開いた。中から一枚の名刺が落ちた。刑事は名刺を拾い上げた。

「宇内舞子――？　肥った女、ね」

刑事は名刺の字にじっと見入った。そして、電話機を引き寄せて、事務所の電話番号を廻した。

「ああ、宇内経済研究会ですか？」

そうです、と、西木ビルの黒沢の声が聞えた。むろん、舞子は事務所にはいなかった。

刑事は名刺を裏返すと、舞子の自宅の電話番号を廻した。呼び出し音だけが長く続いた。舞子は自宅にも帰っていなかった。

刑事は名刺をひねくっていたが、今度は内線の番号を廻した。

「やあ、こちらは交通課の京堂《きょうどう》です。ちょっと尋ねたいことがあります。二、三年前、定年で退職された横沼《よこぬま》刑事を御存知でしょう。横沼刑事の今の会社の電話番号がお判りでしょうか
――はい、忙しいところ、済みませんです」

京堂刑事はしばらく待ってから、鉛筆を走らせた。礼を言って電話を置き、改めてダイヤルを廻す。

「ああ、大東興信所《だいとう》ですね。こちら、榎木町警察の交通課の京堂と申します……やあ、藤岡《ふじおか》さんでしたか。御無沙汰《ごぶさた》をしております」

しばらく儀礼的な挨拶《あいさつ》が続いてから、

「ところで宇内さんおいでですか？　やあ、そりゃ有難い」

すぐに舞子の大きな声が受話器から響いてきた。

「よく、ここだということが判ったわね」

「いい勘をしているだろう。元気らしいな」

京堂刑事の顔が、いつかほころんでいた。

「御主人はどうだい？」

「相変らずよ」

「ところで、勝敏夫という若いのがここにいるんだ。君のところの人だろう」

「あら、喋ったの？」

「いや、口は凄く固いんだ。その点は感心したがね。ただ、免許証の間から、舞子の名刺が出て来たんだ。注意してやった方がいい。で、どうして逃げたんだ？」

「だって……判っているでしょう」

「……舞子でも、気の弱いところがあるんだな」

「たんとおっしゃい」

「ところで、君は馬割夫妻の後を尾けていたろう」

「判っちゃったの？」

「ハイヤーの運転手がそう言っていた。ありゃどういうことだ」

「ちょっと込み入っているんだな。でも事故とは関係ないでしょう」

「なくても、俺が訊いているんだぜ」

「京堂さん、課を替ったわけじゃ、ないでしょう」

「そうだ」

「ならどうして関係もないことをしつっこく訊くのよ」

「言えないのか」

「相変らずね、あんたも。いいわ、話すけれど、電話じゃちょっと、ね。明日行くよ」

「気を悪くするなよ。あまり変った事故なので、舞子の体験も訊いておきたい」

「事故の原因は、何だったのさ」

「それが、どうやら隕石《いんせき》が落下した様子なんだ」

「隕石？」

「そう、流れ星だ。大部分の流れ星は地上に着く前に、大気で気化されてしまうんだが、中には燃え切らずに落ちて来るときがある。それが隕石だとさ。まだはっきりせんがね、人工衛星の部品だろうと言う人もいる。また、ジェット機が上空で落した水が凍ったものだろうと言う人がいる。今、専門家が調査している最中だ」

「隕石が車に当るなどということが、あるのかしら」

「いずれにしても、飛んでもない災難だがね。じゃまた明日会おう」

「ちょっと待って、勝君と代わってよ」

京堂刑事は敏夫に受話器を差し出した。

「済みませんでした」

「なにいいんだ。別にむきになって隠さなくともよかったんだ。それから、車にバッグが置いてあったが、真棹のかい？」

「そうです。……忘れていました」

「勝君、黒いネクタイは持っているかい」

「持っています」

「じゃ、明日持って来るんだ。忘れるなよ。明日、朋浩の通夜がある。判ったかい」

「判りました」

「出社は十時、いいね」

敏夫は電話を置いて、京堂刑事に礼を言った。

「忙しそうだな」

「そのようです」

「いつ入社した」

「今日です」

「今日――ね。貸しデスクかい」

「そうです」

「舞子も大変だな。もっともあれが性に合っているのかも知れないが」

京堂刑事は遠くの方を見る顔になった。

「宇内さんは、警察官だったのですか？」

敏夫はシャンボール館で、女中に黒い手帖をちらつかせた舞子を思い出した。

「そうだ。惜しい奴だったが、仕方がなかった」

「なぜ辞めたのですか？」

「俺にゃ言えんな。舞子にも訊かない方がいい。知りたかったら、図書館にでも行って、去年の十二月の新聞を探すんだ。三面記事に出ている……」

榎木町図書館は警察署の近くにあった。

図書館などに入るのは何年ぶりだろう。係員にわけを話すと、すぐに分厚い新聞の縮刷版を出してくれた。敏夫はそれを閲覧室に持ち込んで頁《ページ》を繰った。

十二月の一日から舞子に関係のありそうな記事を、丹念に読んだ。活字が細かすぎ、ときどき遠くを見て、目を休ませなければならなかった。十二月の半ばすぎ、一つの小さな記事が目に止まった。

「不覚、婦人警官」という見出しである。

十六日午後三時ごろ、小森《こもり》市榎木町の道路ぎわで交通整理に当っていた榎木町署交通課巡査部長宇内舞子は、たまたま禁止区域で右折した乗用車を停止させた。ところがその車の運転手は矢庭に宇内巡査の手に一万円札七枚をにぎらせて逃走した。宇内巡査がその札を自分のポケットに入れようとしたのを目撃者に通報され、急行したパトカーによって、収賄、犯人黙過の現行犯で連行された。同警察署長の談話では、宇内巡査は受賄の意志はなく、逃走した車を追おうとして紙幣を一時ポケットに入れたのだというが、多少の心のためらいがあったことも認め、少しでも市民に疑惑を持たせるような行為があったことに、遺憾《いかん》の意をあらわした……。

一読して、舞子らしくないと敏夫は思った。どう考えても、そんな金をポケットに入れるわけがない。これにはきっと、何かわけがあるに違いないと思った。

敏夫は縮刷版を係員に返して外に出た。空が美しいオレンジ色に染っていた。久し振りに見る夕焼けの空だった。

敏夫は時計を見た。デパートに寄って、ドーナッツ時計の実物を見ておく必要があると思ったからだ。敏夫がデパートの玩具売場に行くのも、何年ぶりだろうか。珍しいことの多い日だと思った。


何人もの買物客が立ち止まる。しばらくは吸い寄せられるように見入って、息をすることも忘れているようである。

ドーナッツ時計は、確かに、数多く陳列された玩具の中でも、ひときわ異彩を放っていた。四十センチばかりのガラスの円筒である。中央がくびれて、形は砂時計と似ている。砂時計なら上部の砂が下に落ちてゆくのだが、このドーナッツ時計は、下にある深紅色の物体が、くびれを通って、上部に浮きあがってゆくらしい。その浮き方が、はなはだ奇異である。

まずガラスの円筒の、下の部分に詰っている赤い物体が、くびれの部分で静かに浮き出そうとする。初めは豆粒ほどの大きさが、次第に小さな卵ぐらいに成長する。ちょうど、水道の蛇口に溜ってゆく水滴を逆さまに見ると、こうした動きになるだろう。卵ほどになった赤いボウルは、瞬間、くびれてから放れて、ゆっくりと浮き上る。と思うと、ふいに全体がぶるぶる震えながら、水平に拡がってゆき、円盤状に変形し始める。やがて薄くなった中央にぽっかりと穴が開くと、全体が綺麗なドーナッツ型に変ってゆく。赤いドーナッツはゆっくりとガラスの円筒の中を浮きあがり、やがて天井にたまっている赤い物体に突き当り、もろく崩れて、消えてしまう。その間に再びくびれの部分に、新しいボウルが成長してゆく……。

「――下の赤い物が、ネックを通って、すっかり上に溜るまで、きっちり十五分かかります。ドーナッツが一つ出来て消えるまでの時間は、きっちり一分になっております……」

若い女店員が、得意そうに説明していた。

下の円筒に赤い物がすっかりなくなると、女店員は円筒を逆さまにした。円筒はまた、数々のドーナッツを産み出しはじめた。

「直接、日光の当る場所には出さないで下さい、というと、危険があるわけですか？」

中年の男が女店員に訊いた。この買物客は、ドーナッツ時計に貼《は》ってある、小さなステッカーを読んだようである。

「いえ、普通なら日光に当てても全く危険性はありません。ただ、内部に特殊な油性の液体が使われていますので、異常に高温なところでの御使用は困るわけです。この注意書きは、安全な上にも安全を希《ねが》うメーカーの配慮でございます」

女店員の口調は、こんなステッカーを貼ったメーカーが、うらめし気であった。

「なるほど、油が使ってあるわけですか」

買物客は感心したように言った。女店員はこの客の関心をそらすまいとして、ドーナッツ時計の構造を説明し始めた。

「さようでございます。このガラスの筒は、透明になっておりますが、特殊な表面張力を持っている透明な油で満たされております。次にこの赤いドーナッツ。これも特殊液体ですが、赤く着色されています。二つの液体は混ることがありません」

店員はドーナッツ時計を取り上げると、両手でシェーカーでも振るように強くゆすった。赤い液体は拡散され、筒はピンク色に変ってしまった。店員はそれを見ると、静かにガラスケースの上に戻した。筒は下の方から澄み始め、やがて綺麗に赤い液体と透明な液体に分れていった。そして時計は、元のように、赤いドーナッツを作り始める。

「――二つの液体は、比重に微妙な違いを持っています。赤い液体の方が、やや軽いわけですわね。それから、よく御覧下さいませ。赤いボウルが、ネックから放れる瞬間です。……ほら、放れる反動でボウルの下がへこんだのが見えるでしょう。このはずみが全体に伝わって、ボールは美しいドーナッツ型に変化するわけなのです。これには液体の表面張力、筒のネックの大きさ、地球の重力などの微妙な均衡がうまく保たれていなければなりません」

或る意味では、馬割朋浩の生命を奪うことにもなったドーナッツ時計。その生き物にも似た動きに、敏夫は心を奪われていた。

ガラスの中の半透明な深い赤の色。それがすでに現実的な色ではなかった。ゴム毬《まり》のように大きくなってゆく液体。成熟した球がネックを放れるときの、若々しい弾力。そしてドーナッツ型に変化する動きは、蛹《さなぎ》が蝶《ちょう》に変態するときの、わななきにも似ていた。

「いつから発売されていますか？」

と、敏夫は女店員に訊いてみた。

「一昨年からですわ。海外にも輸出されて、好評を頂いております」

朋浩が身の危険まで冒して燃える車から取り出そうとしたのは、この時計ではなかったかと思ったのだ。だが一昨年から販売されていたとすれば、国際見本市に出品して、賞を狙《ねら》う玩具ではない。

「マドージョという玩具はありませんか？」

「マドージョ？」

女店員は変な顔をして敏夫を見た。

「聞いたこともありませんわ」

さっきの買物客が財布を取り出した。それをきっかけに、敏夫は売り場から離れた。

店内のマイクが六時の閉店を告げた。ただ食堂街は九時まで営業をしているという。それを聞くと、敏夫はにわかに空腹を覚えた。考えてみると、朝家を出て以来、シャンボール館でビールしか飲んでいなかった。

食堂の窓から、街の夜景が見下ろせた。道路には、車のライトだけが流れている。

敏夫は食事の前に、ジョッキを注文した。許せる限りの贅沢《ぜいたく》。

――乾盃。

心の中で言う。一人だけの入社祝いなのだ。ビールのほろ苦さが、今の気持と、うまく釣り合いが取れているようだった。

舞子、真棹、朋浩、宗児、京堂刑事――今日一日、実に多くの人と出会った。そして、西木ビル、シャンボール館、北野第一医院、榎木町警察署、図書館、デパート——今まで自分のアパートとジムしか往復しなかった敏夫にとって、なだれ込むような経験だった。

一つだけ、気がかりなことがあった。舞子のことだ。新聞で読んだ舞子の行動は、なんとしても理解できがたかった。食事を終える頃にビールの酔いが、思考を舞子の周辺から放さなかった。

——彼女の家に行って、事情を聞いてみよう。

敏夫は立ち上った。——君は考える前に行動を起す男だ。敏夫を批評した舞子の言葉を思い出した。だがこれからの訪問には、理由を付けることが出来る。ドーナッツ時計を見た報告である。敏夫はデパートを出ると、暗くなった道を、私鉄の駅に向って歩き出した。

古ぼけた市営住宅である。階段の下に、何台もの三輪車が置き去られてある。方々の部屋から、テレビの音が聞えてくる。

舞子の部屋は四階の角にあった。黄色いカーテンを通した窓の光が見える。

敏夫は入口に並べられた郵便受けを見渡した。宇内省三《しょうぞう》という受け口に、夕刊が差し込まれていた。

敏夫が階段を登ろうとしたとき、上から降りて来る足音が聞えた。ゆっくりした足音と一緒に、小さな硬い音が混っていた。敏夫がためらっていると、黒い影が一階の踊り場を曲って現われた。いかつい顔の男で、伸びた髪に、無精髭《ぶしょうひげ》を生やしている。男は身体を海老《えび》のように曲げて、宇内省三の郵便受けから、夕刊を抜き出した。そして、松葉杖にすがると、またゆっくりと階段を登って行った。

敏夫は宇内省三と思われる男の姿を見ているうちに、舞子に会って、あの事件を詰問する気持が、急速に消えてゆくのを感じた。

敏夫はアパートを離れて、空を見上げた。星の光は弱く、すぐに算《かぞ》え尽すことができそうな数だった。そのとき、目の横に小さな流れ星が走ったような気がした。

敏夫は歩きながら、燦々《さんさん》と降りしきる、流星群の中にいる自分を想像していた。

5　八幡起上り

舞子が事務所に現われると、淀んだ部屋の空気が一度に吹き払われるようだった。

舞子は黒のスーツに、赤いスカーフを巻いていた。黒をまとったため、身体が締まって見え、赤いスカーフがよく似合った。舞子は敏夫を見てやあと言っただけで、すぐ新聞を読んでいる福長に話し掛けた。

「一体、隕石が車に当るなんてことが、あるものでしょうかね?」

事故はすでに、いろいろな方面から報道されていた。事故の調査には、多くの科学専門家が加わった、その結果、朋浩の車を炎上させたのは、紛れもなく隕石である、と断定された。現場からは、重さ十三キロ、径二十センチほどの石鉄隕石が収得されている。

「隕石ってのは、流れ星の燃え残ったかすなんでしょう？」

「流れ星が燃えるってのは違うな」

福長は新聞を机の上に置いて言った。

「太陽系には無数の固体物質が、太陽の回りを廻っている。これが地球に接すると、地球の引力で引き寄せられる。物質の勢いは激しくなり、秒速数十キロの速度で空気中に突入するから、瞬間にして数千度の摩擦熱が加えられて、いきなりガスになってしまうんだ。これを蒸散という。この高温のガスが光を放つんだね。火が燃えるのとは、わけが違う」

「田舎に行くと、晴れた夜空には、よく流れ星を見ますね」

「宇内さん、流星は一日にいくつぐらい流れると思う？」

「一時間に、二、三個とすると？」

「そう、肉眼で見えるのはね。地球全体では、肉眼で見えないような流星も含めると、一日に地球に飛び込んで来る星は、ざっと数十億以上にもなる」

「数十億——も？」

敏夫もその数字には、ちょっとびっくりした。

「そうさ。そうした流星は、消えてしまうわけではない。絶えず塵《ちり》のように地上に落ちて来る。そのため地球の質量は毎年四百万トンも増え続けているという。地球が誕生して以来の流星塵の量は、地表三メートルをおおうと計算した人もいる」

「とすると、隕石になって地上に落ちて来る星もかなりあるわけですか」

「ところがそう多くはないんだ。流星になる物質のほとんどは米粒ぐらい、角砂糖程度は大きい方でね。これはさっき言ったように、空気中に入るとすぐに蒸散してしまう。稀《まれ》には大きな物質もあり、それが隕石になって地上に落ちるんだが、その数は極めて少ない。一年間で五百個ほどだと言われているね」

「それでも、五百も？」

「地球の三分の二は海だから、地上に落ちるのは百五十ぐらいかな。確認された数になると、もっと少ない」

「中にはかなり大きなやつもあるんでしょうね」

「そう。最大の隕石は西南アフリカで発見されたホバ隕石。六十九トンもあるというから凄いね。日本じゃ一八八五年に大津《おおつ》市で発見された田上隕石というのが、百七十四キロで最大。最近では一九七五年午後七時に、満月の何倍もある火球が瀬戸内海に落ちて行くのが目撃されている。発見されればトンクラスの隕石で、高見島沖《たかみしまおき》隕石と先に名の方が付けられて、目下捜査中なんだ」

「そんなものが都会にでも落ちて来たら、大きな災害になりますね」

「石油コンビナートや新幹線の列車に落ちでもしたら大事故だろうね。だが、幸いにも、今まではそうした大事故はなかった。と言って、絶対にあり得ないことじゃないんだ。昔イタリーの僧侶《そうりょ》が隕石の直撃を受けて、死亡したという話を聞いたことがある。一九五四年アラバマ州に落ちた隕石は、人家の屋根を貫き、その家にいた女性が負傷している。岐阜に落ちた笠松《かさまつ》隕石も、人家の屋根をぶち抜いているよ。今度の事故もそうだが、いずれにしろ奇禍《きか》中の奇禍と言うべきだろうなあ」

「隕石に当った人は、余っ程、悪い事でもしたんでしょうかね」

福長はうふふと笑った。悪い事なら、俺もしているよといった風である。

「今度の事故に会った人の会社、ひまわり工芸というと、どんな会社でしょうね」

舞子がとぼけて訊いた。福長はちょっと得意そうに目を細めた。

「玩具製造業さ。私は以前、玩具の業界紙に関係していたことがあってね。玩具業界には精しいんだよ」

「福長さんはどんな業界にも精しいのね」

舞子がおだてあげる。

「まあ、それほどでもないが、ひまわり工芸ってのは、そう大きな会社じゃないんだが、歴史はかなり古い。まあ老舗《しにせ》の部だろうな。馬割家が横浜に移って来て、農業のかたわら夫婦で小さな人形造りの内職を始めたのが嘉永《かえい》の末だった。馬割作蔵《さくぞう》という男だ。妻は横浜の産だが、作蔵の方はどこの出身だか判らない。馬割家では、その出生をひた隠しに隠していた跡が感じられるんだ。私は業界の名鑑を編集していた関係でよく覚えているんだが、ひまわり工芸を創立したのは作蔵の息子の馬割東吉《とうきち》、のち彼は蓬堂《ほうどう》と名乗るようになる。だが、その前に父の作蔵が鶴寿堂《かくじゅどう》という小さな玩具商であったことは確かだ」

「ひまわり工芸では、前身の鶴寿堂を表に出したがらないわけですか」

「というわけじゃなくて、実際によく知らないんだろう。作蔵のことを隠蔽《いんぺい》しようとしたのは、作蔵自身と息子の蓬堂だったようだ。私の考えでは、作蔵はどこかの藩の下級武士で、何かのしくじりで藩を追われて、妻の生家に移住したものと思う。その原因が何か不名誉なことだったのだろうね。作蔵は妻の土地に来ると、妻の生家の近くで、食べるための玩具作りを始めたんだ」

「武士が、玩具を、ですか?」

「意外、と思われるようだが、武士と玩具との縁は、思いの外、深いものなんだ。仙台の郷土玩具に堤《つつみ》人形というのがある。知っているかい?」

「さあ?」

「東北の代表的な焼物だがな。東北の風土を反映して、愁いのある美しさが人形愛好家に珍重されているよ。この人形の興《おこ》りが足軽の副業として始められたものなんだ。堤という土地は、陸羽《りくう》街道の要衝に当っていた。伊達《だて》家ではここに足軽屋敷を配置したのだが、足軽たちの扶持《ぶち》が少なかった。内職をしなければ、生活が立たなかったんだなあ。そこで、土地の陶工とともに作り出したのが堤人形だという。こうした例は他にもあってね。明治維新を迎え、新政府が誕生すると、更に多くの困窮武士が生まれた。明治初年、すでにそれ等の武士の売り食いが始まっている。まず、売り食いをするとなると、何を手放すだろう?」

「贅沢《ぜいたく》品——ですね」

「そう、武士の奥方の嫁入道具、高価な雛《ひな》人形などが下町の大道に並べられたという。贅沢品があれば、いい方でね、禄を離れた下級武士たちは売り食いをする物もない。自らの手で、玩具を作り出すようになった例が少なくないんだ。名古屋に、名古屋土人形という郷土玩具がある」

「それも武士たちが作り始めたのですか?」

「そう。尾張《おわり》徳川藩の同心たちが職を失い、京都の伏見《ふしみ》人形の技術を学んだという。雛人形や芝居物、飾り馬や土鈴《どれい》と、いろいろな種類があった。明治末期には最盛期を迎えたが、最近では作る人も少なくなってしまったらしい。関東の人形では、埼玉県の岩槻《いわつき》が有名だ」

「それなら知っているわ。雛人形の多くは、岩槻の生産でしょう」

「岩槻の人形が現在のように繁栄しているのは、明治維新のためでもあるんだ。大倉留次郎《おおくらとめじろう》という、もとは武士であった人が、主家をしくじって江戸に出て来て、人形に手を染めるようになった。そこへ明治維新、官軍が攻めて来るという報を聞いて、岩槻に難を避けたんだよ。すでに岩槻には、人形が造られていた。この土地は日光街道の道筋にあってね、日光東照宮の造営を終った工匠たちが、岩槻に定住して人形を作り始めたのが起りとされているが、大倉留次郎はその土地で人形の着付けの技術を教えたという。今日、岩槻人形の功労者として名が伝えられている」

「時代の変革は、思いもかけないところに、玩具を産み出すんですね」

「面白いことに、今度の戦争のときがそうだった。岩槻に大勢の職人が疎開して来たんだ。職人たちは岩槻の人たちと軍需工場に徴用されて働いていた。このことが後に岩槻の人形界に幸いした。戦争が終ると、人形師たちは、本来の仕事に戻った。岩槻の人形の技術は、ここで飛躍的に進歩したんだ」

「歴史というのは繰返されるわけですね」

「零落した武士たちが作るようになった玩具で忘れられないのは、金助毬《きんすけまり》だね。大きい毬になると、六、七十センチもある。むろん、手でついて遊ぶものじゃない。雛の節句の飾り用とするために作られた。紅白の絹で縫い上げ、牡丹《ぼたん》に唐獅子《からじし》、御所車、松竹梅などを金糸銀糸で刺《し》繡《しゅう》する。糸布毬《いとぬのまり》の内でも、最も豪華な一つだと思う。この毬も鹿児島藩の下級武士の婦女子の手内職だった。節句が近づくと、彼女たちは紫の御高祖頭巾《おこそずきん》で顔を隠して〈金助まいまい〉と売り歩き、これが名物となった」

「芝居にでも出て来るような話だわ」

「絵になるだろう。或る日、呼び止められた奥方が、ふと対手《あいて》の顔を見る。これがどうだ。若い日の恋人で、今は商家の主人。無理に嫁がされたわが主人は廃藩によって禄を離れ、自分はこうして道に出て毬を売らねばならない。世の移りとはいいながら、あんまりむごいこの出会い……」

「武士たちが始めた玩具は、まだありますか？」

舞子がさえぎった。福長が調子づいたからだ。

「うん。まだある。山形の板獅子《いたじし》というのは庄内《しょうない》藩の武士たちが作り始めた。四国の高松張《は》り子《こ》は高松藩の家臣梶川政吉《かじかわせいきち》の創始。松江《まつえ》藩ではあねさま、富山《とやま》藩では土人形……」

「で、馬割作蔵は？」

「おお、そうだった。嘉永の末、大縄《おおなわ》に定住した作蔵は、農業の傍ら、小さな玩具を作り始めた。作蔵は金細工の技術を持っていたようだ。始めは錺師《かざりし》の下請《したうけ》で、神楽鈴《かぐらすず》や鉄のビヤボンなどを作ったんだ」

「ビヤボンて、何です？」

「十センチほどの鉄の玩具だね。頭が輪で、一本の鉄の針金と二股の足が出ている。輪を口にくわえ、針金を指ではじくと、ビヤボンと音がするんだ。文政年間に大流行して、子供も大人もビヤボンとやった。大人には銀製の高級品も現われ、一時禁止されたこともある。明治に入ってからも、子供の玩具として作られていたんだ」

「昔は不思議な玩具があったんですね」

「そう、そうした玩具は、横浜の外国人たちの目に止まった。異国情緒豊かな、精妙な日本の玩具は特に外国商館の注目を集めたらしい。玩具の輸出は、こうして第一歩が始まる。竹とんぼ、水中花、小さな傘などが輸出の第一号だという。作蔵もこうした中で独立し、鶴寿堂という店を持つようになった。起上《おきあが》り小法師《こぼうし》、玩具のきつつき、板からくりなどが商品だった。一部はひまわり工芸にそっくり移されて、今でも製造されているものがある。鶴寿堂の玩具はいずれも小物だが、商品が上質なことが特徴だろう。きつつきにはゼンマイのばねを使い、メッキの技術を玩具に取り入れたのも、鶴寿堂が一番早かったようだ。ひまわり工芸は、今でもメッキ工場を持っている」

「きつつき？　今かたかた鳥という玩具が売られているわ」

「あれはきつつきを改良したものだね。元は砂など使われていなくて、ただ、ばねだけだった。この玩具は、今のひまわり工芸の社長の馬割鉄馬がアイデアを加えて復活したのだという」

「馬割鉄馬は、蓬堂の孫でしょう」

「そう、その前に、作蔵の子供、東吉のことを話すのが順序だろう。この東吉がひまわり工芸の創始者なのだから。さっきも話したように、東吉は後に蓬堂と号するようになる。この蓬堂は一代の奇人でね。数々の奇行が残っている。蓬堂は大体、玩具など大嫌いな男だった」

「玩具商が玩具嫌いじゃ困るでしょう」

「蓬堂はそんなことで困るような男じゃなかった。彼は小さい頃から貧乏な父親の片腕で、こつこつ玩具を作らされていた。彼にとって玩具は苦の象徴みたいなものだ。その体験があるものだから、本質的に玩具嫌いになった気持も判るんだ」

「本業には熱心でなかったわけ？」

「その代り、ドロ相場に手を出して、大儲《おおもう》けをしたという」

「ドロ相場？」

「当時、メキシコで鋳造された銀貨でね、品位が悪いために、幕府では対抗上、洋銀と同質の安政一分銀《あんせいいちぶぎん》を鋳造したんだ。この質の悪い銀がドロ銀と呼ばれた。ドロ相場とは、横浜で立てられたドロ銀の相場のことだ。蓬堂は相場師の才に長《た》けていたらしいね。蓬堂の奇行の一つは、そうして儲けた金を、せっせと天保銭《てんぽうせん》に替えて、壺の中に入れたということが伝えられている」

「天保銭というと、あの大きな楕円形の銅銭――」

「そう、天保六年に初めて鋳造された天保通宝。百文で天保銭一枚に当てられたが、明治初期には八厘《はちりん》としか通用されなかった。一銭に足りないところから、足りない人間を天保銭と呼んだりした。つまり蓬堂はそんな天保銭を貯《た》めたのではなくて、天保銭と呼ばれるような行為が多かったのだろう。その一つに、蓬堂は大縄の土地に馬鹿げた家を建築した、西洋風とも日本風とも、中国風とも、何とも形容の出来ない悪趣味な建て物で、土地の人は、ねじ屋敷と呼んでいるのがそれだ」

「ねじ屋敷――ね」

「蓬堂は陰ではねじ兵衛《べえ》と言われていたし、ねじ兵衛の作ったねじくれた建築だからだろう。現在まだ大縄に残っていて、鉄馬が住んでいるはずだ。だが、ある意味では、玩具業が蓬堂に向いていたということもできる。つまり、戦後のフラフープやダッコチャン人形などの、気狂《きち》い染《じ》みた流行を見ても判るように、玩具業界には、かなり投機的な性格があるんだね。蓬堂はその投機性をつかむことがうまかった。大正期になると、ゼンマイ仕掛けの玩具が盛んに作られ、記録的な輸出の伸びを示すようになった。売り値段が一ドル。俗にワンダラー物と呼ばれ、輸出の花形であったわけ。有名なドイツのライオネルの機関車は当時の金で一台千円もしたというから、いかに日本の玩具が安かったか判るだろう。蓬堂はその波にうまく乗っていたんだ。

それでなければねじ屋敷のような自由勝手な建築は出来なかっただろう」

「蓬堂には子供がいたのですか？」

「庄一郎《しょういちろう》という子が一人、ひまわり工芸を襲《つ》いだがね、蓬堂のようなわけにはゆかなかった。なにしろひまわり工芸は蓬堂一人の意のままで動いていたわけだから、蓬堂が死んでしまうと、庄一郎の手には負えなかったに違いない。一方玩具業界は昭和に入ると、いよいよ活況を呈し、ロウソクを応用したポンポン丸、ゼンマイで歩くペンギン、ひっくり返るネズミ、ぴょんぴょん跳ねるヒヨコなどの傑作が次々に登場し、欧米のクリスマスやイースターカーニバル用に盛んに輸出されていった。その中でひまわり工芸は、一と時代前の玩具を細々と作り出しているありさまだった。庄一郎は早く仕事から手を引き、若い二人の息子がひまわり工芸を支えるようになった。それが馬割鉄馬と、龍吉という二人の兄弟だ」

「今の、社長のわけですね」

「そう、二人は能力もあり、よく働いたが、時代が悪かった。中でも昭和十三年、銅、真鍮、鉄鋼の内地向けの玩具製造が禁止されたのが打撃だった。輸出額も半分以下に落ち込むという惨状になる。やがてベイゴマも陶製に代り、セロハン製の風船も紙となり、ゴム毬でさえついには姿を消してしまった。二人は軍需工場に徴用されて、終戦を迎えることになるんだ」

「戦後、玩具の復興は早かったでしょう」

「そう、だが輸出は必ずしも順調ではない。為替《かわせ》レートの変動や、粗悪玩具が問題にされたり、いろいろな曲折をたどって来たわけだ。ひまわり工芸の最初のヒットが、かたかた鳥で、鉄馬のアイデアだと言われている。その前後、弟の龍吉は病死してしまった。龍吉には一人息子がいて、それが今度の奇禍に会った朋浩さ」

「福長さんの物知りには呆《あき》れたわ」

「散々、鉄馬のところに通ったものね」

福長はにやっと笑った。

「いやあ、しぶとい爺さんだから、なかなかこちらの取材には応じないんだ。何か穴でも見付けようと思ってね」

「その穴は、あったの？」

「いやあ、こっちの負けだった。穴も尻尾も出さなかった。いい勉強になったよ」


舞子は敏夫を宇内経済研究会の親会社に連れて行った。

車で三十分ばかりの商店街で、一階は中華料理屋であった。ビルの大きさは西木ビルとほぼ同じような大きさだが、大東興信所は四階のフロアを全部使っていた。四、五人の男が仕事をしていた。舞子は机を廻っては、敏夫を一人一人に引き合わせた。いずれも五十から六十代だが、男臭さは少しも抜けていない人達ばかりだった。

舞子は最後に、フロアの奥に坐っている白髪の男の前に、敏夫を連れて行った。大東興信所の横沼所長だった。

横沼は柔和な目で敏夫を見た。

「前は、何をしていたね？」

敏夫は一昨日までのことを、あまり口に出したくはなかった。強いて忘れようとつとめているのだ。

「ボクサーよ」

代りに舞子が言った。

「ほう――」

横沼は改めて敏夫を見たが、それ以上のことは尋ねようとしなかった。尋ねなくとも、それ以上のことを理解してしまったように思えた。

「どっちが強いかな？」

横沼は二人を見比べた。

「まさか」

舞子が笑った。

「舞子は柔道三段だったな？」

「お止しよ。こんなところで」

「ところで、昨日、交通課の京堂刑事から電話があったそうじゃないか。何なんだい？」

「私が馬割朋浩を尾けていたのを、知ったからなの」

「あの事故とは関係がないんだろう」

「そう。だけど、京堂さんは相変らずしつっこいんだ。私も言っておきたいことがあるから、これから寄ってみるつもり」

「そうかい。会ったら、よろしくな」

大東興信所を出ると、もう昼だった。

舞子は飯にしようと言って、近くの食堂に飛び込んだ。

「カレーライスで、いいね」

昨日、喫茶店の中と、同じ調子である。敏夫がうなずくと、舞子は不服そうな顔をした。

「自分の好きな物を、ちゃんと言う習慣をつけなければ、駄目だ」

敏夫は苦笑して、カツ丼がいいと言いなおした。

「それでいい」

舞子は大声で注文すると、バッグを開けて、中から小さな人形を取り出した。

「真棹のバッグに入っていたんだ」

「あの人のバッグを開けて見たんですか？」

敏夫は舞子の行為が、不快に思えた。

「そうだよ。真棹は町の薬局から睡眠薬を買える処方箋も持っていたぜ。あとはありふれた品ばかりだったが、この人形が珍しかった。それで持って来た。マドージョって玩具は、どうやらこれらしいんだ」

舞子は人形を敏夫に渡した。真棹の物を手にすることは気が咎めたが、マドージョという言葉に興味を引かれたのだ。

十五センチばかりの女の子の人形である。目が大きく頬《ほお》がふくらんでいて、あどけない表情をしている。金髪が両肩まで下り、赤いドレスに赤い靴。見たところでは、どこにでもありそうな人形であった。敏夫がけげんそうな顔で人形を見ていると舞子が言った。

「背中にボタンが付いている。それを押してごらん」

敏夫は人形の背を探った。舞子が言うように、背の服地の下に、小さな突起が感じられた。敏夫はそのボタンに力を入れた。

かちっという手応えがあった。同時に、人形の首がぐるりと廻って、後ろ向きになった。首を左右に振り、いやいやをする人形があった。その類だろうか。それにしては、真後ろを向いた形は異様であった。敏夫はもう一度背中のボタンを押してみた。

同じ手応えがあり、人形は顔をふりあげた。その顔を見て、思わず人形を取り落しそうになった。敏夫はぞっとして変り果てた人形の顔を見た。

口が耳まで裂け、長い毒々しい赤い舌が震えていた。両眼が二センチも飛び出し、しかも片方は赤く、片方は白眼だ。頭がぺろりと禿げ、灰色の頭骨に、蜘蛛《くも》の巣にも似た血管が浮き出している。

敏夫はボタンを押した。人形は再び後ろ向になった。続けてボタンを押すと、元のあどけない顔が上を向いた。

「悪趣味な玩具だ」

と、舞子が批評した。

「この人形は、一つの首に二つの顔が彫り込まれているんだ。一つは女の子の顔、一つは骸骨《がいこつ》の顔さ。骸骨の顔の方は首の付け根に、下向に隠されている。初めボタンを押すと女の子の首は後ろ向になる。次のボタンで首がふり上げられる。隠れていた骸骨の顔が上向になるのさ。同時に女の子の方の顔は下向になって、隠されてしまうんだ。首は人形の胴から支えが出て、両耳のあたりに取り付けられているんだが、うまく髪の毛で隠されて見えないようにしてある」

「マドージョというのは、魔童女のことなんですね」

敏夫は人形を舞子に戻した。

「こんな人形、売れると思いますか?」

「思わないね。第一嫌らしい。女の子が見たら、泣き出すだろう。メカニックの上でもそう勝《すぐ》れた作品とも思えない」

「朋浩が死に臨んでもこの人形のことを言っていたのは、余程自信があったんでしょうか」

「どうも、それが納得出来ない。別の意味があるんじゃないかと思っているんだ」

「よく人形の体内に、何か大切な品物が隠してあったという話を読んだことがありますよ」

「財宝のありかを書いた古文書などだろう」

舞子はにやっとして敏夫を見た。

「そうだったら、面白いには違いないがね」

榎木町署に着くと、舞子は自分の家のような気易さで、京堂刑事の机に歩いて行った。

京堂刑事は歯並びの悪い口を大きく開けて、舞子に手を差し伸べた。

「舞子がいなくなってから、淋しくってね」

舞子はあちこちにいる警察官に手を上げてみせた。

「矢張り私に惚《ほ》れていたんでしょう」

「なんの。喧嘩《けんか》対手《あいて》にこと欠くようになってしまっただけさ。横沼さんはどうしている？」

「相変らずだわ。京堂さんに会うと言ったら、よろしくと言っていた。昨日は勝君が世話になりました」

「それなんだがね」

京堂刑事はちょっとあたりを見廻して、

「こっちで話そう」

立ち上って、階段の方に歩きだした。二階に登ると一つの小部屋のドアを開けた。机一つだけのがらんとした部屋である。京堂刑事は折り畳みの椅子を伸して二人にすすめた。

「舞子はなぜ馬割朋浩を追い廻していたんだ？　仕事のうちか」

「それもある。けれども、私の本当の目的は、あの事件を明白にしたかったんだ」

「あの事件――舞子が辞めるようになった、あれか」

「そう、私の受賄事件」

京堂はいいのかというように、敏夫の方を見た。

「いいのよ。この人にも聞いておいてもらいたいんだ」

「覚えているよ。榎木町で交通違反をした車を舞子が停車させた。すると車の中の男は、いきなり君に札を握らせて逃走した。その金を舞子がポケットに入れたのを目撃した男が騒ぎ出してパトカーを呼んだんだ」

「そう、確かに私は金を手にした。宇内のことが心をかすめたのも事実だった」

「宇内君が過激派の投石で、足に負傷した直後だったからなあ」

「私は一瞬ためらった。心に迷いがなかったとは言い切れない。だが、あの車を見逃す心は絶対になかった」

「ところが通行中の一人の男が、舞子の方で金を要求したなどと言い出したんだ。舞子はあの男と徹底的に争うべきだった」

「皆そう言ってくれたわね。だが、一瞬でも心が迷った私自身に愛想が尽きたんだ。私はその場で辞表を書いた」

「舞子はもとから、物事をよく考える前に行動を起す女だったなあ」

「今じゃ違うよ」

舞子は敏夫の方を見て苦笑いをした。

「あの頃はまだ苦労知らずだったのね。かあっとしてしまった。だが過ぎてから考えなおすと、あのままにしておいたのは、いけなかったんだ」

「宇内君のためにもな」

「そう、なぜあのときには、それに気付かなかったんだろう。私はパトカーを呼んだ男と会ってみた。あの男は少し前に交通違反を犯していた。かなりの罰金を取られた直後だったということが判ったわ」

「本当か。腹いせのために、そんな証言をしたわけだな」

「そして最近、偶然にも、私に金を握らせた男を見付けたのよ」

「そりゃ素晴らしいじゃないか。二人の新しい証言を取れば、舞子の冤罪《えんざい》も綺麗《きれい》に晴れるぞ」

「ところが駄目になってしまった。その男が、馬割朋浩だった」

「――――」

「大東興信所から廻って来た仕事の中に、朋浩が委託した信用調査があったのです。一と目見たとき、あの男が朋浩に違いないと思った。榎木町もひまわり工芸と大縄を結ぶ道だった。私は朋浩に切り出す日を待っていたの。調査報告を届けたあと、詰問するつもりだった。ところが、朋浩は真棹を連れて、急に旅立とうとしたんです。私は驚いて、とにかく飛行場で朋浩を捕え、言質《げんち》だけは取っておこうと思った。その途中、朋浩が死んでしまうとは、思ってもみなかった」

「罰金を取られた男の証言だけじゃ、心細いな」

「だが、私は諦《あきら》めない。もう一人の男がいるんだ」

「もう一人の男？」

「私は朋浩の車の後ろ座席に、老人が乗っているのを見ていた。その老人は、朋浩の伯父、馬割鉄馬に違いないと思う」

「老人はその日のことを覚えているだろうか？」

「思い出させるわ。何度でも当って」

「ちょっとした起上り小法師だ」

「私が、達磨《だるま》かい」

「おい気を悪くするな。金沢の八幡起上《やわたおきあが》りは美人なんだぜ」

「そう気を使うことはないさ。私はまた復職して、京堂さんとやり合う気よ。覚悟していらっしゃい」

「給料は安いぜ」

「承知の上よ。今の仕事も続ける気だもの」

京堂刑事は呆れたように舞子を見た。

「少し会わないうちに、がっちりした女になったもんだな」

「昨日の事故は新聞で読んだ。あの通りなのね」

「そうだ」

「今晩、朋浩の通夜だわ」

刑事は舞子の黒い服を見た。

「鉄馬に会う気か？」

「会うわ。でも通夜の席であのことは切り出せないでしょうね。ただ顔を見て、どういう男かということを知る必要はあると思う」

「力になるぜ。困ることがあったら、言って来いよ」

「京堂さん、少し会わないうちに、人間らしい台詞《せりふ》が使えるようになったな」

6　ビスクドール

馬割家の一角だけが、暗い町の中で、淡い光に包まれていた。

板塀《いたべい》に立てかけられたいくつかの花輪が、ほんのりと白い影のように見える。じっと動かない、何台かの車。

門が開かれ、今、黒い服を着た一団が、駅に向う道に消えていったところである。敏夫は門の前に立って、ちょっとたたずんだ。手に真棹の横に長いバッグを持っている。

玄関の戸が外されて、両側に白い提灯《ちょうちん》が黄色っぽい光を、ぼんやりと投げかけていた。正面に白木の祭壇が設けられ、黒枠の額の中に、朋浩の顔があった。昨日、舞子に見せられた写真とは感じが違う。笑っていない朋浩は、モノクロのためでもあるのだろう、ずっと陰気に見えた。

白い布の掛けられた棺《かん》の前で、寺僧が読経しているところだ。後ろ姿は痩《や》せているが、張りのある声で、矍鑠《かくしゃく》とした老人のようだった。

「よう、またお目に掛りましたね」

後ろで声がした。振り向くと黒の背広を着た男が、舞子の肩を叩《たた》いている。薄く色のついた眼鏡をかけている宗児だった。声を掛けられた舞子は、はっとしたように宗児を見た。

「――あなた、は？」

舞子は考えるふりをした。

「嫌だなあ。もう忘れたんですか。昨日会ったばかりじゃありませんか」

宗児は舞子の耳に口を寄せて、低く甘いような声でささやいた。

「昨日――？」

宗児は眼鏡の奥で、いたずらっぽい笑いをした。

「ほら、シャンボール館の前で、僕を追い越して行ったでしょう」

舞子は目をしばたたいた。何と答えようか困っているようだった。宗児は敏夫の方をちょっと見て、

「あなたは若い男の人と一緒でしたよ。だが男の人はこの人だったかどうかは、記憶してないんだなあ。でも、あなたの顔は一と目見ただけで忘れることが出来なかった。ジュモウのビスクドールなんだもの」

「ジュモウのビスクドール？」

昨日、舞子を見た宗児が、同じ言葉を口にしたのを思い出した。

「失礼ですが、あなたの顔は、僕の大好きな人形にそっくりなんですよ。そんなこと言われた

ことがありませんか？」

「ないけれど、ジュモウという名なら聞いたことがあるわ。人形と言うので思い出した。たしかフランスの人形のメーカーでしたわね」

「こりゃ嬉《うれ》しいな。僕の出会った女性で、ジュモウを知ってくれていたのは、あなたが初めてです」

「でも、ビスクドールって何だったかしら？」

「十九世紀には、高級なファッション人形が盛んに作り出されていたんです。ビスクドールはジュモウ社が一八四〇年代に開発した人形ですよ。人形の首《かしら》が美しい陶製なんです。ラテン語でビスとは二度のこと。キュイは焼くという意味。つまり二度焼きということ。高温で焼いた素焼の首に彩色して、もう一度低温で焼きますとね、今までになかった美しい肌色が作り出されるんです。ピエール ジュモウの人形は皆あなたのような魅力的な顔立ちに作られている」

「有難う。ビスクドールね。覚えておきましょう」

「ピエールの息子、エミール ジュモウになりますと、人形の機能面で才能を発揮します。ゼンマイ仕掛けで、人形が動きだして、バイオリンを弾いたり、奇術を演じたりします。オルゴールが装置されているものや、声を出して喋る人形も作られた。僕も何点か持っていますよ。あなたにお見せしたいな」

「ぜひ見せて頂きたいわ」

「当時のメーカーとしては、ゴーチェ、シュミット、ステネール、まさに百花繚乱《ひゃっかりょうらん》ですが、僕はなぜかジュモウのビスクドールに最も心を奪われているわけ」

「そうして、女性の心も奪おうというのでしょう」

宗児は口元でちょっと笑った。

「あなたは、朋浩のお知り合いですか？」

「いいえ」

舞子は敏夫の持っているバッグを指差した。

「あれは、真棹さんのバッグじゃありませんか？　すると……」

「そう、昨日真棹さんを車に乗せました。そのときバッグをお忘れになったので、届けに参ったのですわ」

宗児は眼鏡の奥で、考え込む様子をした。

「じゃ、あなたたちが、あのときの真棹さんの命の恩人だったわけですね」

「そんな大それたもんじゃありませんわ」

「朋浩は気の毒だったけれど、真棹さんが軽傷で済んで、本当によかったと思っているんです。もうお経も終りでしょうから、あとで隣の部屋に来て下さい」

「でも、真棹さんとは、この人だけが昨日会ったばかりですから」

「遠慮しちゃいけませんよ。さっき会社の連中が引きあげて、すっかり淋《さび》しくなってしまったところなんです。真棹さんもきっと喜ぶでしょう」

宗児は敏夫からバッグを取ると、座敷に上って、二人を誘った。

菊の生花の中に、真棹が坐っていた。もともと白い顔が、喪服の黒に包まれて、ほとんど抜けるばかりである。細い肩はそのまま悲しみの線であった。

真棹の隣に小さく坐っているのは、真棹の母親と思われる。目元の感じが真棹に似ていた。昨日、門に立って、真棹と朋浩を見送っていた老婆である。小さな膝《ひざ》の上に、見覚えのある男の子がいた。すきをうかがっては膝から逃げようとするのを、老婆はしきりになだめている。

真棹の前に、頭の禿げあがった老人がいた。朋浩にどこか似たところがあった。敏夫は馬割鉄馬に違いないと思った。鷲《わし》のような目つき、ぐいと締まった口が、一と筋縄ではゆかぬ性格を示しているようだった。鉄馬はあぐらで前かがみになっている。肥った身体は小さく坐ることが困難なのだろう。

鉄馬の隣に、若い女性がいた。敏夫はこの女性の存在にちょっと意外な気がした。今まで舞子の口から、一度もこの女性のことを聞かされていなかったからだ。年齢は二十五、六、赤い髪で、唇を濃く塗っている。明るい感じのする美人だが、黒い服はしっくりしないようだった。

真棹は敏夫の顔を見ると、ちょっと驚きの表情を現わした。口が動き何か言ったようだった。真棹の声は敏夫の耳に達する前に、読経の声で消えてしまった。

舞子は数珠《じゅず》を持って両手を合わせていた。敏夫は横目で舞子を見ながら、線香に火をつけた。

宗児が出て来て、二人を隣の部屋に案内した。ひまわり工芸の社員らしい女性が、二人に茶を入れた。

しばらくすると、読経の声が途絶えた。寺僧が立って、別の部屋に行ったようだ。

「ちょいと、真棹さん」

宗児が呼んだ。真棹が部屋に入って来ると、宗児はバッグを差し出した。

「この方たちが、届けて下さったんです。お礼を言わなければ」

真棹は、はっとしてバッグを見詰めた。

「なくなってしまった、とばかり思っていましたわ。これ、どうして？」

敏夫は真棹の直視を、まぶしく感じた。

「奥さんが最後まで持っていました。腕にからみ付いて苦しそうなので、僕が外したのを、忘れていたんです」

「そうでしたか」

真棹は大切にバッグを受け取った。

「中身を改めた方がいいよ」

と宗児が口を入れた。

「まさか――そんな失礼なこと」

真棹は初めて口をほころばせた。敏夫は重い空気から救われた気がした。

「傷は？　痛みませんか」

真棹は首をひねって、反対側の頰を向けた。頰の傷跡が赤黒く残っていた。敏夫は傷の跡より、曲げられた白い首すじに目が行くのを、押えることが出来なかった。

「足は？」

「だいぶよくなっているようです。御心配かけましたわね」

鉄馬が来て坐ると、宗児が二人を紹介した。鉄馬は言葉少なに礼を言った。

「この、ジュモウ――失礼、まだお名前を聞いていませんでしたね」

舞子は名刺を取り出した。宗児は舞子の名刺を見て独りでうなずき、ポケットに入れた。

鉄馬の隣に坐っていた、初めて見る若い女性は、宗児の妹だった。宗児は真棹を助けたときの敏夫の行動を、見て来たように喋《しゃべ》った。

「素晴らしいわ」

彼女は目を輝かせていた。香尾里《かおり》というのが彼女の名だった。

「香尾里、お前もそんな目に会ったらいいと思っているんだろう。順吉《じゅんきち》君が聞いたら、怒りゃしないかな」

と宗児が言った。

「兄さん、馬鹿なこと言わないで頂戴《ちょうだい》」

香尾里は本当に怒ったようだった。

「来年、結婚することになっているんですよ。石巻《いしまき》順吉君は、ひまわり工芸の有能な開発部員です」

香尾里はよちよち歩いて来た幼児に手を伸べた。宗児の話に乗りたくなかったのだろう。幼児は香尾里の手を振り放すと、テーブル伝いに歩いて、いきなりテーブルの上の砂糖菓子をつまんで口に入れた。

「透一君《とういち》、ママに叱《しか》られるでしょ。また歯が痛くなっても、知らないわよ」

と香尾里が言った。

「本当に甘いものが好きなんだから」

真棹が仕方なさそうに言った。宗児は二人を見比べながら、

「パパが厳しすぎたんじゃないかな。自分が甘いものを嫌いだったからな。子供は禁止されると、余計欲しがるものさ」

宗児の批判めいた調子に、香尾里が口を出した。

「パパは本当に子煩悩《こぼんのう》だったわ。よく歯医者さんへ連れて行ったことがあったわね」

真棹はうつむいていた。見ると両手の間で、白いハンカチが揉みくしゃにされていた。透一はいつにない母親の悲しみを感じ取ったように、しきりに真棹にまとわりついた。そこへ、老婆が縫いぐるみの熊の人形を持って来た。

「さあ、透ちゃん、もう寝ましょうね。熊んべを持って……」

「お母さん、お願いします」

真棹は自分の母に透一を渡そうとした。透一は与えられた縫いぐるみの熊を放り出した。

「おう、元気だな」

宗児は熊を拾い上げた。

「透一は熊んべを持って寝るのかい」

「それがないと、落着いて寝られないらしいの」

と、真棹が言った。

宗児がしきりに熊んべを弄《いじ》っていたが、

「おかしいな、動かないぞ」

と、熊の首についているスイッチを動かして言った。

「それ動く玩具なの？」

真棹が覗き込んだ。

「真棹さんは、玩具のことには、だめなんだなあ。電池が入るようになっているでしょう。ちゃんと歩くはずですがね」

宗児は熊んべの背中を開けて見た。

「矢っ張り、電池がないんだな。今度、電池を買って来て、おじさんが動かしてやろう。この玩具は誰が買ったんですか？」

「朋浩よ」

宗児は悪いことを聞いてしまったように、口をつぐんだ。透一は宗児の手から、熊んべを取り戻した。真棹の母はそれをきっかけに透一を抱いて部屋を出て行った。

「いつも一人で寝るの？」

と、宗児が訊いた。

「そう、させています」

真棹は透一のために乱れた襟元《えりもと》をなおしていた。

「偉いんだな。いい習慣だね」

「朋浩が、そうしつけたんです」

宗児は口をつぐんだ。真棹は意識して、朋浩の名を口にしているようだった。

着替えを済ませた寺僧が、黒い鞄を持って現われた。紺の背広姿になった寺僧は、多忙な政治家といった感じになっていた。

寺僧は多弁だった。自分が若い頃留学していたヨーロッパの風俗を話しはじめた。

「兄貴が若死にせんだったら、今頃は西欧美術で一家を成しておったはずじゃ」

と彼は水割を飲みながら豪語した。

真棹がそっと敏夫と舞子の傍に寄って、低い声で、

「朋浩が何かお頼みしたのですわね」

舞子たちが朋浩の車を尾けていたのを、ハイヤーの運転手は二人に注意したのだろう。

「そう、でも、もうよろしいのよ」

舞子もあたりをはばかるように言った。

「秘密のことでした？」

「まあ……」

「私は朋浩の妻です。その調査内容を教えては頂けませんか」

舞子はちょっと考えてから、

「新しく取引する会社の信用調査でした。ひまわり工芸には内密という条件で」

「新しい取引……。その調査は、終りましたか？」

「あとは報告書をまとめるだけです」

「その報告書を、私に届けて下さいますか？」

「あなたに？　読んで、どうなさるのです」

「……朋浩の考えていたことを、全部知りたいのです」

「御主人が、あなたに隠しているようなことでもあるのですか？」

「昨日ラザフォード デービス氏に連絡を取ったのです。ところが彼は朋浩と会う約束など、全くなかったと言うのです」

敏夫は朋浩の激しい命令を思い出した。朋浩はなぜありもしない約束に真棹を使おうとしたのだろう。

「私は最近、朋浩が何を考えていたのか、判らなくなりました。私は朋浩の――」

真棹は言いかけた言葉を切った。寺僧が帰り支度を始めたからだ。

ちょっとした行き違いがあったようだ。宗児の頼んだハイヤーがまだ来ない。宗児はその会社が思い出せない。

舞子は自分の車で送りましょうと申し出た。宗児は助け船に合ったような顔をした。

「美女に衛送されるとは、有難いな」

と、寺僧は言った。

「その代り、乗り心地はよくありませんよ」

「あなたたちでしたかな。あの事故の現場にいあわせたのは?」

舞子と寺僧が並んで後ろ座席に坐っていた。

寺は鉄馬の家と同じ大縄である。敏夫は初めて行く大縄という土地に興味を感じていた。

「そうです。一瞬、爆発があったのじゃないかと思いました。それが、まさか隕石だとはね」

「旧約聖書にありますな。エホバは空から大石を降らせて、敵を殺したという。この大石というのは隕石のことでしょう。とすると隕石雨だったとも考えられる」

「隕石雨? 雨のように隕石が落ちるなどということがあるんですか?」

「巨大で脆《もろ》い性質の隕石は、地球の大気に飛び込むと、粉々に散るということがあるという。これが隕石雨」

「滅多にないんでしょう」

「いや、ついこの間も報道されていましたよ。一九七六年、中国東北部吉林省地区に落ちた隕石雨は、散落の範囲は実に五百平方キロに及んだという話。収集された隕石は百以上、最大千七百七十キロの隕石が落ちた跡には、直径二メートルのクレーターができたそうな」

「都会にでも落ちたら、大惨事を免れませんね」

「落ちどころが悪ければの。朋浩さんも不運な目に会ったものじゃ」

「鉄馬さんも落胆したことでしょうね」

「さよう。何せ親族の少ない家でもある。あの男のことだから、顔には出さんが、内心ではそうとうに応《こた》えているだろう」

「そんなに頑固《がんこ》には見えませんでしたわ」

「あんたは初対面じゃろう。わしは小さい頃から鉄馬を知っている。相当なもんじゃよ。第一、あの年になっても医者にかかろうとはしない男です」

「健康なのでしょう。お住職のように」

「わしは健康さ。だが、鉄馬は少し前に軽い脳溢血《のういっけつ》でひっくり返ったことがある」

「それでもお医者にかからなかったんですか？」

「いや、そのときはかかったがね。薬を飲まされたとたん、今度は血圧が下りすぎ、二週間も頭が上らなかったという話。二度目に来た医者を追い返したが、鉄馬の医者嫌いは今始まったことじゃない。彼の妻が死んだのも、腸閉塞《ちょうへいそく》を医者が見立て違いをしたからです。鉄馬の弟の龍吉、朋浩の父だが、この龍吉の死も、へぼ医者のせいだと信じているほど。だから今でも血圧は真棹さんに計らせている」

「真棹さんが？」

「知らんのかね。彼女はもと大きな総合病院の看護婦だったのです。血圧降下剤も真棹さんが手に入れて来たものしか飲まない。毎朝一錠、カプセルに入った薬を続けているようですわい。万事がそういった調子。あの強情さは、祖父譲りに違いない。鉄馬の父親というのは、大人《おとな》しい男だったが」

「鉄馬の祖父というと、ひまわり工芸を作った、蓬堂という人ですか？」

「そのとおり。蓬堂氏の晩年、わしが子供のころ、二、三度会ったことがあるが、鉄馬そっくりだった。もっとも、スケールはひと回り大きかった。明治のロマンも持ち合わせていた。何しろ変てこなねじ屋敷を建てた男だからのう」

「ねじ屋敷――名前だけは、聞いたことがありますわ」

「ちょうど寺に行く道、ねじ屋敷の前を通りますよ。夜中のねじ屋敷は、また変った風趣があるわい」

「気味の悪い建物なんですか？」

「古くなってしまったからの。新しいうちは、妙に賑《にぎ》やかで、いっそユーモアがあったものです」

「鉄馬さんは、今でもその家に住んでいるそうですね」

「そう、息子の宗児、娘の香尾里と一緒にね。住み心地のよかろうはずはないが、宗児は一種の好事家《こうずか》だし、香尾里は画家になるつもりだから、あの屋敷が合うのだろうな」

「いつ頃、建てたのですか？」

「大正の初期、まだ西洋建築が珍しかった時代。もっとも正当な建築造法にかなったものでないから、専門家の話題にならず、一般には知られていない。シュヴァルの宮殿の小規模なものだと思えば、間違いはない」

「シュヴァルの宮殿？」

「南フランスのドローム州オートリヴの村に世にも珍妙な建造物があってな。噂《うわさ》を聞いたもので、フランスにいたとき、観覧料を払って見て来たことがあったわい。石とセメントでごてごてと勝手放題に作られた宮殿、宮殿といっても、インドの寺を思わせる建物があるかと思うと隣はペルシャ風になっていたりする。壁面には所狭しと奇異な獣や人間の形が彫られている。ちょうど、子供が紙一杯に、次から次へと思いつくままに、自由自在、城を描いてゆくことがありますな。それと同じで、あらん限りの空想力がぶち込まれたのがシュヴァルの宮殿です。それも、たった一人の男の手一つで、この宮殿が建てられた」

「たった一人の？」

「さよう。郵便配達夫フェルディナン シュヴァルという男で、或る日突然思い立ってから、石を拾って来ては作り始め、完成するまで、三十四年もの歳月が過ぎ去ったという」

「そう言えば、貝殻を拾って来ては家を建てた人だとか、空瓶で建築をした人の話など聞いた覚えがあるわ」

「全く人間というものは閑《ひま》にしておくと奇妙な物を作りたがる動物。金がなくてもこれだから、金と権力があれば、途方もない建築をしたがるものです。大名はことさら大きな城を建てたがったが、半分は道楽というか、趣味というか、遊び半分みたいなところがある」

「でなければ、天守閣のような美しさは出来ませんね」

「美と同じように、奇妙な動物である人間にとって、大切なものが、からくり仕掛けでした。古代から神殿や宮殿には、必ず人を驚かせる仕掛けが施されてあった。クロコディロポリスの迷宮というのを知っているかね？」

「さあ」

「古代エジプトにあったと伝えられていますな。この迷宮は十二の宮殿から成り、三千もの部屋があったとされている。その技術と規模はピラミッドをはるかに凌《しの》ぐと計算されているから、まさに想像を絶する迷宮。加えて、宮殿の中にはさまざまな大からくりが仕掛けられてあったといいます。扉を開けると、雷鳴のとどろく部屋。一歩中に踏み入れると、強烈な光が差して、目の眩《くら》む部屋。床が波のように動き出す部屋。アレキサンドリアのヘロンは、この迷宮のからくりを合理的に解説していますよ」

「その迷宮の中心には、何があったんですか？」

「誰も行き着くことの出来ないその迷宮には、王と聖なるクロコディルが、静かに埋葬されていたのです。迷宮といえばテーセウスが忍び込んだという、クレタ島のミノス王の迷宮が有名。テーセウスは美しきアリアドネからもらった絹の糸をほどきながら迷宮を進んだ。この話が人々の詩心を誘うとみえる。美女は何に添えても、よろしい」

「そりゃ、そうでしょうとも」

舞子は屈託なく笑った。

「ローマ時代には、からくりで有名なのが、シビルの神殿。この神殿にある祭壇は、火をともすと、ひとりでに、奥の聖所の扉が開くという。このからくりは相当に受けたようでな。後の時代になると、あちらこちらで、同じ仕掛けの神殿が作られるようになった。からくりを知らない信者は、相当に驚き恐れたらしい。古い時代では、不思議な働きをするからくりは、すぐに宗教に結び付きますな。この仕掛けは、今では合理的に説明されている。火で熱せられた空気の膨張する力が、神殿の扉に伝えられるだけの話。昔の人は——いや今でも同じかな。自動ドアでは少しも驚かない人でも、宗教的な雰囲気の中で、坊主がからくりを使えば、誰でも上手に誤魔化《ごまか》すことが出来ましょう」

「御住職も、その手を使ったことがありますか？」

「残念ながら、ないね。だから、幸せなことに、貧乏だ。宗教や金とは関係なく、からくりで人が楽しむというのは、実は大変な文化です。欧米には、趣味のためのからくり屋敷がごろごろありますわい。現にサンフランシスコの日本領事館がからくり屋敷だといいます」

「私なんか家というのは住めさえすればよいと思っていましたわ。事務所には机と電話だけありさえすればよい」

「そうすると、坊主などは無駄な存在になりますぞ」

寺僧は声を立てて笑った。

「無駄な存在といえば、馬割のねじ屋敷の庭園には、凝ったラビリントスが作られてありますわい」

「ラビリントスですって？」

「迷路のことです」

敏夫は寺僧の超現実的な言葉に、思わず聞き耳を立てた。

「櫟《いちい》の垣根で作られた迷路でな。垣根にはびっしり柊《ひいらぎ》がからめてあるので、向う側は透けて見えない。迷路は人が一人楽に歩ける程度、いろいろな袋小路が作られていて、容易に迷路の中心に行き着くことが出来ないように工夫されている」

「迷路の中心には何かがあるんですか？」

「何もない。中心は十畳敷ぐらいの広さで、ただ石のテーブルと椅子が置いてあるだけ。この迷路を作った蓬堂は、よく迷路の中央に坐って瞑想《めいそう》に耽《ふけ》っていたという。成程、迷路の中なら、どんな邪魔も入らなくてよろしかろう。だが世間の人は、こうした迷路の中でうろうろする蓬堂を狂人呼ばわりをしたものです。ちょっとしたルドヴィヒ二世ってところだ。まあ、西洋風の迷路は、今でも珍しかろう」

「西洋では庭園の中によく迷路を作ったりするのですか？」

「矢張り盛んだったのはバロック時代だったでしょうな。美術史でいうマニエリスム全盛の時代です。理想郷《ユートピア》としての宇宙を粋な恰好《かっこう》で創造することを尊んだ時代です。庭園には必ず迷路や噴水、自動人形や時計人形が作られたものです。地下には洞窟《どうくつ》が掘られ、水仕掛けで動く動物などが集められておった。十七世紀プラーハの宮廷には妖異博物館という、世界中の奇物を蒐《あつ》めた、珍奇異常の見せ物《スペクダクラ・バラドクサレルム》があった。皇帝ルドルフ二世はお気に入りのアルキンボルドという芸術家を抱えて、次から次へ怪異な騙し絵《トロンプルイユ》を描かせたり、さまざまなからくりを作らせた。この皇帝の趣味の影響ですかな。十七世紀のプラーハの町には、錬金術師だの、水晶凝視術師、予言者や魔術師、占星術師や呪術師などが、ごろごろしていたのですな。コッペリウスのモデルになった機械師コッペルキー、ゴーレムを作り出したレーウェ ベザレルも、この時代の人。

動く人形といえば、そうじゃ、楽器を演奏する自動人形、金髪の魔女を製作した、トロイのオルガン演奏家レザンもこの時代だったのう。金髪の魔女はのちにジョン ファンリー卿殺害事件で不思議な役を務めることになる」

道は狭くなり、登り坂だった。大縄は丘陵にかかる途中にある。街の明りは遠く目の下になった。

「その時代は、芸術や科学、呪術や魔法、からくり、詐術が混沌《こんとん》として未分化の状態だった。例えばハンガリアのケンペルン男爵が作り、レーゲンスブルクの機械学者レオナール メルツェルの手で有名になった、自動チェス棋士。これは機械の中に人間が入って人形を動かすというトリック、からくりめかして実際はトリックであるところが面白い。当時の自動人形の多くは、こうしたトリックも多く取り入れられていたに違いないな。江戸時代にもあります。『璣《からくり》訓蒙鑑草《きんもうかがみぐさ》』というからくりの謎解きをした書物が一七三〇年に刊行され、奇蹟的に現存して、当時のからくりを知ることが出来ます。その中に、天神記僧正の車の術というからくりがあって、同じトリックが使われている。車の台の中に十歳ぐらいの子供をあおのけに寝かせ、口と手足で人形をいろいろに動かすのですよ。唐人《とうじん》の人形で笛を吹き物いうからくりというのもこの手のトリックで、人形の笛の管が地下を通って楽屋に通じている。他の人間がこの管に息を吹き込んだり、声を送ったりしていたわけ。ところが、六十六年過《た》った一七九六年に出版された『機巧図彙《からくりずい》』を見ると、そんなトリックはすっかりなくなってしまった。機械的なからくりだけが、科学的に解明されておる。有名な茶運び人形をはじめ、全てのからくりは今でもその図によって、復元が可能なのです。すでに技術と詐術は綺麗に分離されている。ですが、同時に、メルツェルの自動チェス棋士のような、いかがわしく魔術的ではあるが、魅力に満ちた発想というのも吹き払われてしまった」

「自動人形が真面目《まじめ》になってしまったのですね」

「さよう。昔は錬金術師でも、いかに金を作るかと同時に、他の物質をいかに金と掏《す》り替えるかに腐心したものらしいの。一七八〇年代に、カリオストロと名乗った錬金術師の実験は、多くの信者を出したものです。坩堝《るつぼ》の中に、銅とマテリヤプリマという秘薬を入れて封印をする。重量はきちんと計られ、坩堝を掏り替えることの不可能な状態に置かれる。坩堝が熱せられ、封印が開かれると溶解物の中から、疑いもない金が現われるのじゃ。再び全ての重量が計られるが、実験する以前の重量と、実験後の重量には、全く変化がない」

「本当ですか?」

「この通りの実験を現在行っても、学者なら騙《だま》し遂《お》せるかも知れないぞよ。学者は奇術師ではないからの」

「とすると、トリックがあるのですね」

「いかにもな。カリオストロは初めのうちは坩堝を掏り替えるという幼稚な手を使い、それが見破られたために、この方法を考えついたのです。けだし自慢のトリックでしたろう。あの坩堝の底には、元から金が隠してあった。金の上にもう一つの底があるわけでな。その底はアマルガムで作られてあった。熱せられると、低温でも溶ける性質のあるアマルガムが溶け、下に隠されていた金が……」

そのとき、いきなり左折した車が、前に割り込んで来た。敏夫はあわててブレーキを踏んだ。

「これでもまだ命は惜しいぞよ」

と寺僧が言った。敏夫はゆっくりと車を発車させた。

「はて、どこまで喋ったかの」

「ねじ屋敷の迷路のことでしたわ」

と、舞子が言った。そうしなければ、寺僧の話は、どこまででも脱線し続けるだろう。

「そうじゃった。あの迷路はちょっと珍しい形である。これは話したかな？」

「形のことは聞いておりませんわ」

「あの迷路は正五角形をしている。従って、中央に据えられている石のテーブルも五角形なのです。垣根で作る形式はハンプトンコートの迷路によったものだろうが、さすが蓬堂。そっくり真似なかったところがよい。蓬堂は迷路を創り出す楽しさも知っていた」

「ハンプトンコートの迷路というと？」

「ウィリアム三世のハンプトンコート宮殿に作られた迷路のことじゃ。この迷路は扇の地紙の形になっておる。わしも入ったことがある。青い目をした女性と一緒にな」

「まあ、ロマンチックですわね」

「ところが観光客が一杯つながっていてな。堂々めぐりをしとるんじゃ。二人きりになるはずが、当てが外れたわい。迷路そのものは、順序が覚え易いようになっている。迷路に入ったら左に行き、次の二つの別れ道はいずれも右に曲る。そのあとは、全部左へ曲るようにすれば、迷路の中央に着くことが出来るんじゃ。アメリカではインディアナ州のハーモニーの迷路が一九四一年に復元されて話題になった。この迷路は宗教的な教会迷路じゃ」

「楽しみのために、ではないのですか？」

「人間の真の道と、曲りくねるのは罪業の袋小路。正しい道を歩むことの困難を象徴しているのじゃ。さっき話したクレタ島のクノッソスにあるミノス王の迷宮の中には、牛頭人身のミノタウロスが巣食っていたといわれている。この伝説も、石器時代からの宗教的洞窟崇拝に根ざしているんじゃろう。一つの山をくり抜いて作られた大船《おおふな》の大洞窟も、今でも宗教的修業の道場になっておる。またロザモンド宮殿の迷宮は、ヘンリー二世が愛妾《あいしょう》ロザモンドを王妃の目から隠すために建てられたと伝えられておる。人によって、迷路を作る動機もさまざまじゃ」

「馬割蓬堂の場合はどうなんでしょう。ある人の話では、蓬堂は本質的に、玩具みたいなものが嫌いだったようですわね」

「そう。だがあの男なら、何をしようが不思議でないのでな。成金時代には十円札の十を一に書き替え、料亭で一円として使ったという噂もあったほどじゃ。……ほれ、もうねじ屋敷が見えて来ますぞ」

言われなければ、見過してしまったに違いない。

道の左側は、やや急な斜面に灌木《かんぼく》が続いている。右手の奥、立木の間から月に照らし出された、青黒い塊りが見えた。その塊りは、不規則に並んだ岩のようだった。敏夫は車の速度を落した。

ねじ屋敷は想像したより大きな建物ではなかった。通常に建てられていれば、普通の二階建ての洋館になっていただろう。だが、この設計者は、強《し》いて対称形を忌避したようだ。アメーバに似た非対称の建物、それが異様な印象を与えるのである。

「あの尖塔《せんとう》はフランスのポー城を模したように思われるが、ねじ屋敷の塔は五角形になっているのじゃ」

塔というより建物を突き刺した槍先《やりさき》のようだった。建物の中央から、いきなり突き出しているからである。

「屋敷の向う側は低地になっていましてな。小さいが池がある。岩間を通った水が湧き出しているそうで、小さい割には水の量は多い。池の向うに、例の五角形の迷路が作られている」

むろん、車からは池も迷路も見ることは出来なかった。屋敷の中には一つの光もない。古い門柱に弱い明りがついているだけだ。

車はすぐにねじ屋敷を通り過ぎた。

五分ほど車を進めると、ねじ屋敷の側に古い寺が見えた。

「お蔭で、退屈せずに済みましたわい」

寺僧は舞子に礼を言った。

クロコディロポリスの迷宮、プラーハの宮廷、ハンプトンコートの宮殿、ねじ屋敷……。

敏夫は自分のアパートに戻り、狭いひと間を見渡した。目に当る品物は何もなかった。脱落の思い出となるものは、全て処分してしまったからだ。

葉書が郵便受けに入っていた。江藤重雄《えとうしげお》からだった。敏夫と東日本新人王戦に出場する直前、江藤の父親が死亡した。江藤はその知らせを受けると、生地の修善寺《しゅぜんじ》に戻った。江藤はジムに戻らなかった。そのまま魚屋の家業を襲《つ》いだ。

江藤は敏夫の敗北を知っていた。遊びに来い。葉書にはそう書いてあった。それを読むと、敏夫は冷たい蒲団《ふとん》にもぐり込んだ。

——同じ時刻、真棹の息子、透一が、不意に小さな息を引き取った。敏夫はこのことを、翌日になるまで知らなかった。

7　熊んべ

敏夫が事故を知ったのは、翌日の一時、中華料理屋の感度の落ちたテレビでである。

敏夫は午前中、初めて聞く会社の、調査報告書の清書にかかり切りであった。舞子は敏夫に仕事を命じると、すぐに事務所を出て行ってしまった。

敏夫は昼食をとるために、近くの中華料理屋に入った。何気なく見ていたテレビが、ニュースを報道していたのだ。

「——今日、午前九時、誤って睡眠薬を多量に飲んだ幼児が死亡するという事故が起りました。死亡したのは、品川区西原町、馬割真棹さんの長男で、馬割透一君という二歳の男の子です。昨夜九時頃、透一君は就眠のため自分の部屋に入りましたが、家族の置き忘れていた睡眠薬の瓶を開け、中の錠剤約五十錠をほとんど飲んでしまいました。家族はそれに気が付かず、今朝になって透一君が死亡していることを知り、警察に届け出たものです。ところで、馬割さんの家は一昨日の隕石落下の巻添《まきぞ》えで死亡した馬割朋浩さんの一家で、昨夜は朋浩さんの通夜のため、家中が取り込んでおり、透一君が睡眠薬を持ち出したことに、誰も気が付きませんでした。同家では重なる不運に打ちのめされています。次に……」

敏夫は思わず箸《はし》を落しそうになった。真棹の顔がテレビの解説者の顔と重なった。そのまま真棹のところへ飛んで行こうと思った。だが舞子が知れば、すぐ事務所に電話を掛けて来るだろう。

敏夫は食事をそこそこにして、事務所に戻った。黒沢が敏夫の顔を見ると、手に持っていた受話器を差し出した。舞子からだった。

「透一が死んだよ」

舞子が荒っぽく叫んでいた。

「今、僕もニュースで知ったところです」

「朋浩の告別式は十一時からだ。朋浩の家に行っても、仕方があるまい。火葬場へ行けば、まだいるかも知れない」

「すぐ行きます」

「場所を教えよう」

火葬場は郊外にあった。敏夫は場所を書き取った。電話を切ると、続けてベルが鳴った。黒沢がまた敏夫を呼んだ。

「舞子いるかい？」

交通課の京堂刑事からだった。

「留守です。これから会うことになっていますが」

「相変らず忙しそうだな。馬割透一が死んだぜ」

「ニュースで、今、知りました」

「それなら話が早い。俺も今署に帰って来て知ったところだ。担当が西原署の奈良木《ならき》警部に決まったんだ。舞子に訊きたいことがあると言っている。舞子に会ったら、奈良木警部に連絡するように伝えてくれ」


火葬場は広い墓地の一角にあった。

収容所を連想させるような、コンクリートの待合室には、会葬者が群がっていた。人々の間を、冷たい風が吹き抜けて通る。

真棹の姿はなかなか見付からなかった。やっと木のベンチに鉄馬と並んで腰を下ろしている姿を見たとき、敏夫は思わず立ち竦《すく》んだ。

一夜で五つ六つ年をとってしまったようだった。目に隈《くま》ができ、頬の肉が落ちていた。肩の線もひと回り小さく見えるのは、気のせいだろうか。二人共、無言である。身動きもしない。敏夫は二人の傍に立ち寄ることも出来なかった。

舞子が敏夫の姿を見ると、人混みを分けて近付いて来た。

「ひどい混雑だな。昨日は友引《ともびき》だったんだそうだ」

「京堂刑事から電話がありました」

「ほう？」

「今度の事件、西原署の奈良木警部が担当になったそうです」

「あの、奈良公か——一課が動き出したんだな」

「知っているんですか？」

「高校のとき、同期だった。点取り虫だけあって、もう警部になったか。西原署には狐沢《きつねざわ》さんもいたんだったなあ」

「宇内さんに訊きたいことがあるそうです。連絡をしてくれと言っていました」

「なに、そのうち向うからやって来るさ。真棹は何と言っていた？」

「今、着いたところです。まだ会っていません」

舞子は会葬者の中から、真棹の姿を見付けると、すぐに歩き出していた。

真棹は表情を忘れていた。敏夫を見ても、感情の動く様子がなかった。全く思い出せないのか、思い出すことさえも断念しているとしか考えられなかった。鉄馬も同じだった。一文字に結ばれた口は、一度も開くことがなかった。

さすがの舞子も、通りいっぺんの挨拶だけで、二人の傍を離れるより他はない。

「ひまわり工芸の連中はどうしたんだろう」

敏夫は会社の人たちの顔を知らなかった。

「息苦しいな。こういうのは苦手なんだ。外に出よう」

待合室の外は、砂利を敷いた庭になっていた。風は冷たいが、日当りはよかった。舞子と同じような考えの会葬者たちが、漫然と動いていた。

「ああ言ったものの、いちおう奈良公に連絡をとった方がいいだろう」

舞子は手帖を開いて考えた。公衆電話は、待合室の中にあるのを思い出した。

ときどきスピーカーが、骨揚げの番がきた家族の名を呼び上げていた。まだ時間がかかるような気がした。敏夫は墓地に足を向けた。

近くは新しく造成された墓地だった。墓石はどれも新しく、苗木が小さい。ところどころに立てられた生花の色が鮮やかだった。

「あら、いらっしゃらないと思っていましたわ」

敏夫が声のする方を向くと、黒いスーツを着た香尾里が固くほほえんでいた。明るい陽の下の、健康な肌の色が、矢張り黒い服と違和感があった。

「昨日は有難うございました。勝さんにはいつも助けていただきますわね」

　香尾里はほとんど寄り添うばかりに、敏夫に近寄った。

「さっきニュースで知りました。何と言ったらよいか――」

「仕方がありませんわ。私、偶然ということが、本当に恐ろしくなりました」

　香尾里は目をすうっと細くした。

「昨日、父と兄は家に戻りましたが、私は真棹さんのところへ泊ったのです。ああなったのは、半分は私の責任でしょう」

「一体、その睡眠薬は、誰のものだったのですか？」

「亡くなった、朋さんのものでしたわ」

「朋浩さん、いつも睡眠薬を飲む習慣があったのですか？」

「いいえ。真棹さんたちは旅行に行く途中だったのは御存知でしょう。あの薬は、環境が変って、寝られないときの用意にと、朋さんが真棹さんに買っておかせてあったものだそうです」

　敏夫はふとポケットに手を入れた。真棹と同じ薬局で買った薬の小箱が、そのままになっていた。

「真棹さんは家を出る前に、薬を朋さんに手渡したと言っているの。旅に出る忙しさで、朋さんはどこかに置き忘れてしまったのね」

「――子供の手の届くところにですか？」

「そのところが、どうもはっきりとしないの。朝から警察の人にくどく訊かれたわ。真棹さんも同じだった。おばあちゃんも、昨夜真棹さんの家に泊った三人とも、透一君がどこから薬の瓶を自分の部屋に持ち込んだか、誰も知らなかったんです」

「誰が透一君を寝かせつけたんですか？」

「真棹さんよ。昨夜、透一君は興奮していて、なかなか寝ようとしなかった。おばあちゃんが寝かせようとしてもすぐ起きて来た。無理もないわね。大勢の人が集まって、見たこともないことを始めたんですもの。父と兄が帰る間際だったと思います、真棹さんが透一君を蒲団の中に入れたのは」

「寝付くところは、見ていないんですね」

「そうなの。いつもそうして寝かせているんです。朋さんはしつけに厳しかったわ」

「その部屋に、睡眠薬の瓶があったわけですね」

「結果的には。でも、真棹さんは蒲団を敷き、透一君を寝巻に着せ替えて寝かせるまで、その瓶があったなどということに、全く気が付かなかったの。私もあの部屋には出入りしたけれど、無論見なかったわ」

「透一君が手に持っていたなどということも考えられませんね」

「そうね。おばあちゃんは透一君を着替えさせていますものね」

「皆の知らない間に、一度横になった透一君が起きだして、別の部屋に行ったということは？」

「私が寝たのは十二時過ぎ。真棹さんも同じに寝たけれど、ほとんど寝付かれなかったらしいわ。それでも透一君が寝息をうかがって起きて別の部屋に行くことも出来なくはないけれど、二歳の子が、そんな真似をすると思う？」

「しませんね」

「でしょう。けれども、警察はもっと恐《こわ》いことまで考えているんだわ」

「恐《おそ》ろしいこと？」

「もし、誰かが、そっと透一君の枕元に、睡眠薬を置くことがあったとすると、それが出来たのは、誰と誰か、ですって。私は呆《あき》れて、あのとき真棹さんの家に集まった、全員と答えてやったわ。私たちは互いに監視し合っていたわけじゃないわ。誰だって、透一君の枕元に薬をそっと置いて来ることぐらい出来たわ」

「そうすると、透一君の枕元でその瓶が見付かったわけなんですね」

「そう。いつもなら、七時半には起きて来るんですって。でも夕べは遅くまで起きていたでしょう。ぐっすり寝ているものだとばかり思っていました。真逆、透一君が死んでいるとは、思っても見なかった」

「それを見付けたのは？」

「真棹さんよ。——残酷だったわ」

香尾里は後ろ向になると、ゆっくりと墓の間を歩き出した。敏夫も香尾里の後に従った。しばらくすると香尾里は立ち止って、くるりと敏夫の方に向いて、

「勝さんは、真棹さんが好きなのでしょう」

唐突に言った。

「……僕が？　そんな――」

敏夫は心の中でうろたえ、言葉に詰った。

最初、舞子から真棹の写真を見せられたときから、真棹に対しては、他の女性を見るときとは違う感情が起っていたことは確かである。だが、それは漠然とした好意だと思っていた。好意以上のものがあったのだろうか。それが香尾里には見えたのだろうか。

「いいのよ」

香尾里はまた後ろ向になった。

弁解めいたことを言わなくともいいという意味だろうか。真棹が好きでもいいという意味なのだろうか。

「――これは丸に横木瓜《よこもっこう》……丸に立ち梶《かじ》の葉……五三の桐……」

香尾里は墓の定紋《じょうもん》を見つめながらつぶやいていた。

「よく紋の名前を知っているんですね」

香尾里は敏夫を見て、ちょっと笑った。

「初めて、私のことを、聞いたわ」

言われればその通りだった。さっきの言葉は軽い嫉妬《しっと》だったのだろうか。敏夫には若い女性の心がつかみかねた。

「私は、美術を専攻しているのよ」

「画家になるのだそうですね」

「あのお喋り坊主に聞いたのね。私のどんなこと、勝さんに教えた？」

「いろいろです」

わざと気を持たせるように言った。

「教えてくれないの？　意地悪ね」

教えたくとも、それ以上のことは、知らないのだった。

「香尾里さんの家の定紋は、何ですか？」

「――抱《だ》き茗荷《みょうが》。でも、もとはねじ梅《うめ》だったらしいの。ねじ梅は、梅鉢《うめばち》のバリエーションね。勝さんのところは？」

「それが、知らないんです」

香尾里はあたりを見てから、くすくすと笑った。

「坊主が私のことをいろいろ話したなんて、嘘《うそ》でしょう」

からかわれているのは、自分のような気がした。敏夫は黙ってしまった。香尾里は顔を近寄せた。

「今度、私の家へいらっしゃらない？」

「僕が、ですか？」

「そう。もうすぐ、私の誕生日なの。でも喪中でしょう。派手なことは出来ないから、内々で何人かを呼ぶことにしてあるの。いいでしょ。真棹さんも来るかも知れなくってよ」

「順吉さんもですか？」

「あの人は駄目。きっと、仕事なんでしょうから。今日だってどんどん帰って行ってしまったわ」

香尾里はすねるように言った。

「香尾里さんのお父さんに、宇内さんがお話があるそうです」

「ああ、あの威勢のいい人ね。あの人、あなたのボス?」

「ええ、まあそういったところです」

「直接当たればいいのに。父はそんな大物じゃなくってよ」

「こういう時で、言い出せないんでしょう。それに、楽しい話ではなさそうですから」

「いいわ、私が下話をしておくわ。でも男の人ってどうして仕事、仕事なんでしょうね」

「気を悪くしました?」

「したわ」

スピーカーが馬割家の名を告げた。香尾里は火葬場の煙突を見上げた。だが、すぐに敏夫に目を移して、

「誕生日に出られないからって、あらかじめプレゼントを届けてくれた人があったわ。不在贈《ふざいぞう》物《ぶつ》ってわけね。勝さんも招待したんだから、花束ぐらい持って来なさい」

「だいぶ気が合っていたようだったじゃないか」

車の中で舞子が言った。

「誕生日に招待されました。宇内さんが会いたいと言っていると、鉄馬に話しておいてくれるようです」

「そりゃ有難い。香尾里は君に気があるのかな」

「そんなことはないでしょう。反対に……」

真棹が好きなんでしょうと指摘されたと言おうとして口をつぐんだ。敏夫は香尾里から聞いた、昨夜からの始終を舞子に話した。

舞子はじっと敏夫の話を聞いていたが、

「その睡眠薬は、真棹が買ったものだと言ったね？」

「そうです」

「勝君が買った風邪薬はどうした」

「まだ、ポケットに入っています。上衣の左側ですよ」

舞子の手がポケットを探るかと思ったが、そうはしなかった。敏夫は左手をハンドルから放して、風邪薬の箱を取り出した。

舞子は箱を開いて、小瓶を取り出した。瓶は箱と同じ鮮やかな緑色のデザインのラベルが巻かれてあった。舞子はねじ蓋《ぶた》を開けた。初めて開けるために、ちょっとした力が必要だった。

「矢張り、こいつはおかしいな」

と、舞子がつぶやいた。

「透一の死がですか」

「そうだよ。真棹が薬を買ったのは、旅に立つ直前だった。朋浩も昼間から睡眠薬など飲むはずがないから、包装は捨てられたにしろ、瓶の蓋は開けられなかったろう。とすると、初めて開けるねじ蓋の固さは、二歳の子の力で開けられると思うかい？　大体、子供にとって、ねじ蓋を開けることすら、むずかしい仕事なんだ。その上、新しい瓶の入口には、錠剤が動かないように、ぎっしり発泡ゴムが詰められている。この詰め物をどうしたろう？」

「とすると、誰かが瓶の蓋を開け、詰め物を取り去って、故意に瓶の蓋を緩く締めなおしておいたのでしょうか」

「そんな恐いことを、軽々しく断定は出来ない。透一の開けた瓶は、別のものだったかも知れないしね」


西原署の奈良木警部は、色の白い、つんと鼻の高い男だった。顎《あご》が削《そ》がれたように尖《とが》り、眉《まゆ》の間に深い縦皺《たてじわ》があった。

「油川《ゆかわ》さん――いや失礼、結婚されてからのお名前は何でしたか」

奈良木の声はかん高かった。

「舞子でいいわ」

「昔通りに？　じゃ、舞子さん」

「なあに？　奈良公」

奈良木の縦皺が深くなった。髪を七三に分け、ひと筋の乱れもない。

「──矢張り、お名前を聞いておきましょう。その方がいい」

「そうね。警部さんですものね。あなたらしい、ずいぶん早い出世でしたわ。私、宇内と申します。奈良木警部さん、煙草を吸ってもよろしいかしら」

「どうぞ御自由に。で、君は？」

敏夫は名前を言い、宇内経済研究会の社員だと付け加えた。

「宇内さん、あなたは昨夜、馬割家の通夜に出席しましたね」

「はい、参りました」

舞子は切口上で答えた。

「何時ごろまで馬割家にいたか、覚えていますか？」

「お経が終り、しばらく皆さんとお話をしてから、お坊さんを大縄まで送りました。ですから、九時ちょっと前までだったと思います」

「透一君はまだ起きていたのですね？」

「起きていました」

「どんな様子でした？」

「どんな様子って、普通の子供がするようなしぐさをしていましたわ。大人の周りを歩き廻ったり、お菓子をつまんだり、熊の玩具を抱いたり……」

「特に変った点があったら、聞かせて下さい」

「変った点など、ありませんでしたね」

舞子は煙草の煙を奈良木の方に吐いた。

「あの子の死に、何か疑いでもあるの？」

奈良木はぎろりと舞子を見て、

「一応変死ですからね。万一という点を考えて、念を入れているわけです」

「万一というと、殺人ということも考慮に入れているの？」

「そこまでは考える必要がないと思う」

「屍体は解剖したんでしょう、結果は？」

「正式な報告はまだ出ていないが」

「睡眠薬を多量に飲んでいることには間違いないのね」

「まあ、な」

「その薬は真棹さんが買った物に違いないの？」

「宇内さん、待ってくれよ。訊いているのは私の方じゃないか」

「判っていますわ。奈良木警部。でも、これだけで質問は終りますから、教えて下さいませんこと？」

奈良木は、仕方がないといった風に、切口上になった。

「製造番号を薬局に照会しました。薬は真棹さんが買った物に間違いはない。宇内さん、今日、馬割朋浩氏の告別式に出掛けましたね」

「正確には告別式には出ていません。火葬場で骨揚げに加わっただけです」

「その間、馬割家の人たちと一緒だったわけでしょう」

「そうです」

「馬割家の人たち――会葬者も含めてですが、特に気の付いたことがあったら、聞かせて下さい」

「別に変ったところはありませんでした。鉄馬さんと真棹さんはひと言も喋りませんでした。香尾里さんも同じです。あとの人たちとは面識がありません。そう言えば、宗児さんの姿が見えませんでした。変ですわね」

「宗児氏は朋浩氏の家に残っていましたよ」

「そうでしたわね。小さな仏を独りにしてはおけませんものね。警部さんの訊問《じんもん》もあることだし」

奈良木がまた顔をしかめた。

「宇内さん。協力有難う。今日はお引き取りになってもよろしい。また何かのとき力になって頂くかも知れません」

「なに、お役に立ちませんでした。ところで奈良木さん、これから朋浩の家へ行くのでしょう」

「――――」

「まだ、鉄馬氏と真棹さんと香尾里さんの訊問が残っているはずですものね。彼女たち、もうとっくに家に戻っている時刻でしょう。私たちも焼香に行くんですよ。よろしかったら御一緒しませんか？」

「いや、結構。まだ少し用が残っている」

奈良木はぶすっとして答えた。

「狐沢さんとも、しばらく会っていないわ。元気なんでしょうね」

「狐沢君は県警に転属されましたよ」

「県警――に、ね」

舞子は不思議そうな顔をした。

「試験の点数はよかったかも知れねえが、あれじゃ駄目だ」

と、舞子はエッグの中で奈良木を批評した。

「第一、こっちの知らないことばかり質問していらあ。平の刑事さんたちのほうが、聞き込みは余っ程うまい。狐沢さんも相変らず追い駆け廻されているんだなあ……」

舞子はバッグの中から風邪薬の瓶を取り出すと、敏夫の左ポケットに滑り込ませた。

「余っぽど注意してやろうと思ったんだが、あまり態度が大きいんで、今日は止《よ》しにしてやった……」


朋浩の家の葬具はほとんど取り外されていた。住宅地はまたもとの静かさに戻り、一人の人間の死など忘れ果てた無関心な顔になっていた。

一歩家に入ると、線香の匂いが立ちこめていた。座敷には朋浩の遺骨と写真が置かれ、その隣に透一の写真が並べられてあった。透一の棺はなかった。代りに見覚えのある熊の玩具が置かれていた。

馬割家の遺族は、呆然とした面持で、ただ時の過ぎゆくのを待っていた。宗児でさえ、軽く動くはずの表情を凍らせていた。

敏夫たちのすぐ後ろから、奈良木警部を交えた二人の捜査官たちが到着した。捜査官たちの態度は丁重を極めていた。控えめな弔問《ちょうもん》が済むと、二人に別室の応接室が当てられた。真棹を最初に、一人一人が応接間に呼ばれた。訊問はいずれも長くはなかった。事故の詳細は、すでに宗児と真棹の母から、聞いているはずである。奈良木たちは、その裏付けのため、一人一人に当っているのだろう。

ひと通り訊問が終ると、鉄馬が身体の不興を訴えた。めまいがするのだと言う。

「薬を忘れたのではありませんか?」

と真棹が聞いた。鉄馬はポケットから小さな瓶を取り出した。赤いラベルが剝《はが》れかかっている。瓶の中には赤いカプセルが半分程入っていた。

「いや、忘れてはいない。いつもこうして持っている。朝食後には必ず飲むようにして、今日もきちんと飲んだよ。わしは他の薬を飲む気はない。あんただけを信用しているからな」

「昨日から、お疲れになったのですわ。家に帰ってお寝《やす》みになって下さい。暖かくして。ね、宗児さん、そうしてやって下さいね」

宗児は鉄馬と真棹を見比べて、立ち渋っていたが、真棹が強いて言うので、コートを取りあげた。

「宇内さん、済まないけれど、真棹さんのために、もう少しいてやってもらえませんか」

宗児は玄関を出るとき、舞子にそうささやいた。

それと前後して、奈良木たちも引きあげた。

「ああ言われたけれど、困るんだな」

舞子がぼそぼそ言った。

「勝君だけ、残ってくれよ。私はもう一つ、仕事をしなければならないんだ」

そして玄関に出て行った。

エンジンの音が遠くなると、家の中はめっきりと静かになった。真棹のすすめで、真棹の母も二階に登って行った。

真棹の母親が秋子《あきこ》という名であることは、このときに知った。秋子は朋浩と真棹の留守をあずかるために、一週間ほど前から、この家に来ていたのである。

香尾里と、敏夫だけが後に残った。

真棹は無意識に、透一の熊んべを膝に乗せていた。手が、休みなく熊んべの周りを動いていた。何度も熊んべの背中を、開けたり閉めたりした。宗児の言うとおり、電池を入れるためのポケットが出来ていた。その動作が真棹の心残りを表わしているようだった。電池を入れて、透一に熊んべが歩くのを、とうとう見せることができなかった母親の心。だが、能面のような真棹の表情だけは変らなかった。

香尾里はしきりに敏夫に話しかけて、彼がボクサーだったことを聞き出してしまった。いつも忘れようと努めている事柄だったが、この日に限って、話すのが苦痛ではなくなっていた。もっとひどく、打ちのめされた人が、聞き手だったからだろうか。敏夫は思い切って敗北した試合だけを話した。話しながら、結局それだけの話題しか持ち合わせていない自分を哀れっぽく感じた。

香尾里のところへ電話が掛って来た。部屋に戻って来た顔色が冴《さ》えなかった。

「誰からだった?」

と真棹が聞いた。

「順吉さんなの。会いたいって言うんだけど、断っちゃった」

「用があるんじゃないの」

「用なんかないわ。今日あんまり仕事のことばかり言うから、怒ってやったのよ。それを思い出したんでしょう。私が今夜どうしているかぐらいのことは、知っているはずだわ。それなのに電話を掛けてくるなんて、非常識よね」

「それはいけないわ。私のことなら、もういいんですから、断ったりすると、私が困ります」

香尾里の心が動いているのが、敏夫の目にも判った。

「電話は会社からでしょう?」

「そう」

「じゃあ、すぐに掛けなおさなければ。早くしないと、いなくなってしまうかも知れないわ」

「真棹さん、ごめんなさいね」

香尾里は立ち上って部屋を出て行った。香尾里の弾《はず》みを押えた声が聞えて来た。

「会ったら、うんととっちめてやるわ。勝さん、お願いね」

電話を済ませた香尾里は、そそくさと玄関に出て行った。

「いい時代だわ」

香尾里を見送った真棹は、ぽつんとそう言った。

「少し飲みたくなったわ。勝さん、つき合って下さいね」

真棹は応接室のドアを開いた。小ぢんまりした部屋だった。

「どれにしましょう？」

真棹は洋酒の棚の前に立った。敏夫は適当な瓶を取ってテーブルに置いた。真棹は部屋を出て行った。

壁に掛っている古い写真が目についた。三十前後の男である。ピントがぼやけている上に茶色く変色していて、特徴はつかみにくかったが、しっかりと結ばれた唇が、鉄馬に似たところがあった。

真棹が氷を持って部屋に戻って来た。敏夫の視線に気が付くと、

「あれ、朋浩の父です。龍吉という名でした」

と説明した。

「そう言えば、どこか鉄馬氏に似ているところがあると思っていました」

「似てはいますが、鉄馬と龍吉の兄弟の仲はあまりよくなかったと、いつも朋浩が話していましたわ」

それが朋浩と宗児の間に引き襲《つ》がれているのだろうか。真棹は龍吉の写真を見ながら、話しはじめた。

「二人共、父の代からひまわり工芸で一緒に働いていたのです。兄弟で同じ仕事をしていると、往々にそういうことがあるでしょう。その上、二人の父親は病弱で、ひまわり工芸の仕事は二人の手に任されていました。どちらかというと個性的で、才能のある二人の兄弟は、互いに譲るということがなかったと言います」

真棹は敏夫に椅子をすすめた。自分はソファにかけ、二つのグラスに酒と氷を入れて、一つを敏夫にすすめた。

「龍吉は創造力のある人でした。きつつきとか泳ぐ金魚。そういった古くからある玩具を改良して、もっと面白いものに作り替える才能に長じていた。一方、鉄馬の方もそれに負けていません。販路を伸ばし、利益を追及する商才に、すぐれた腕を持っていたのです」

真棹は薬でも飲むように酒を喉に通していた。酒を味わっている姿ではない。

「龍吉にとっては、自分の考案した玩具を、次から次へ、我が物顔に商品化し、自慢気に販売する鉄馬が気に入らなかったの。龍吉はそれを盗むと称し、小さい朋浩に、あいつは泥棒だと口癖のように言っていたそうです。二人の父親が生きているうちは、それでも、どうやらひまわり工芸で力を合わしていましたが、父親の死をきっかけに、二人の仲は決定的なものになったの。財産の分配が直接の原因でした。悪いことに、戦争を目の前にした玩具業界はあってもないのと同じ状態だった時代でしょう。おまけに相続権も長男が一手に握っていた時世ですもの。龍吉の主張どおりにはゆきませんでしたわ」

真棹は饒舌《じようぜつ》になっていた。何かに熱中していない自分を、恐れているようだった。

「結局、長男の鉄馬が、大縄の土地と仕事を襲ぐことになり、龍吉はわずかな資金で別の会社を開いたの。主にひまわり工芸の下請の仕事でした。戦後、龍吉はいくつかの新しい玩具を作りましたが、こういう人に限って、商売が下手なんですね。どれも商品としては成功しませんでした。鉄馬は矢張り俺でなければ駄目なんだと言い、龍吉から安くアイデアを買い取っていたんです。龍吉は無念の思いで苦心の作を手放したのでしょうね。龍吉は死ぬまで、鉄馬を泥棒呼ばわりしていたと言います」

真棹の顔に血の気がさし始めた。話と酒に感情が動きだしたのだ。

「龍吉が死ぬと、朋浩は鉄馬のところに引き取られました。私もそうだけれど、馬割家には親類が少なかったのです。頼れるのは鉄馬だけ。朋浩にとっては、いわば敵のところで飯を食べさせてもらっているようなものだったわ。朋浩の陰気な性格は、そんなところから産まれたと思うの。朋浩は何不自由なく育った宗児さんや香尾里さんに交って、ずいぶん苦労したと思うの。私、そんな彼に同情したのだわ。……私だけ喋《しやべ》っているようね。勝さん、退屈しませんか？」

「退屈なんかしません。でも、奥さんは疲れませんか？」

「少し喋りたいの。とても寝られそうにもないから。……私、朋浩と結婚する前、病院に勤めていたことがあったわ」

「それで、鉄馬氏の身体が診られるんですね」

「鉄馬は医者嫌いなの。私、前に漢方を勉強したことがあった。鉄馬は私を信用してくれているわ。それが患者には一番大切なことなのよ」

「漢方の薬でも、カプセルを使うんですか？」

「ああ、あの薬ね。外はカプセルでも、中身は漢方薬よ。便利になったでしょう」

真棹は初めて笑い顔を見せた。

「私、学校を出て、三年目だったわ。朋浩と初めて会ったのは。朋浩は胃潰瘍の手術で、私の病院に入院したの。私たちはそこで知り合いになったわ。……こんな話、お嫌？」

「いえ、構いません」

真棹が敏夫のグラスに酒を足した。

「朋浩は初め、温順《おとな》しい、陰気な青年という印象でした。目立たないけれど、心《しん》が強情で、考えにもひねくれたところがあったわ。手術が終り、結果が順調になると、明るさが見えてくるようになった。私と馴染みになると、同時に我がままな患者に変ってしまった。自分のことをよく喋り、私がいなくなると、子供のように不機嫌になったわ。ところが、面会に来る人の前では、元の陰気な青年に戻るの。彼の周囲には、心を宥《ゆる》せる人がなかったんだわ。絶えず劣等感を持ち、人の善意を解そうとはしなかった。たまたま、気のおけぬ人にだけ、彼の甘えが爆発するということが判った」

　真棹は酒を飲み、続けて喋った。

「退院する日、朋浩は私に結婚を申し込んだ。私は迷ったけれど、他人と会うときの朋浩の淋しそうな姿を見ると、とても断る気持にはなれなかったわ。私たちはその年のうち、結婚式を挙げました」

「結婚して、よかったと思いますか？」

「思いますとも。朋浩はすっかり明るくなったの。でも、それが私のせいだと思ったりしたことはなかった」

　では、宗児との関係は何のためだろう。敏夫はそれを聞きたださないではいられない気持になった。敏夫は瓶を取り上げて、自分のコップに酒を注いだ。

「他の人との付き合いはどうです？　心を開くようになりましたか？」

「今までは、そう思っていました。けれども、朋浩が勝さんの会社に新しく取引をする会社の信用調査の依頼をしていたことを知って、私は自分の考えが違っていることに気が付いたんです。朋浩はあくまで、鉄馬の一族と離れようとしていたんですね」

「僕たちはあの日、奥さんを尾《つ》けていたのですよ」

「そうでしたわね」

「それが変だとは思いませんか？　僕たちは依頼者である朋浩さんなど、尾ける必要はなかったのですよ」

真棹は言葉の意味がよく判らないらしかった。

「――ということは、私たちは奥さんを尾けていたのです。午前中から……」

真棹の表情が激しく動揺した。顔が上気し、目が大きく見開かれた。

「そんなことも、朋浩が頼んだのね」

「そうです」

「卑怯《ひきよう》だわ」

真棹は悲しそうに言った。

「あの日、シャンボール館の隣の部屋には、僕と宇内さんがいた」

真棹は強く唇を嚙《か》んだ。敏夫は言葉を強めた。

「奥さんの顔は、その前に写真で見せられて知っていました。どこかに旅行をしたときのスナップで、奥さんは赤に近い柿《かき》色の服を着て、笑っていた」

「今年の夏、私は朋浩と金沢に旅行した――」

「だが僕は信じないんです。奥さんと宗児さんが、シャンボール館の同じ部屋にいたとしても、その中で――」

「止して！　普通に考えて下さればいいんだわ。私と宗児は、少年や少女ではないのよ。ありふれた大人なのよ」

真棹は眉を寄せて、グラスの酒を飲んだ。

「だが、僕には判らないんです。御主人は奥さんを愛していた。隕石が車に当ったとき、御主人は自分が逃れる前に、あなたを救おうとしたじゃありませんか。また、病院で御主人に対したあなたの態度は、誰の目にも、御主人を――」

「言わないで頂戴！」

「……言いません。失礼しました」

「待って！」

真棹は首を振った。

「私、朋浩の生きている間に、そのことを話さなければならなかったんだわ。私は臆病《おくびょう》だった。いい妻でもありたかった。朋浩の心を傷つけたくはなかった。勝さん、聞いて下さい。……どうしたんだろう？　私、辻褄《つじつま》の合わないことばかり言っているようね」

「辻褄の合う人なんて、この世にはいやしません」

「朋浩は死んでしまった。私はあのことを誰に喋ってもいいんだわ。もう宗児とも、ああして会う必要もなくなったんですもの」

「判った。あなたは宗児さんに脅迫されていたんですね。あなたとの関係を御主人に話されることを恐れて、あなたはずるずると宗児さんとの交渉を重ねていたんですね」

「透一の死は、罰だと思っています」

突然、真棹は両手で顔をおおい、小きざみに肩を震わせた。その姿が敏夫に深い哀れみを起させた。敏夫は立って真棹の後ろに廻り、肩に手を置いた。

「ごめんなさい。余計なことを言ってしまったようです。別の話をしましょう」

「いいの。かけて下さい」

真棹は自分のソファの隣に、敏夫を腰下ろさせた。横顔に沈痛な筋肉の緊張はもう消えていた。

「朋浩が退院したころ、彼はひまわり工芸に勤め始めて五年ばかり、独身のアパートにいたわ。休みになると、私は朋浩のアパートに行って、洗濯をしたり、食事を作ったりした……」

今の香尾里がそうなのだろう。何をしても充実感のある生活――。

「ある日、伯父の鉄馬が、お見合いの話を持って来たと言って、朋浩は困っていた。私たちの相談はすぐに定《き》まったわ。二、三日後、朋浩は私を連れて、ねじ屋敷に行き、鉄馬に引き合わせました。鉄馬は私をとても喜んでくれた。鉄馬は朋浩のいないところで私に言いました。朋浩は死んだ父親の龍吉に似て、僻《ひが》んだ性格がある。わしは朋浩の幸せを一番望んでいる男だ。くれぐれも朋浩を頼むと。私は朋浩を明るくする自信がある、と答えたの。それから私たちは、よくねじ屋敷に出入りするようになりました」

それは愛の姿とはどこか違っているように敏夫には思えた。敏夫は黙ってグラスを傾けた。

「――宗児を紹介されたのも、そんなときでした。彼は珍しい物でも見るように、私たちを眺めていたわ。宗児は自分の部屋に、世界中のからくり玩具のコレクションを持っていました。古いオルゴールつきの西洋の自動機械人形や、ジュモウのビスクドール、神戸の黒人のからくり人形、小さい物では助六の飛んだり跳ねたりや、団十郎の隠れ屛風《びょうぶ》まで、ほとんど手当り次第という感じで蒐《あつ》められていたわ。その一つ一つを私に自慢して見せるのが楽しみだったようなの。そういった珍しい玩具は、変にごてごてとしたねじ屋敷にふさわしいものに見えたけれど、私にはあまり興味がなかったわ」

ねじ屋敷という特殊な環境の中で育てられた宗児が、玩具愛好者になったのも、自然のなりゆきに思えた。

「ねじ屋敷には、生垣《いけがき》で作られた迷路があります。私はただの生垣だとばかり思っていたけれど、それがちゃんとした迷路になっているということを教えてくれたのも宗児でした。宗児はしきりに中を案内したがったわ。でも何だか気味が悪そうなので、私は断った。宗児はそういう私を、珍しそうにして見ていた。——或る日、私は迷路の中に入って行く朋浩の後ろ姿を見たの。それを見て、自分もふと子供のような気持が湧いた。迷路の中で、朋浩を驚かせてやろうと思ったのです。道が判らなくなったら、朋浩を呼べばいい。私は深く考えもせず、迷路に足を踏み入れたの。子供の頃、紙に印刷された迷路を、指先で辿《たど》って遊んだことがあるでしょう。大抵は易《やさ》しく目的地に着くことが出来るわね。私の迷路の知識はそんな程度でした。ねじ屋敷に作られた迷路は、実際に作られているのだから、そう込み入ったものじゃあるまい、と高をくくっていたのが悪かったんだわ」

「出られなくなってしまったのですね」

「そう。迷路は永いこと手入れがしていなかったと見えて、垣は生い茂り、人がやっと通れる広さしかなかった。ところによっては空も見えず、まるで洞窟《どうくつ》の中にいるような感じです。そして、迷路というのは、俯瞰《ふかん》したときと、実際に踏み込んだときとでは、こうも方向が判らなくなるものかと思ったときは、もう遅かったわ。十分も歩いているうちに、私は西も東も判らなくなってしまった。あわてて元来た道を出ようとするのだけれど、それがかえって奥へ奥へと迷い込んでゆく感じになった。私はあの迷路を作り出した人間の悪意を知った。悪魔のような知慧《ちえ》で、正常な知覚を狂わせようとしているんだわ。私はうろうろするばかり。そのうち恐ろしくなって、半分泣きながら、朋浩の名を呼んだわ。けれども、いくら呼んでも朋浩の声は返っては来なかった。長い時間のように思えたけれど、実際はそうでもなかったのでしょう。迷路は時間の感覚さえ、狂わしてしまう。或る曲り角で、私は後ろから、いきなり目隠しをされた。温かい手の感じに、私は泣きそうになった。〈いじわる。どうしてもっと早く来てくれなかったの？　私が泣き出すのを、待っていたのね〉彼は私の目から、手を放さずに、私の向きを変えて、唇を重ねたわ。——そして、気が付くと、それは朋浩でなく、宗児だった」

真棹は酔っていた。鼻にかかる声の癖が強調され、言葉の調子がゆるやかになったのでも酔いが感じられた。

「——私は迷路に入って行く後ろ姿を、朋浩と見間違えたらしいのね。私は宗児を突き放した。宗児は悪びれる様子もなく、私の手を取って迷路を歩き出した。私はそうされるより方法はなかったの。宗児がいきなり曲り角で消え、また後ろから抱きすくめられるようなことをされるより、手を持っていた方が、安全だったわ。宗児は或る角を曲り〈さあ、着きましたよ、お嬢様〉と言って手を放しました。それは迷路の出口ではなくて、迷路の中心でした。迷路の中心は、十畳敷ぐらいの広さで、中央に五角形の石のテーブルがありました。宗児は石の椅子に腰を下ろすと、落着き払って煙草に火をつけた。私を撫《な》でるように見ながらこんなことを言います。〈あなたは美しい。朋浩なんかには勿体《もったい》ない〉」

真棹は髪に手を当てて、かき上げるしぐさをした。そう、真棹は美しかった。

「〈外に連れて行って下さい〉と私は頼んだ。宗児は〈もう少しあなたと話していたいんだ。それとも、独りで出られるなら、出てごらん〉と笑いました。私は思い切って独りで小路に入った。けれども私は中央に帰る道を忘れまいとしていたの。袋小路に入ったらまた、中央に引き返すよりないでしょう。これでは、いつまでも迷路の外に出られるわけがないわね。――ばかなことと思われそうだけれど、私は一生迷路から出られなくなるかも知れないとさえ思った。こんな気持は、迷路で散々迷った人でないと、判らないでしょうね。結局、私はまた迷路の中央に帰らなければならなくなったわ。宗児はちゃんと待っていて〈矢っ張り僕がいないと、駄目でしょう〉と言いながら私を抱きすくめ、草の上に押し倒しました」

グラスの中の氷が、音を立てて崩れた。真棹はグラスに新しい氷を入れた。その手元がもどかしくなっていた。

「以来、宗児は思い出したように私の身体を求めました。そうだわ。勝さんの言ったとおり、私は脅迫され続けていたの。私がこばむと、宗児は私たちの関係を朋浩に話すと威《おど》しました。私にはそれが何よりも恐かった。宗児には他にも女がいたわ。私を愛してなんかいなかった。自動人形を弄《もてあそ》ぶように、私の身体との接触を楽しんでいただけ。でも宗児には、生れつき女性を籠絡《ろうらく》する才能があった。特に、透一が産れたあと、朋浩に男の力がなくなってしまったんです。弁解めくようだけれど、そうしたこともあって、私は宗児の言う〈二人だけの禁断の味〉を教え込まれてしまった……」

激情が真棹を襲ったようだった。唇が震え、声の調子が変った。

「けれども、もう嫌だったんです。そんな偽装に満ちた生活には、もう堪えられません。私は一切を朋浩に告白する覚悟を定めていました。そこへ、海外旅行の話が生まれました。私はいきっかけになると思った。旅行の途中、いつか、あなたに打ち明ける決心をしたわ」

真棹は敏夫を、あなたと呼んだ。疲労と傷心と酔いが、敏夫に朋浩の人格を与えてしまったのだろうか。

「あなたがどんなに悲しむか、私には判っています。私はどんな償いもする。あなたは、ひまわり工芸と訣別《けつべつ》する気でいるのを知っています。私も宗児とは、もう会わない。だから……」

真棹は催眠状態になったように喋った。

「怒らないで、もう一つだけ話しておくことがあるわ。……ね、あなた聞いている?」

真棹は敏夫の手を取ってゆすった。敏夫は朋浩として答えることにためらいを感じたが、真棹の感情に強く引きずられていた。

「……聞いている」

敏夫は小さく言った。

「うれしい――」

真棹はふいに敏夫にしがみ付くと、唇を押しつけてきた。真棹の唇は柔らかく、熱くなっていた。真棹は大胆に舌をからませた。敏夫は半ば放心して真棹の肩を抱きしめた。

少しずつ、真棹は我を取り戻しているようだった。真棹は静かに顔を放した。

「――もう一つの話とは、何んですか?」

と、敏夫が聞いた。

「ごめんなさい」

真棹は敏夫の腕から身体を放すと、テーブルの上に突っ伏した。

「それだけは――宥《ゆる》して」

グラスが転がり、敷物の上に落ちて、割れた。

8　万華鏡

夕刻に近くなって、西木ビルの事務所は、混雑してきた。一日の仕事を終った間借り人たちが、事務所に寄って、連絡事項を確かめるからだ。電話の使用も多くなり、話し声と煙草の煙が狭い部屋に立ち籠《こ》めていた。外は雨で事務所に来る人たちは皆ぐしょ濡れの傘を持っていた。

香尾里から連絡がある筈だった。朋浩の告別式の翌日、香尾里から電話が掛り、鉄馬が舞子に会うことを承諾したと言った。日は朋浩の初七日の前、土曜日を指定し、時間は追って知らせると言うことだった。香尾里は電話を切るとき、私の誕生日を忘れてはいないでしょうね、と念を押した。

ついさっき、香尾里に電話をしたが、朝から家を出たきりだと言う。電話に出たのは、馬割家の住み込みの家政婦で、几帳面《きちようめん》な性質らしく、香尾里が知っていると言っても、事務所の電話番号を念入りに聞きだした。

透一は密葬にされた。敏夫は朋浩の葬儀以来、真棹に会っていなかった。といってもわずか二日だったが、不思議なことに、長い間会わないような感じがしていた。

明け方、真棹の夢を見た。真棹は死んだはずの朋浩と腕を組んで、彼の傍を通り過ぎていった。真棹はシャンボール館を出て来たときと同じ表情であった。敏夫は胸苦しさを感じて目を覚ました。だが夢の味は奇妙に甘く、朝なかなか床を抜け出せなかった。


「九万ポンドの自動音楽機械か……」

さっきから新聞を読んでいた福長が独り言をつぶやいた。

「自動音楽機械？」

舞子が聞き返した。最近、からくりとか玩具に、敏感になっているのだ。

「美術品の競売だとさ。イギリスのバークシャーの伯爵の城、メントモア タワーズが売りに出されたとあるね」

「伯爵でも、お金に困るんでしょうかね」

「いずこも同じ、税金の問題だよ。七代目が莫大《ばくだい》な相続税を抱えてしまったらしい。もっとも、この人はもう一つダルメニー城も持っている。目ぼしい美術品は全部その方に運んで、競売されるのはごく一部だというから、何とも、溜《た》め息が出ますな」

「一部でも、凄い財産なんですね」

「そうさね。世界各国から、三万人のバイヤーが下検分を済ませて、競売は十日間ぶっ通しだそうだ。メントモア タワーズは、十八世紀から百年にわたって蒐集《しゅうしゅう》された、フランスの絵画や家具、陶器や時計で埋められた宝庫だという。例えばルイ十四世の机が五万一千ポンド、今言った二羽の彫刻のあるルイ十五世の自動音楽機械が九万ポンド、ルイ十六世時代のジャーケード ロスが作った筆写人形なんてのもある」

「筆写人形というと、文字を書く人形ですか？」

「そうだろうなあ」

「真逆、人形の中に子供なんかを入れておく仕掛けじゃないでしょうね」

「ははあ、宇内さんはメルツェルの自動チェス人形のことを言っているんだな。そういうトリックも、確かにあったが、十八世紀ともなれば、自動機械人形の技術は、すばらしく進歩していますよ。トリックでなく実際に機械だけの力で、唄ったり踊ったり文字を書いたりする人形が数多く作り出されている」

「だからつまらなくなったと言う人もいます」

「なるほどね、その人はよほどトリック好きなんだろう。確かに、からくりでは不可能なところを、トリックで補充されていれば、見る方では面白いに違いない。だがこの頃から、トリックは機械師から、奇術師の手に移り、機械師は機械の可能性だけを追求するようになったね。フランスの宮廷では、有名なジャック ド ヴォーカンソンが活躍していた。ヴォーカンソンはクレオパトラの蛇とか、ファウヌス神の横笛吹きなどの多くの自動人形を作り出したんだが、特に有名なのはあひるだった。このあひるは、生きているあひるそっくりに泳いだり鳴いたり水を飲んだりした。おまけに、餌を投げると首を伸してつつき、食物を消化して排泄《はいせつ》までしたんだという。このあひるは後年、奇術の父といわれたロベール ウーダンの手で修理され、同時に全てのメカニズムが明らかにされたそうですな」

「奇術師が人形を修理したんですか?」

「その頃、ウーダンはまだ時計の職人だった。この後ウーダンは、あひるに触発されて、自分でもさまざまな自動人形を作り出しましたね。綱渡りする人形や、機械がなくて動く時計、カップと玉の奇術を演じる人形まで作り出したという。この人間もトリックの好きな性格だったとみえてね、後には奇術師に転身して、奇術の父といわれるほどになったんだ。……あひるで思い出したが、僕の若い頃、セルロイド製の泳ぐあひるを売っていた香具師《やし》があった」

「私は知りませんね」

「そうだろうな。このあひるは汚い桶《おけ》の中に浮いていてね、不思議なことにひとりでに泳ぎ廻るんだ。そしてときどき、餌をついばむように、嘴《くちばし》を水の中に突っ込むんだよ。まるで生きているようにね」

「ぜんまい仕掛けか何かなんですか?」

「いや、ヴォーカンソンのあひるでも、あんな生き物そっくりの動き方はしなかったろう。生き物の動きには、機械にはない不規則なところがあるものだ。露店のあひるには、それがちゃんと具《そなわ》っていた」

「と言うと?」

「そのあひるを買うとね、セルロイド製の同じあひるが渡される。ところが、あひるはどこにでも売られているような、普通のセルロイド製のあひるなんだね。ただ、一枚の紙が付いている。それに、あひるを動かす秘伝が書いてあるんだ」

「?——」

「〈あひるの首に糸を付け、その先に生きた泥鰌《どじよう》をくくり付けておくべし〉というんだ」

「それ、詐欺《さぎ》じゃありませんか」

舞子は口を開けていた。

「詐欺なもんか。トリックだ。江戸時代からあった玩具でね。浮き鳥というのが元の名。鵜《う》をかたどった玩具だった。文政の末、上野山下あたりで売り出したのが初めらしい。セルロイドのあひるの方は、香具師の間では、ずんぶりこと呼ばれていた。——反対のトリックもあった。これは、作り物の屍体の人形を、生きた烏《からす》が突つくというのだった」

「屍体の人形?」

「そう、幕末になると、グロテスクな見世物が盛んに現われる。いわゆる変死人細工というので、これは実際にあった娘の水死人を模した生人形でね、水脹《みずぶく》れになった顔などがリアルに作られた上に、屍体を本物の烏が突つくんだよ」

「判った。その屍体には、泥鰌が隠されていたんでしょう」

　敏夫は思わず身震いした。

「さすが、宇内さんだ。そのとおり。面白いことに、あんまり泥鰌を食いすぎた烏が、おちてしまったというさげまで付いている。ずんぶりこもしばらくお目に掛らないね。知らない人の方が多くなっているんじゃないかな。このあたりで、そろそろ売り出したら、儲かるかも知れない」

「今の人なら、怒るでしょうね」

「そこがいけない。昔の人だって、怒ったさ。だが、アイデア料を払う気なら、安いものだ。あんな傑作はざらに出て来ないからね。デパートあたりで売り出した方がいい。アイデアを尊重する教育も、自然と身に着くようになるだろう。アイデアと言えば、一八七〇年代に流行したアメリカのメカニカル　バンクも、アイデアだけで売れたようなものだった」

「メカニカル　バンク？　聞いたことがないわ」

「からくり仕掛けの貯金箱だがね。鋳物製のがっしりした作りで、硬貨を貯める箱の上に、人間や動物のからくりが乗っているというのが定まった型なんだ。調教師という貯金箱がある。硬貨を調教師の手に持たせて、箱に付いているレバーを押すと、傍にいた犬が飛び上って、調教師の硬貨をくわえて、貯金箱の中に落し込むという作品。道化師というのがある。これは掌の上に硬貨を乗せてやる。同様にレバーを押すと、口が開き、手が動いて硬貨を口の中に放りこんでしまう。永遠に古くならないと思われるのは、政治家という貯金箱だ。大きな椅子に、でんと坐った政治家の像でね、矢張りこの掌の上に硬貨を乗せてやると、重みで腕が動いて、懐に作られた硬貨を入れる切れ目に、そろりと入れてしまう。政治家の無表情な顔が何んとも言えずにおかしかったね。その他、手品師、パンチとジュディ、アンクルトム、リンカーンなどのからくりが、二百種も作られたという」

「そう言えば、貯金箱の上に小銭を置くと、モーターが動き出して、箱の中から骸骨の手が出て来て、小銭をつかんで箱の中に消えてしまう玩具を見たことがあるわ」

「そう、そういうのがメカニカル バンクなんだよ。当時はモーターなど使っていなかった。むしろ素朴なところがいいんだなあ。日本にもある。今じゃ落語の中にしか残っていないけれど、左甚五郎《ひだりじんごろう》が作ったという掌が上を向いている招き猫。上に定められた数の銭を置くと、そっくり消えてしまうやつ。あれもメカニカル バンクの一種だったんだろうなあ」

「左甚五郎には、からくりに関わる伝説がたくさん残っていますね」

「そうだね。からくりには伝説が付き物みたいだが、実際多くの人がからくりを作っていたことは本当だよ。だが現存している品はごく僅かしかないね。何しろ木と紙で作った家に住んでいて、都会の歴史は大火災の繰り返しだったからなあ」

「外国には古いからくりは多く残っているんでしょうね」

「そりゃあ数は多いね。もっとも、肝心なメルツェルの自動チェス人形はフィラデルフィアの美術館に展示されていたが、火災に遭って焼けてしまった。でもロンドン博物館に行けば十七世紀のマスケラインの、ホイストを行う自動人形を見ることができる。ゾーとかサイコとかいう名だったかな。メカニカル　バンクも何年か前に日本で公開されてね、取材したことがあるんで、よく覚えているわけさ。ニューヨークのサミエル　F　プライヤー氏の蒐集で、ジュモウの自動人形と一緒に展示されていたよ」

「ジュモウというと、ビクスドールの人形ですね」

「宇内さん、隅には置けない。よく知っていますね」

「私のことビクスドールだと言った人がいたわ」

「なるほど。言われればよく似ていますよ。ジュモウの作品は、自動人形でなくとも、今でも愛好家の間で高価な値で取り引きされているようですな」

「自動音楽機械が九万ポンドもするのですものね」

宗児はジュモウの人形を何点か持っていると言っていた。その他にも骨董価値のある自動機械人形を持っているとすれば、ちょっとした財産ではなかろうか。舞子が福長の饒舌《じょうぜつ》に付き合っているのも、そこのところが知りたかったのに違いない。

話の途中で、香尾里から電話があった。

「留守にしてごめんなさい。でも、勝さんの会社、凄く忙しいのね。何度掛けてもお話中だったわよ」

と、香尾里が言った。香尾里は時間を指定した。明日、一時にねじ屋敷で待っているから、宇内さんといらっしゃいと言う。

「香尾里さんは、何の花が好きですか?」

と、敏夫が聞いた。

「そう、カーネーションがいいわ。うす紅色の、ね」

香尾里はそう言って、受話器の奥で、小さく笑った。


「淡紅色のカーネーションの花言葉を知っているかい?」

翌日、ねじ屋敷に向うエッグの中で舞子が訊いた。敏夫が持って来たカーネーションが気になっているのだろう。

「知りません」

「そうだろう。その花言葉は、熱愛だ」

「——でも、彼女が指定したんですよ」

「からかわれているんだよ。それとも、案外本気かな?」

「香尾里さんには、順吉という婚約者がいますよ」

「ひまわり工芸の社員だろう?」

「そうです」

「じゃ、今日は来まい。クリスマスから正月を控えて、どの玩具屋も目の廻るような忙しい時期だよ。土曜といっても定時に帰ることなんか出来やしない。特に若い平社員はね」

「どうしましょう」

「構やしない。香尾里の手に乗ったふりをするさ。それとも、それを見られて、君が困るような人でも他にいれば別だがね」

昨日からの雨はすっかり上り、久し振りに空は澄み渡っていた。市街を出て丘陵にかかると、洗われた紅葉の色が、一段と冴えていた。舞子でなくとも、冗談の一つも言ってみたくなるだろう。

やがてねじ屋敷の中央に突き出た尖塔が見えだした。

月の光の中で望見した印象よりも、青空の下の建物のねじれ工合は、一層強烈であった。それは主に、赤い壁をひと巻きした、密生した蔦《つた》の黒緑色のためである。螺旋《らせん》状の蔦の葉の重なりは、巨大な蛇の鱗《うろこ》を思わせた。赤黒く崩れかけた壁は、もと鮮やかな朱色に輝いていたことを想像させる。唐風《からふう》の瓦《かわら》からいきなり突き出した青い五角錐の塔の取り合わせが異様である。土塀《どべい》がところどころ崩れ、無秩序に灌木《かんぼく》が枝を拡げている。唐草模様の鉄柵《てっさく》の門は開かれていた。敏夫はその門の中に車を進めた。草地の中にステップが車体の外に出ているクラシックカーが置いてある。宗児の愛車だろうか。敏夫はその隣に車を止めた。

荒涼とした庭園である。邸の向う側は低く傾斜して、見下すところに小さな池があった。池の左側の幾何学《きかがく》的な緑の面が、生垣の迷路なのだろう。池と迷路の向うは、イタガシやクスノキ、マツなどが濃い影を作っている。

香尾里は赤いスーツを着て現われた。黒い服の香尾里しか知らなかった敏夫にとって、暗い玄関に立った香尾里の姿は、新鮮な驚きであった。

「いらっしゃい。待っていたわ」

香尾里は軽やかに手を差しのべた。

表情が生き生きと動き、形の良い胸の隆起が、今までの香尾里からは想像されなかった。敏夫はまぶしそうに花束を差し出した。

「あら！」

香尾里の頰に、さっと羞紅《しゅうこう》が走ったようだった。

「部屋に、案内するわ」

香尾里は小さく言うと、くるりと後ろ向になった。

玄関に入ると、塔の下がホールになっていた。右側の階段を登ると、すぐ香尾里の部屋である。階段、手摺《てす》り、ドアの木材は全て時代を帯びて黒く光っている。

部屋の中は、今までの建物の印象と違って、明るい色彩に満ちていた。窓が二つあり、一つの窓からは庭が見下ろせた。

「この下が兄の部屋、その前が父の和室」

と香尾里が説明した。その奥が調理室で、家政婦の小部屋があるという。二階は洋間で、香尾里が絵を描くときに使っている。

「その部屋に、真棹さんが越して来るかも知れなくてよ」

と香尾里が言った。

「真棹さんが？」

敏夫は意外に思った。

「そうなの。二人いっぺんに家族をなくして、とても淋しそうなので、私が誘っているのよ。お母さんは郷里に連れ戻したいらしいんだけど」

「真棹さんは、何と言っているんですか？」

「だから、今、交渉中なの。さっきもその話をしていたところ」

「真棹さんはこの家にいるのですか」

「そうよ」

香尾里は白い花瓶《かびん》にカーネーションを立てて、しきりに形を整えていた。

「思いがけない贈り物……」

香尾里は花瓶を飾り棚に置いてながめた。花瓶の隣には細長い化粧箱が置いてあった。

香尾里は、真棹と宗児との関係を知らないのだろう、と敏夫は思った。だが、もしかすると、それを知っているから、真棹を呼び迎えようとしているとも考えられる。

香尾里はちょっと時計を見た。何かを待っているふうだった。

「これ、全部香尾里さんの作品ですか？」

舞子はさっきから、壁に掛けられているいくつもの絵を見ていた。

香尾里の部屋が陽気な色彩にあふれているのは、明るい何点もの絵のためでもあるのだろう。絵のほとんどは、抽象的な面や線の交叉が、鮮やかな色彩で構成されている作品である。

「作品はちょっと大袈裟《おおげさ》ね、試作といったところ」

香尾里はそれでも絵が関心を持たれたことに、まんざらでもない表情をした。

舞子は一枚の絵に心がいっていた。中心にあるパターンがあり、それが繰り返されながら、画面全体に拡がってゆく絵である。

「万華鏡を見るよう……」

と舞子が評した。

「素晴らしいわ」

香尾里が目を細めた。

「それ、ずばり万華鏡という題なの。或るとき、万華鏡を見ていたら、その画の主題が湧いて来たんです。万華鏡の、ぐるぐる変る動きを出そうとして、苦心したものだわ」

敏夫は万華鏡という言葉に、あまり馴染《なじ》みがなかった。

「万華鏡というと、玩具の？」

「そう、カレイドスコープ。勝さんも子供の頃、見たことがあったでしょう。今では、大人の鑑賞にたえる、立派な万華鏡がたくさん売られているわ」

香尾里は立ち上って、ガラス戸棚を開け、綺麗に彩色されたいくつかの円筒を取り出した。そのうちの一本を敏夫に手渡した。筒は細かい市松《いちまつ》模様で、片側に小さなレンズが付いていた。

「万華鏡の原型はイギリスのデビッド ブルースターという物理学者が作り出したといいます。筒の中に入っている色紙を四方の鏡に写して、他方の穴から見るというのが原型ですけれど、この万華鏡には、その紙がないんです。パターノスコープというんです」

敏夫は円筒に目を当てた。筒の奥で、舞子の顔がいくつにも分解して、重なって見えた。その異形のイメージに思わず息を飲んだ。

「色紙の小片でなくて、実際の景色を幾何学的に変えてしまうんです。望遠鏡と万華鏡の組み合わせね」

パターノスコープは舞子に渡った。舞子も珍しそうに部屋のあちこちを覗いた。

「これもバリエーションの一つですが、小片の方は固定されて動かないけれど、筒の方を動かすと、中の鏡が動くのよ」

その小片は不規則な色紙などでなく、人間のシルエットだった。筒を動かすと、人影は妖しくからみ合い、分裂する。

「筒でない万華鏡もあるわ。スピアロスコープというのは、二枚の合わせ鏡の下で、模様のある円盤を廻して、絵を変化させるんです。それから、一番妙なのがこれね。アンチスコープだわ」

香尾里は別の黒い筒を敏夫に渡した。

「私の顔を見てごらんなさい」

それは異様な姿だった。香尾里の顔が、ぐにゃりと曲ったのである。更に視点を変えると、大小の目玉がゆらゆら動く。鼻だけが泡のように飛んで動き廻る——

「万華鏡のどのバリエーションでも、基本は変っていない。それはどんな不規則な形でもたちどころに、規則正しいシンメトリーに変えてしまう鏡の魔術なの。ところがアンチスコープはどんな整然とした対称でもねじ曲げてしまうのね。きっと円筒の中の鏡を曲げてあるんでしょうが。それで見ると、人間の形はみんなベルメイユの人形のようになるんです。この反万華鏡ともいえる世界の魅力は、整然とした形をたちまちグロテスクに変えてしまう奇怪さね」

敏夫はアンチスコープで香尾里の描いた万華鏡を見た。色彩は歪《ゆが》んで流れだし、奇妙に混り合って、腐りだした肉塊のように見えた。

「万華鏡に夢中になっている私を見て、兄は性《たち》の悪い万華鏡をくれたことがあったわ。小さなありふれた万華鏡なの。変ってやしないじゃないのと言うと、兄は変っているさと言って私に鏡を見せた。ひどいいたずらじゃない？　私の目の周りに丸い墨が付けられていたわ。万華鏡の目に当る部分に、墨が塗ってあったの」

ドアがノックされて、家政婦が顔を出した。

「――お客様をお連れ申すようにとのことです」

舞子と香尾里が部屋を出て行った。

敏夫は窓の傍に寄って庭を見下ろした。邸のすぐ前は花壇だったのだろう。雑草の間に幾何学的な跡が認められる。左側に池の方へせり出した築山《つきやま》があり、その上に傾きかけた小亭があった。その小亭に立てば、庭園の全景が展望されるのだろう。小亭の前は急な斜面で、斜面のつきるところは小さな流れであった。流れには、石橋がかけられている。流れは池から続いているようだった。池の左奥にある迷路に目が行ったときだった。木の間に動く人影が見えた。その姿は誰やら判らぬまま、木の間に隠れてしまった。

「荒れ放題でしょう」

気が付くと、香尾里が傍に立っていた。

「こういう庭も、風情《ふぜい》があります」

敏夫の言葉に、香尾里が笑いだした。

「勝さん、お世辞が下手なんですね」

香尾里は敏夫と並んで庭を見下ろした。

「あの空の遠くに」

と、香尾里がつぶやいた。見ると、香尾里は遠くの空を見ていた。

「朋浩さんがあんな事故に遭わなかったら、今頃は真棹さんと、ロサンゼルスにいる頃ね」

若い女性と二人きりの部屋で、しかも女性が感傷的になっている経験ははじめてだった。香尾里は敏夫をちょっと見て、話題を変えた。

「宇内さんの話って、何んなんですか？」

折角の心遣いだろうが、舞子のことを話してよいものやら判らなかった。

「むずかしそうなのね」

「そうです……」

敏夫は何か言わなければと思ったが言葉が続かなかった。お世辞が下手だと言われて、萎縮《いしゆく》してしまったようだ。返事は当然、ぶっきら棒なものになった。

「うす紅色のカーネーションの花言葉を知っていますか？」

香尾里は庭に目をやったまま言った。

「知っています。熱愛でしょう」

「知っていて、下さったのね」

「香尾里さんの希望だったでしょう」

「でも——」

「順吉さんが今日は来るまいとも思ったから。クリスマスを前にして、会社は忙しいんでしょう」

香尾里は敏夫を見た。

「あなた、素晴らしいわ」

「そうでもないです」

「それが、だめ。もっと利《き》いた風な台詞《せりふ》を使わなければ。こんなのはどう？　僕は女心の迷路に精《くわ》しいんだ」

「僕は女心の迷路に精しいんだ」

敏夫は香尾里の言葉を繰り返しながら、自分は道化みたいだと思った。

「試してみない？」

「？——」

「本当の迷路があるわ」

「聞いています。ですから僕は昨日ちょっと迷路についての本を読んだんです」

「じゃ、本当に精しいんだわ。案内しましょう」

香尾里は敏夫の手を取った。

ホールに出て、玄関を背にして、庭に面したドアを開く。ドアは重いきしみを立てた。花壇に出る石段を降りる。花壇を過ぎると、道はゆるい下り坂で、曲りながら池に向っていた。池は思いの外《ほか》、水が澄んでいた。香尾里の姿を見付けた三、四羽の真っ白なあひるが泳いで来た。

「湧き水が、案外豊富なのよ」

香尾里は一羽ずつあひるの顔を覗き込んだ。

池伝いに左手に行くと、樹木に囲まれた広場に出た。広場の中央に、高い塀のような生垣が見えた。

香尾里は生垣の前に立った。その場所は、生垣が切れて、中に道が続いていた。

「ここが入口、どう、自信ある?」

「あります」

と敏夫は答えた。

「じゃ、案内して」

「香尾里さんは迷路の道順を知らないんですか?」

「知らないわ。小さい時には兄とよく遊んだものよ。ちょっとした枝の工合や、道の感じで、絶対迷うことがなかったの。子供ってそういう勘が鋭いでしょう。トランプの裏の小さなしみを覚えるように。でも今はだめ。迷路にはずっと入っていないし、きっと勘も鈍っているわ」

「じゃ、尾いていらっしゃい」

敏夫は生垣の間に入った。香尾里は敏夫の右手を握った。敏夫は迷路に入ると、すぐ左手を伸して、生垣の左側に触れた。

「何をしているの？」

「迷路の本にあった方法です。この左手は絶対に生垣から放さないで歩くんですよ。あとは考える必要がないんです。袋小路に入っても、左手を放さない限り出られるんです。ただ、ちょっと遠廻りをするかも知れませんがね」

「いいわ、面白そうね」

道は快適とは言いがたかった。生垣の茂りは、道を狭くし、葉はまだ昨日の雨を含んでいた。三、四度角を曲ると、もう自分はどこにいるか判らなくなってしまった。ただ左手だけが頼りの堂々めぐりだった。

しばらく歩いてゆくと、楕円形をした石が、道傍に置かれてあった。

「何ですか？　これは」

「椅子よ。迷った人が体を休めるために、作ってあるんですって」

そういえば石の中央に、雨水を通す四角な穴が開けられていた。敏夫は椅子の前を通り過ぎた。

ずいぶん長い道に思えた。或る角を曲ったとき、急に視界が開けた。

「着いた？」

だが、それは元の入口だった。

「駄目じゃないの」

「これでいいんです。ほら、まだ、手は生垣を放さないでしょう。一度迷路を出て外側を廻るときもあると、本には書いてあるんです」

「融通の効かない方法ね、まあいいわ」

二人は迷路の外側を一周した。そのためにこの迷路がかなりの広さだということが判った。

二人は再び迷路の中に入った。

「ゴールに出られそうもないわ」

後ろで香尾里が言った。

「賭《か》けましょうか？」

「何にですか」

「勝さんがゴールに出られなかったら、皆の集まったときに歌を唄う」

「歌は下手です」

「でも、迷路には自信があるんでしょう？」

「あります。で、僕がゴールに到着したら？」

「勝さんに、キスをするわ」

香尾里は真面目《まじめ》に言った。

しばらく歩いているうちに、何となく同じ道を歩いているように思えてきた。最後に角を曲ると、矢張り元の入口に出てしまった。

「私の勝ね」

「いや、まだですよ」

敏夫は香尾里の手を放した。手はすっかり汗ばんでいた。

「僕の読んだ本によると、迷路には、単連結の迷路と、複連結の迷路と、二た通りあるんです。単連結の迷路なら、今の方法でゴールに着くことが出来るんです。従って、この迷路は複連結であることになります」

「複連結ってなあに？」

「この迷路の生垣の全てを、紐《ひも》だと考えるんです。今、紐の一端を持って、空中にぶら下げたと考えると、単連結の迷路だと、全部の紐が持ち上げられるんです。ところが、複連結の迷路だとそうはゆきません。地面の上に取り残されるロープができます。ハンプトンコートの迷路も、複連結になっています」

「それで、複連結の迷路でも、ゴールに行ける方法があるの？」

「ありますが、それには、道をチェックしなければならないんです」

「というと？」

「例えば白墨などで道の左端に線を引きながら進むんです。曲り角に出たら、好きな方向に曲ります。そうしてゆくと、両側に二本チェックされた道に出会うことがある。両側に二本の線があるということは、すでに一度行って、戻って来た道だという証拠でしょう。ですからこの道は避けて通らなければなりません。そうしてゆくと、必ずいつかはゴールに到着することが出来るんです。帰りは最短距離の道を見付けることが出来ます。つまり、一本だけマークされた道を辿《たど》って行けばいいんです」

「それはいい方法ね。ミノタウロスの迷宮に忍びこんだテーセウスは、美女アリアドネからもらった絹糸の玉をほぐしながら進んで行ったというわ。テーセウスも、きっと同じ考えだったのね。絹糸を持って来ましょうか？」

「白墨を用意して来ましたよ」

敏夫はポケットから白墨の小箱を取り出して見せた。

「でも、時間がかかるのでしょう」

「左手で壁を撫《な》でながら進むようなわけにはいかないでしょうね」

「じゃ私、ちょっと用事を済ませてから、また来るわ」

香尾里は時計を見た。二時になるところであった。

「賭はまだ続いていますよ」

「判っているわ。逃げるのじゃないのよ。約束があるの」

香尾里はちょっと笑って、

「だから、最短距離を見付けておいてね」

と言うと、くるりと向きを変えて走り去った。

迷路を白墨でチェックしながら進むということは、思ったより手間のかかる作業であった。地面は暗く、白墨は折れ易かった。地にかがんで線を引くという馴れぬ体勢のため、敏夫は何度も立ち上って、大きく背を伸さなければならなかった。香尾里は賢明にもそれを察していたとみえる。

その作業が、どのくらい続いたろうか。後になって、警察の捜査官から、執拗《しつよう》に問い質《ただ》されることになるのだが、十五分とも、三十分とも思えた。

突然、鋭い爆発音が聞えた。

敏夫はびくっとして立ち上った。腰がきりきりと痛んだ。

爆発音は一つだけだった、敏夫は耳を澄ませた。再び戻った静かさは、前よりも深いものに感じられた。その静寂の中に、小さな聞き馴れぬ音が起った。

ごとんと、何かが突き当るような音に続いて、ざわざわと水でも流れるような音が聞えた。爆発音のために聴覚が鋭くなっていなかったら、聞き逃していたかも知れない。ざわざわした音はそれほど小さく、池の底からでも響いているようだった。

その音はすぐに小さくなり、やがて消えて行った。

敏夫はただならないものを感じた。細い白墨の線をたどって、迷路の中を曲りながら走った。爆発音の方向はもとより判らない。細い線は、すぐ見失いそうになる。心ははやるのだが、迷路は彼をすぐに放免しなかった。それでも道をチェックしていたことで、袋小路に入ることだけは免れた。

迷路を出ると、すぐ池の方に廻った。道はそれしか知らなかったからだ。坂道を花壇の方に登ろうとすると、出会い頭に舞子にぶつかった。

「何の音だ？」

舞子が大声で叫んだ。

「判りません。迷路の中にいましたから」

「池の方角に聞えたんだ」

「池の周りには何もありませんでした。音は迷路の中でもありません」

「じゃ、見晴し台の東屋《あずまや》の方へ行ってみよう」

舞子は今来た花壇の道を引き返した。邸の前に、宗児が立っていた。

「おう、ビスク、いや、宇内さんでしたね。何かあったんですか？」

「判らないんです。宗児さんは？」

「自分の部屋にいましたよ。何だか、すぐ近くに聞えた」

「東屋の方に行ってみようと思うんです」

三人は一度邸の前に出て、駐車場になっている空地の前を通って、小亭に向うなだらかな登り坂を進んだ。

小亭に着かぬ前だった。傾いた屋根の下に赤い衣が見えたのは。

その傍に、真棹が棒立ちになっていた。

「奥さん、どうしたんです」

真棹は口を開いたが、言葉にはならなかった。

香尾里は真棹の足元に、池の方を向いて突っ伏していた。敏夫は香尾里を抱き起した。敏夫がまず見たのは、香尾里の顔の下にあった血溜りだった。

香尾里の顔が、がっくりと上を向いた。

左の目に、大きく穴が開いていた。眼球が潰れ、引き裂かれた赤い肉塊に、髪がへばり付いている。

誰かが悲鳴をあげた。

むっとする血の臭いの中で、敏夫はめまいを感じた。香尾里を抱いた腕の力が消え、あたりが白っぽくなっていった。自分は気が遠くなっているのだなと、一か所だけ変に冴《さ》えた頭の中で考えた。

9　逆立人形

香尾里がアトリエに使っていた部屋であった。

描きかけのカンバス、イーゼルは片端に寄せられ、机は捜査官に占められていた。明るいが装飾の少ない部屋で、絵と画材がなければ、捜査官たちがうろうろしても、不自然ではなかった。

「銃声を聞いたとき、どこにいたんだね？」

目の周りに、濃い隈《くま》のある警察官である。県警本部捜査第一課の老練、狐沢刑事だった。舞子がまだ省三と結婚していない時、同じ署で働いていた。舞子とは飲み仲間だったという。あまり気が合いすぎたため、二人とも結婚の対象として対手を考えなかった。

狐沢は奈良木警部より、大分年が上だ。奈良木は狐沢が煙たい存在になったのだろうと、舞子は敏夫に言った。

「狐沢君が県警に配属されたのは、きっと奈良公のせいだぜ」

この時に限って不合理なことをいう舞子は、どうも奈良木とうまが合いそうもなかった。その奈良木の顔も、この部屋に見える。相変らず眉間《みけん》に深い縦皺を立てていた。

朋浩と透一の続けざまの事故死。それに加えて香尾里の異常な死。当然、警察は色めき立ったに違いない。宗児の通報で、ただちに何台もの警察の車が到着した。ねじ屋敷は大勢の捜査官で緊急配備されていた。

「迷路の中にいました」

敏夫は後頭部に手を当てた。鈍痛がする。小亭で倒れたとき、したたかに打ったものとみえる。

「銃声はどの方向だったね」

「判りません。迷路の中をぐるぐる歩いていたので、方向はまるで判りませんでした」

「その時の位置は覚えているかね」

「判ると思います。僕は白墨で道をマークしながら進んでいたのですから」

「その場所に立てば、銃声の聞えた方向は判るだろうね」

「判る、と思います」

「後で実際に迷路の中に立ち入ってもらう必要がありますね」

奈良木が口を挟んだ。

「で、迷路を出てから、どうしたね？」

狐沢が訊問を続けた。

「池の周りの道を辿《たど》って、花壇に出ました。邸にいる人に聞けば、事情が判るかも知れない、と思ったからです」

「池の周りの道に気が付いたことがあったら、話して下さい」

「何も。変ったところは何もありませんでした」

「それから？」

「宇内さんに会いました」

狐沢は馬割邸の略図を示した。敏夫は舞子に出会った場所と、宗児が立っていた場所、三人が小亭に駆け付けた道順を示した。

更に、香尾里が倒れていた状態、真棹が立っていた位置などを説明した。

「君は香尾里さんの倒れていた小亭で、落ちている物などに気が付きませんでしたか？」

「……落ちている物？　さあ——」

「屍体を見たのは、初めてかね？」

狐沢の言葉に、軽い侮蔑《ぶべつ》が含まれていた。

「初めてじゃありません。でも、あまり――」

ひどい、と言いかけて、敏夫は言い訳をするのを止めた。女性である舞子も真棹も、気絶などしなかったからだ。

「まあ、仕方がないでしょう。君が迷路を出て、……意識を失うまで、他の人を見なかったかね？」

「――見ませんでした」

「人影とか、草の動くのとか」

「気が付きませんでした」

「後でもよろしい。思い出したことがあったら、何でも申し出て下さい。後で迷路に立ち会って下さい」


宗児の部屋に待機するように言われてあった。

宗児の部屋をノックすると、舞子の大きな声がした。部屋の主人のつもりになっているらしい。

一歩中に入ると、すぐ大きなガラス棚がいくつも目についた。棚は夥《おびただ》しい玩具で埋め尽されていた。そのいずれもが尋常の玩具ではなさそうだった。

数多くの人形がある。例えば箱の上に坐ってギターを抱えている黒人の古い人形。箱の下にねじが見えていて、ぜんまいを巻けば、ただちにギターを掻《か》き鳴らすだろうと思われる。美しく彩色された箱はびっくり箱に違いない。その隣の箱は古い時代の箱根《はこね》細工だろうか。メリーゴーラウンドには確かにオルゴールが付いているはずである。時計を下げている人形はただその姿勢を続けているわけはない。ひとたび宗児の手になるときは、どの人形も生命を得て、見る人を異次元の世界に引きずり込むと思われる。

その他、文楽《ぶんらく》の首《かしら》、動物、自動車、船、こま、組み合わさった得体の知れぬ歯車。小さいものは、いつか真棹が話していた、助六の飛んだり跳ねたりや団十郎の隠れ屏風、ぺたくた……。新しいものではファンタムランプ、バランストイ、ファイバーオプティックス……。

棚からあふれた玩具は、床といわず、机といわず、到るところに積み重ねられている。まさに玩具箱をひっくり返したとは、このことだ。

更に壁には雑多な時計が掛けられているが、いずれも人形やオルゴールと組み合わされ、そのうちのいくつかは、確実に時を刻んでいた。

その真中に、宗児は青ざめた顔で坐っていた。さすがに妹の死に直面して、日頃の軽快な表情はない。

舞子は平然として、煙草を吹かしていた。敏夫は不思議に思う。この女性は何に出会っても、一向に物に動ずる様子がなかった。

敏夫の後から捜査官が来て、宗児を連れて行った。

「銃のことを訊かれたろう？」

二人だけになると、舞子が訊いた。

「銃？　そう、東屋に何か落ちていなかったかと訊かれましたよ」

「凶器が見付からないんだ」

「凶器？」

「君がお休みになっている間、大変だったんだぜ。この部屋も隅から隅まで捜索された。そして宗児の持っていた猟銃が押収された」

「宗児が、まさか？」

「捜査官が銃口を嗅いでいたが、最近使用された跡はなかったようだ。二二口径のボルトアクション。昔の陸軍が使っていた三八《さんぱち》式歩兵銃と同じ型だ。銃はもとから、この邸にあったそうなんだ。宗児が手入れをして、使ったことはあるんだが、最近この銃による狩猟は禁止されたんで、それから使用はしていないと言っている」

「それなら、問題はなさそうですね」

「だが銃を手にしたときの捜査官の顔ったらなかったぜ。それから香尾里の部屋も、勿論《もちろん》捜索された」

「香尾里さんは被害者でしょう」

「自殺ということも考えたらしい。だが自分の目を撃つ自殺者は稀《まれ》だし、現場には銃も落ちていなかった」

「すると？」

「殺人だね。香尾里の脳から、弾丸が検出されたそうだ」

「銃殺ですか」

「そうだ。極めて近い距離から撃たれたのだと思う。あの銃創じゃね」

「宇内さんも銃は見なかったのですか」

「見なかったな。もっと早く邸から出ていれば、犯人を見ていたかも知れない」

「真棹さんが一番早く現場に着いたようですね」

「そうだ。だが真棹も誰とも会っていないと言っていた」

「どこにいたんでしょう？」

敏夫は香尾里の部屋の窓から見た、迷路の附近にいた人影を思い出した。

「真棹は池の附近を歩いていたと言う」

窓から池が見える。池の周囲には何人もの警察官が散策していた。

「そのうち、池の中を捜すだろう」

「拳銃をですか？」

「そうだ。警察では、馬割邸の中の者の犯行だという線を強めているようだ」

「——まさか」

「朋浩と透一の死、改めてそれも問題にされるだろう」

「馬割邸の中といっても、真棹さんと、宗児と鉄馬。あとは家政婦だけじゃありませんか」

「私たちも、だ。もっとも、この邸は塀の崩れたところもあり、庭の奥はそのまま林に続いているから、犯人が外部から出入りした可能性はいくらでもある。だが、現場で気が付いたんだが、東屋の周りには、真棹と宗児、私と君、そして香尾里の五人、これ以外の足跡は見当らなかったんだ」

「昨日は一日雨が降っていた――」

「そう。東屋の附近の道は柔らかくなっていたね。犯人が香尾里に近付けば、当然足跡は残るだろう」

「鉄馬は、宇内さんと一緒でしたね」

「そうだった。香尾里が拳銃で殺されたとすれば、鉄馬は犯人から除外されるだろう」

「鉄馬との話はうまくいったのですか？」

舞子はむずかしい顔になった。

「――鉄馬は、あの車に乗っていたことを認めたよ。それに、朋浩が私に金をつかませたことも覚えていてくれた。証言はいつでもすると言う。だが……こんな状態になってしまったんじゃ、私のことは後廻しにされるだろう。私としては、一日も早い方がいいんだが、仕方がねえ」

「一体、誰がこんなひどいことを――」

敏夫は激しい怒りを覚えていた。香尾里はわがままだが茶目っ気のある、美しい娘であった。その顔面へ、犯人は容赦なく弾丸を撃ち込んだのである。それは鬼の所業に等しかった。

馬割邸の迷路図
○印は石の椅子のある位置

「馬割家には、われわれが想像もし得ない、何かがあるんだな」
舞子はゆっくりと部屋中の玩具を眺め廻した。

宗児が部屋に戻って来て、しきりに物を捜し始めた。長い時間かかって、やっとスケッチブックの間から一枚の紙を選び出した。

「何ですか、それは？」

舞子が紙を覗《のぞ》いた。

「迷路の、見取図です。以前スケッチしたのを思い出したんです。警察が欲しいと言うんだ」

黄ばみを帯びたケント紙の上に、五角形の模様が見えた。舞子は目を輝かせた。

「宗児さん、それ写させてもらって、いい？」

「いいでしょう。誰にも見せるなとは言われていないから」

舞子は紙をもらって、手早く迷路の図を写し取った。

「試してみるかい?」

宗児が出て行った後、舞子は図を示した。敏夫は図の上に指を走らせた。三、四か所、指先は袋小路に迷い込んだが、それでも中央に辿ることが出来た。

「――五十二秒」

と、舞子時計を見て言った。一分足らずで、指先はゴールに到着したのだ。

「実際に中に入って見た感じは、どうだった?」

「とても、指で辿るようなわけにはゆきませんよ。とうとうゴールまで到着出来ませんでした」

「そうだろうな」

ドアがノックされた。舞子はあわてて図を折り畳んだ。

警察官が顔を出して、敏夫に向って、迷路に立ち会ってほしいと言った。それを聞くと、舞子も立ち上った。


調べに当ったのは、狐沢刑事と、あと一人は若い捜査官であった。

敏夫が先に立ち、宗児に続いて二人の捜査官、最後に舞子が強引に尾いて来た。

道に印された白墨の跡は、敏夫自身に踏まれたりして消えかかっている所もあった。それでも印を辿りながら、敏夫が銃声を聞いた場所に着いた。線はその所で途切れ、落ちていた白墨が踏まれて砕け散っていた。自分が踏んだのだろうか。

敏夫は立ち上って記憶を呼び起した。敏夫の指の方向に、狐沢は図と磁石を見比べた。

「間違いないようだな。東屋の方向に一致している」

それから宗児に向って、

「迷路の中心に行ってみたいのですが、案内して下さい。地図を見ますか？」

宗児は図がなくとも大丈夫だと答えた。敏夫と替って、宗児が先に立ち、先に進んだ。迷路はなお奥があった。方向感は全く失われた。最後の曲り角で五角形の石のテーブルが見えたときには、全員が溜め息を吐いた。

「どうも、大した迷路ですわい」

狐沢は石の椅子に腰を下ろすと、煙草に火をつけて、宗児の方を向いた。

「この迷路は、古くからあるものですか？」

「この邸が建築されたとき、同時に造園されたんです。大正の初期、蓬堂という人が設計しました。私の曾祖父《そうそふ》に当る人です」

「何のために、庭に迷路など作ったのでしょう？」

「何のため、と言われても困りますねえ」

同じ質問は、多くの自動人形師たちも答えが難しいだろう。——何のために人形を動かすことで夢中になるのか、と問い質されても。

敏夫は五角形の石のテーブルを前にして、周囲の生垣を見廻した。そう、ただ一人になりたいとき、この場所は最も理想に近いだろう。七重八重の生垣の防壁は、一重だけの鉄の扉より堅固であったに違いない。奇行家としての蓬堂は、この迷路の中で、何を思索していたのだろうか。

狐沢は火の消えたマッチ棒を噛《か》んで、あたりを見廻した。

「ところで、この邸の中に、井戸はありませんか?」

狐沢は宗児に、別の質問をした。

「井戸?……調理室に一本ありますが、現在使っていませんよ」

「その井戸は枯れていますか?」

「さあ、どうでしょう。井戸が何か?」

「実は、銃声を聞きつけて、一番最初に東屋に駆け付けたのは、真棹さんですが、そのとき、香尾里さんはまだ死んではいなかったそうです」

「死んでいない?」

宗児は顔をしかめた。香尾里の最期を思い浮べたのだろうか。

「香尾里さんは、しきりに口を動かしていたそうです。言葉のほとんどは聞き取れなかったが、その中でただ一つだけ耳に止まった言葉があった。それが、枯れ井戸と聞えたと言うのです——」

迷路を出ると、捜査官の一団に出会った。大柄な男たちの間に挟まれるようにして、真棹の細い肩が見えた。

真棹は深い紺青《こんじょう》のスーツに、白いスカーフを巻いていた。黒は身になかったが、印象はほとんど喪に近かった。真棹は敏夫たちに気付くと、風に吹かれるように寄って来た。

「一時、部屋に戻っていて、よいそうですわ」

助けを求めるように言った。

「僕の部屋にいらっしゃい。宇内さんたちも一緒ですよ」

と、宗児が真棹の肩に手をかけた。

「ほら、こんなに冷たくなっている」

「でも、香尾里さんの部屋にいるようにと言われたの」

「そりゃ、無神経だ。そうじゃありませんか、宇内さん」

舞子は奈良木警部に向って大声を出した。

「警部、真棹さんは宗児さんの部屋で休みます。よろしいわね」

奈良木の眉の間の縦皺が深くなった。

「御希望であればやむを得ないでしょう。ただ宗児さんは残って、井戸の案内を頼みますよ」

宗児は小さい舌打ちをして、ガムを口の中に放り込んだ。

宗児の部屋に入ると、真棹はひとときの安堵《あんど》を感じたようだった。

「朗らかで、賢い人でしたわ」

と、真棹は香尾里を回想した。

「朋浩との、新婚旅行のときを覚えているわ。宿に着くと部屋に大きな花束が飾ってあった。花束の間にメッセージが挟んであって、香尾里さんからでした。それには、夕食後、二人のためにピアノを弾いていると書いてあった。私たちは夕食を済ませると、窓を大縄の方に大きく開けて、じっと耳を澄ませたものでした……」

いかにも香尾里らしい、と敏夫は思った。

舞子はじっと真棹を見ていたが、

「香尾里さんは、あなたにこの邸に住むように勧めていたそうですね」

真棹はちょっと目を伏せたが、すぐにはっきりした口調で、

「香尾里さんの思いやりは嬉しかったんですけれど、お断りしました。香尾里さんは、私と宗児との仲を知らないんです。もし、この邸に宗児と一緒に住むようになれば、彼はまた私を思いどおりにするでしょう」

舞子はうなずいて、話題を変えた。

「鉄馬さんはどうしています？　さっき会ったときには、顔色が勝れませんでしたが」

「少し血圧が高いようですわ」

「医者に診せた方がよろしいんじゃないの」

真棹は首を振った。

「私もそれを勧めたんです。でも、落ち着けば、大丈夫だから、と」

「相変らず、薬を飲んでいらっしゃる？」

「それだけは、きちんと続けていますわ」

ドアがノックされて、宗児が部屋に戻って来た。どさりと椅子に腰を下ろすと、

「やれやれ、連中はこの家を、まるでお化け屋敷か何かと思っているらしい。枯れ井戸の底に抜け穴でもあって、東屋にでも通じているんだそうだ。今、若いのが一人潜って行きましたよ」

「それで、抜け穴は見付かったの？」

「いいや、底は水があるし、横穴もなかったようです。お陰で一人、泥人形が出来上りました」

真棹の顔がほころんだ。宗児は目ざとく真棹を見て、

「泥人形、それも精巧に動くやつです」

真棹は大仰に言う宗児を見て、笑顔を引き込ませた。

「ごめんなさい。私、笑ったりして」

「いや、あなたに悲しい顔をされては困るんだ。香尾里はあなたを楽しませるために、今日の計画を思い付いたんですから。ちょうど宇内さんも来てくれた。秘蔵のビスクドールをお見せしよう」

宗児は立ち上った。踏み台に上って、ガラス棚の奥から、六十センチほどある人形を、大切そうに引き出した。

豪華なファッション人形であった。ルイ王朝風の衣装は、やや色褪《いろあ》せてはいるが、手の込んだ花の刺繡《ししゅう》に、当時の贅沢さが想像された。

人形の特徴は陶製の頭《ヘッド》にあった。陶製の肌は、今、竈《かま》から出されたと思われるばかりに鮮やかなピンクに輝いている。半円形の太い眉の下に、大きな目があった。青い虹彩《こうさい》が放射状に光り、見詰めていると、気味悪ささえ感じるほどだ。豊かな頰と、小さな口もと。全体の面差しは確かに、舞子によく似ていた。

「エミール ジュモウの特徴がよく出ています。それに、この人形は自動《オートマチック》なんですよ」

人形は左手に皿を持ち、右手に小さいラッパ状の管を持っていた。宗児は引出しから小さな瓶を取り出して、中の液体を皿に注いだ。

宗児は瓶を片付けると、人形の背に手を伸して、ぜんまいを巻き始めた。きりきりと、小さな音が続いた。

「よく見て下さいよ」

宗児は人形から手を放した。

小さな歯車の音とともに、人形が静かに動き出した。……人形の右手が上り、左手で持っている皿の中に、管の先を入れた。そして静かに口を移動させ、手もとの管を口にくわえた。次に不思議なことが起った。人形の胸が大きく息づくと、管の先からシャボン玉がふくらみ出したのだ。

シャボン玉は管を放れて、七色に輝きながら、宙に浮んだ。

「胸の動きをごらんなさい。芸が細かいでしょう」

人形はいくつもシャボン玉を吹き出した。可愛らしいぎごちなさは、わずかに無気味さも加わって、敏夫はこの自動人形に思わず引き込まれてしまった。

宗児は満足そうに人形を見ていたが、しばらくして、機械を止めた。

「動く人形というのは、古くからあったのでしょうね」

舞子は人形が動きを止めると、宗児に訊いた。

「紀元前二千年もの人形が、エジプトで出土されていますよ」

「紀元前二千年も前――」

「人間は道具を作り出すのと同時に人形も作り始めたらしい。それに、自動人形もです。エジプトの人形は胴と手足が別々に作られて組み立てられたもので、腰にある紐《ひも》を引くと、手が上下して、パンを捏《こ》ねる動作をするんです。日本の古墳からも、同じような人形が発掘されていますねえ」

「本当に人間が玩具に費したエネルギーは、膨大なものなんですね」

「正倉院に残っている品にも、投壺《とうこ》、弾弓《だんきゅう》、碁《ご》、双六《すごろく》など、贅《ぜい》と技術の限りをつくした遊戯具の占める量が多いですね。その中にからくり仕掛けの碁盤がある。両側に碁石を入れておく引出しが作られているんですが、その一方を引くと、他方も出るような仕掛けになっている。レントゲンで内部のからくりが知られていますが、巧緻《こうち》を極めた細工ですよ。文献に残っているものでは、今昔物語に高陽親王が、からくり人形を作られたこととあるのが一番古い」

いつか宗児の表情に、暗さがなくなっていた。好きなからくりの世界に入り込んだようだった。

「――からくりが盛んになったのは、矢張り江戸時代でしょうね。その頃は時計もからくりの一つで、寛文《かんぶん》四年四条河原《しじょうがわら》で時計の見世物がかかり、大評判をとったことがあったそうです。もともと時計とからくりの関係は深い。寛文二年大阪道頓堀《どうとんぼり》でからくり芝居の旗上げをした竹田近江《たけだおうみ》ももと時計師だったと言われ、実際に永代時計という百科事典並みの大時計を木製で作り出しています。ずっと下って嘉永《かえい》年間からくり儀右衛門《ぎえもん》の田中久重《たなかひさしげ》が万年時計を作って話題を呼んだのは知っているでしょう」

「いつか国立博物館で見たことがあったわ。でも、私などはからくりというと、飛驒高山《ひだたかやま》のからくりの山車《だし》をすぐ思い出すわ」

「そうですねえ。愛知、岐阜の祭には、精巧なからくりがくり出されますね。海辺では亀崎《かめざき》の潮干祭、山間では高山の山王祭。中でも有名なのが高山の布袋台《ほていだい》でしょう。宇内さん、覚えているでしょう」

舞子も宗児につられて、からくりの世界に入ったようだった。

「そう、思い出すわ。屋台に突き出された腕の上に、布袋が踊っているの。すると、何本ものぶらんこに飛び移りながら、二人の唐子《からこ》が曲芸をしたわ。最後には布袋の肩と腕に二人とも乗ってしまう。布袋が軍配を振ると、長い幟《のぼり》が流れ出す。――とても作り物の人形だとは思えない動きだった」

「唐子人形はブランコを飛び放れますからね。いわゆる放れからくりの極致でしょう。ところが、文政五年、上野山下の火除地《ひよけち》で行なわれた縮緬細工《ちりめんざいく》笑い布袋というものは、もっと凄《すご》いんです」

「笑い布袋？」

「本題は梅都賑姿図《なにわがたはなのすがたみ》。大阪下りの大江宇兵衛《おおえうべえ》という人の作です。ここに集められたからくりは、眼玉を動かしながら悠々と矢の根を磨ぐ矢《や》の根《ね》の五郎。子守の衿《えり》にさした風車に手をあげて喜ぶ子供。土橋を渡る美人など十数種。囃《はや》し方や口上、木戸番までがからくり人形で、売り物が最後の笑い布袋なんです。布袋と唐子たちとの戯れは、高山の布袋台との関連を感じさせられる。最後にこの縮緬細工の布袋は生きている人のように、さも嬉しそうに笑い出すんです。大笑いするときには、顔の表情や身体の動きはおろか、腹の皮までのびちぢみをしたというから、流石《さすが》の江戸っ子もびっくりして、われもわれもと山下へ押し掛けたといいます」

「私だって押し掛けるわ」

と、舞子が言った。真棹もいつか口元をほころばせて宗児の話を聞いている。宗児はそれを見て満足そうに、

「天保《てんぽう》四年には江戸深川八幡《ふかがわはちまん》に水滸伝《すいこでん》が上演されました。これは長谷川勘兵衛《はせがわかんべえ》の細工で、水滸伝中の豪傑が大活躍します。舞台もがんどう返し、迫上《せりあ》げ、天地返しなどがふんだんに使われるという、大スペクタクルでした。その他評判になったのは、大船四季の順風、三国妖狐伝《ようこでん》、ギヤマン船のからくりときりがありませんがね。中でもスケールの大きかったのが朝日奈《あさひな》の大

人形だったと言われます。これは錦絵にもなって残っていますが、頭の大きさが一丈余り、煙草入れが二間と記録されているからその巨大さが想像されるでしょう」

「その人形も動いたんですか？」

舞子が呆れて言った。

「まさか、人形は動かなかったんですが、朝日奈の持っている煙管《きせる》の上を人形の大名行列が通ったり、毛抜《けぬき》の上で乙女が踊ったり、煙管入の根付《ねつけ》から口上が現われたり、さまざまなからくりが仕掛けられていたんです。もっとも開場間際、この人形は寺社奉行から興行差止を食ってしまった」

「大き過ぎて？」

「そう。当時、大造りの見世物禁止令というのがあって、それに引っかかったらしいんです。とに角、禁止令の出た文政天保期には大見世物が軒を並べていたそうですね」

「そうしたからくりの流行は、ずっと続いていたわけですか？」

と、舞子が訊いた。

「いや、からくりというのは、細工の天才が出現すると隆盛になり、その人がいなくなると、すぐに廃《す》たれてしまうものらしい。思うに、からくりを創り出すことの出来る人は、ざらにいやしないんです。独創の天才と、巧緻《こうち》な技術が伴っていなければだめなんです。従って、凡庸《ぼんよう》な人形師は、人形をいかに動かすかより、いかに動くように見えるかに、製作の努力を掏《す》り替えてしまいがちです。彼等は人形の表情に動きを加えたり、姿態に無駄な工夫を重ねたりするが、実際に人形の指一本動かすことも出来なくなってしまったんです」

「でも、動かない人形に、動くような感じを与えるのが芸術でしょう。宗児さんの言い方では、芸術的な表現より、からくり仕掛けの方が重要に聞えますね」

「人にはいろいろな立場があるんですよ」

宗児は眼鏡の奥で笑った。

「芸術家から見れば、からくり人形師たちは、いかにもうさん臭く見えるでしょう。最高のからくり人形でも、彼等は絶対に芸術だとは認めませんね。——反対に、純粋な科学者たちからは、自動人形などは児戯に等しく見えるでしょう。現にエジソンはヴォーカンソンをやっつけています。子供騙《だま》しの機械だと言ってね」

「からくり人形は、両方の世界から、まま子扱いにされているわけね」

「だが、からくり師の目からは、芸術も科学も、まるで駄目、であるんです。判りますか？」

「ジュモウの人形を見たので、何となく判るような気がするわ」

「そりゃ嬉しいな。……竹田近江の人気も、初代が亡くなった後、せいぜい三代までだったが、後の演劇に、多くの影響を残しています。例えば、文楽の首《かしら》ですがね」

宗児は立ち上って、別の棚から一つの首を取り出した。

人形は丸髷《まるまげ》に結っている。ところどころ塗りが落ちているが、つぶらな眸《ひとみ》、ふっくらとした頬は、気品のある人妻の色気が感じられた。

「いっけん、普通の首に見えますが、実は凄いからくりが仕掛けられているんです」

宗児は首の下に出ている木の突起を押した。がしゃっと多くの固い木が、一度に組み合わされるような音がした。同時だった。人形の額から、大きな角が二本突き出された。目が吊り上り、口が耳まで裂けた。

敏夫ははっとした。穏やかな人妻は、一瞬にして、鬼女に変ったのである。鬼女の印象が、真棹のバッグの中にあった。マドージョの髑髏《どくろ》の顔と重なったからだった。

舞子も同じことを考えたのだろう。しげしげと鬼女を見ながら、

「宗児さん、私、あるところで、マドージョという人形を見せてもらったことがあるわ。あれはこの首がヒントになったのですか？」

「あなたがマドージョを？」

宗児は首を元に戻しながら考え込んだ。

「変だな。あの人形を見た人はほとんどいない筈《はず》だがな。……まあこの首がヒントになったことはあるでしょうが、からくりは全然違うんです。この首は人形の一つの表情がそのまま変るんですが、マドージョは一つの首に二つの顔があって、それが取り替えられるので、からくりとしては取るところはない。趣味も悪く、僕は買えなかった。まあ、愚作のうちでしょう。朋さんも試作を一つ二つ作っただけで僕の意見に納得したようです。無論、販売する気もなかったようです」

宗児の言葉の底に、朋浩へのライバル意識が感じられた。舞子は真棹の顔を横目で見ながら、話題を変えようとした。

「でも、この文楽の首も人の力が必要なからくりなんでしょう?」

「こりゃ、鋭い質問だ」

宗児は再びからくりの世界の顔になった。

「エジプトのパン捏ね人形は、無論手で動かす玩具です。宇内さんが見た高山の布袋台。宇内さんは屋台に突き出た腕と言いましたが、機関樋《からくりどい》と名付けられています。つまり、人形を操る綱が、何本も機関樋を通って、綱捌《つなさば》きの手に渡っているんです。複雑なからくりともなれば、四十条に近い綱を、八人もの綱方の協力で操らなければならない。当然、綱捌き師の名人芸が要求されるわけですから、完全な自動人形とは言えないでしょう。さっき話した笑い布袋でも同じ。布袋の傍にうす暗くなっているところがある、更にそのところは蠟燭《ろうそく》が置かれ、ちかちかして見にくくなっている。きっとそこに仕掛けがありそうだと看破した人がいます。これは現在のブラックマジックと同じ原理ですね。当時のからくりは皆同じ。観客に見えないところで、見えない方法で人形を操っていたものですね。つまり、メルツェルの自動チェス棋士とおんなじ発想でしょう」

「つまり、トリック?」

「そう、トリックなんです。ひとりでに人形を動かす。それにはいろいろなトリックが考えられるでしょう。見えないような糸を使う方法。布袋台のように機関樋を使う方法。メルツェルの自動チェス棋士のように、人間が人形の中に入ってしまう方法。笑い布袋のように巧みに照明の工合で人形を動かしている人間を消す方法……」

「ずいぶんあるんですね」

「こうしたトリックを片端から解説した書物が享保《きょうほう》年間に刊行されているから愉快でしょう。『璣訓蒙鑑草《からくりきんもうかがみぐさ》』という本で、今話したトリックの全てが説明されている。無論、自動チェス棋士のトリックの原理もあります。面白いのに竹田のからくりで、人形を使いながら、大夫《たゆう》もろとも五寸角の箱に入ってしまうというのがある。人間が五寸の箱に入れるわけはありませんね。実は衣装だけ残して、人形使いは舞台の切り穴から奈落に逃げてしまうんです」

「すると、ジュモウのような、完全な自動人形はなかったんですか？」

「それがね……」

　宗児はさも嬉しそうな顔になった。

「あるんですよ。山ほどね。『璣訓蒙鑑草』より六十六年後に刊行された『機巧図彙《からくりずい》』。この本は、完全自動人形だけを集めた解説書なんです。糸や目眩《めくら》ましのトリックは一切なし。基本はぜんまい仕掛けですから、冒頭には時計の図解がちゃんと付いています。各人形には、きちんと寸法が記され、細かい部品の一つ一つまで、洩《も》れなく図解されている。これまで、世界中にこうした書物は一冊も発見されていません」

　宗児の目が輝いていた。

「一番有名な自動人形が茶運び人形。これは主人が人形の両手に持っている盆の上に、茶碗を置くんです。すると、人形は首を振りながら歩き出します。客がその茶碗を取り上げると、人形は歩みを止める。客が茶を飲み終り、茶碗を元に戻すと、人形は再び歩き始め、座敷を廻って元の主人のところに戻るんです。西鶴もこの人形を見て驚嘆していますよ。かなりいろいろな人の手で作られたとみえて、何点かは今でも大切に保存されているんです」

「それも、くじらのひげで作ったぜんまい仕掛けなんですか？」

「初期のものはそうです。幕末になると、金属製の歯車とぜんまいを用いた人形が作られるようになりますね。また、水銀を使ったからくり人形も作られました」

「水銀が、人形に？」

「五段返りとか、連理《れんり》返りという人形に、水銀のからくりが使われていますね。この人形は手に取って見ても、仕掛けは見えないんだ。仕掛けは人形の体内に収められた水銀の移動によるもので、ぜんまい仕掛けではないからです。この人形を一番上の段に置きますと、そろそろ両手を挙げ、あおのけに反り返って、でんぐり返しを繰り返しながら、五段の壇を移動してゆくんです。その他にも、鯉《こい》が滝のぼりして竜に変化する竜門の滝、子供が鼓《つづみ》を打ちながら笛を吹く鼓《こ》笛《てき》児《じ》童《どう》、前に置いてある品物が枡《ます》を伏せるごとに四通りに変化する品玉人形、少年が馬の首にまたがって遊ぶ春駒《はるごま》人形……」

「ずいぶん、あるんですね」

江戸時代の中期、すでに大掛りなからくり芝居が上演されていたことは、敏夫にとって、初めて知る驚きであった。しかも、それ以上に完全自動の数々のからくりを聞いていると、その技術を使えば、小亭で香尾里を撃ち殺し、足跡も残さず歩み去ってしまう人形を作ることなど、ごくたやすい工作のように思えた。

「どうも、お喋《しゃべ》りばかり多過ぎるようですね。こんな話は聞いただけじゃ面白くないでしょう。これから、実物をお見せしましょうか」

宗児は真棹の方を見て、

「真棹さん、逆立《さかだち》人形という名を聞いたことがありませんか？」

「逆立人形――ありますわ」

真棹はすぐに答えた。

「いつか、朋浩が興奮して話していたことがあります。宗児さんが見付けたそうですね」

「物置部屋を整理していて、偶然に発見したんです。朋さんと二人で修理して動くようになった自動人形です」

宗児は立ち上って、机の上から四角い包みを取り上げて、三人の前に置いた。

古い、灰色の木綿の包みである。拡げると、六十センチほどの、長方形の桐箱が現われた。桐は黒く焼けていたが、上に〈逆立人形〉と書いた達筆な箱書きが読めた。箱を開くと鬱金《うこん》木綿《めん》に包んだ物が入っていた。宗児は丁寧に包みを解いた。中から出て来たのは、越後獅子《えちごじし》の衣装を着けた、子供の人形である。人形は獅子の首をつけ、万字《まんじ》の紋をつけた腹掛をしていた。宗児は人形をテーブルの上に立たせた。

「『機巧図彙』の目録にも入っていない、珍しい自動人形です。しかも、ぜんまい仕掛けに、水銀からくりが組み込まれてある。最初はうまく動かなかった。レントゲン写真を撮りましてね。見たら水銀が蒸発して量が少なくなっていたんです。水銀を補充してやったら、見事、動きました。作者もはっきりしています。大野《おおの》弁吉《べんきち》、嘉永二年の作——」

宗児は箱の蓋《ふた》を裏返した。表と同じ筆蹟で、嘉永二年三月、大野弁吉拵之《これをこしらう》と書かれてあった。

「大野弁吉——。からくり師なんですか？」

舞子が興味深そうに聞いた。

「というよりも、もっと広範な学問を身に付けた科学技術者でしょうね。平賀《ひらが》源内《げんない》、からくり儀右衛門の田中久重、いずれもからくりを創り出した人は、歩くライオンを作った、レオナルド ダ ビンチと同じで学殖技芸は百般に及んでいます。大野弁吉は金沢の人で、若くして長崎で蘭学を学んだことがあります。金沢の平賀源内とも言われて、四条流の絵や彫刻をよくし、木彫や竹細工、金細工、焼物からガラス工芸、蒔絵《まきえ》などの作品が残っています。学識は医学、理化学を始め、薬学、天文、暦学《れきがく》、航海術にも長じていたというんです。今、彼の天才ぶりをお目にかけましょう」

宗児はテーブルを傍に寄せ、絨毯《じゅうたん》の上に空間を作り、人形を取り上げた。

「ぜんまいを巻いてみませんか？」

そう言われて、真棹は人形を見た。

「ぜんまいって、どこにあるんですか？」

「腰の横側。袴《はかま》の間から指を入れるんです」

「だめだわ。落しでもしたら悪いわ」

「そうですね。じゃ僕が巻きましょう」

宗児は三人の傍を離れて床の上に腰を下ろした。

「この時代になると、ぜんまいも歯車も、全て金属で作られるようになります。従って、保存もよい」

宗児はさも楽しそうにぜんまいを巻いた。きりきりと軽い音がする。最後にひと巻きしたときだった。

「あ痛《つ》っ！」

宗児はいきなり右手を人形から放した。

宗児は不思議そうに右手を見た。親指の付け根に、薄く血がにじみだした。

「ぜんまいが切れたわけでもない。変だな。だが、大丈夫だろう」

宗児は人形を慎重に、三人の方に向けて立たせた。

人形は軽い歯車の音を立てながら歩き出した。首の上につけた獅子の冠り物が左右に揺れる。両手が動き腰のあたりに付けた太鼓を軽く叩き始めた。こん、こんという太鼓の音と、歯車の音が、ぎくしゃくした作り物の生命を動かしていた。

越後獅子は三人の前に来ると、立ち止って、あどけない顔で客を見た。

「よく、ごらん……」

宗児の、苦しそうな声だった。敏夫はその声に尋常でないものを感じたが、人形から目を放すことが出来なかった。人形が静かに動き出したからである。

人形は手を上に上げて、後ろに反り返った。両足が地を放れ、人形は逆立ちになった。両手の間から、白い顔がこちらを覗く。そのまま、人形は主人のもとに歩き出した。

宗児の前で人形は立ち止り、ゆっくりと両足を地に戻した。人形は再び歩き出したが、歩行はやや片寄って、宗児の傍を通り過ぎようとした。

「止らない……変だな……」

宗児がうめくように言った。

敏夫は初めて宗児の顔を見た。宗児の表情がひきつっていた。顔の色がただならない。

「宗児さん！　どうしたんですか？」

真棹が言った。答はなかった。

宗児は歩いて行く人形に手を伸そうとした。とたんに重心が崩れ、宗児は床の上に転がった。

「しっかりして！」

舞子が駆け寄って宗児を抱き起した。宗児は懸命に力をふりしぼっていた。

「……だが、すばらしい、よね——」

激しい苦痛が襲ったようだった。宗児は舞子をはね返し、身体をえびのように曲げた。

真棹が何かを叫んだ。

「医者だ！」

舞子が宗児を見下ろした。敏夫も立ち上った。

調子の狂った歯車の音がした。越後獅子の人形が、隅に積み上げられた玩具の箱に突き当り、横に倒れて空廻りしているのだ。敏夫は無意識に人形に手を伸そうとした。

「触るんじゃない！」

叩きつけるような舞子の声だった。

ドアを開けると、捜査官が駆け込んで来た。宗児の状態を見た一人の捜査官は、急いで部屋を出て行った。

医師が到着し、脈を取ったときには、宗児の息は完全に絶えていた。

その時だった。部屋一杯が歯車の音で満たされた。いくつもの時計が刻《とき》を知らせ始めたのだ。オルゴールが響き、時計の人形が動き廻った。別の時計の窓が開き、奇怪な獣が顔を出して吠《ほ》えた。

10　米喰い鼠

奈良木警部の苛立《いらだ》ちは誰の目にも明瞭《めいりよう》であった。初動捜査の最中、別な殺人が起ったことが奈良木の神経をますます緊張させるのだろう。

「宗児氏が逆立人形を取り出す前後、特に変った点はなかったろうかね」

敏夫が宗児の部屋での出来事を、ひと通り話し終えたところで、奈良木が言った。眉《まゆ》の間の皺《しわ》が、ぴりぴり動いていた。

「おかしく思われることは、何もありませんでした。宗児さんは陽気で、自分の蒐《しゅう》集《しゅう》を見せるのを、楽しんでいる風でした」

「陽気だと？　自分の妹が殺された直後で陽気だとは、それが変だとは思わないのかね」

「真棹さんがいたからです。宗児さんは彼女に嫌な思いをさせまいとして、明るく努めていたのです」

奈良木は黙った。敏夫の言葉に説得された形だ。奈良木の隣にいる人品のいい男が口を出した。

「宗児氏の最後になった言葉、覚えていますか？」

「宗児さんが人形のぜんまいを巻き終ったときでした。あ痛《つ》っ――と」

「その後は？」

「僕たちは人形の不思議な動きに気を取られていたんです。気が付くと、宗児さんは苦しそうな顔になっていました」

「何か言いませんでしたか？」

「そう、宗児さんも最後まで、人形を見ていたのです。人形は宗児さんの傍を過ぎようとしました。そのとき、止らない、変だな、とつぶやいた」

「止らない、変だな？　奈良木警部、いつもなら人形はそこで停止することになっているんじゃないでしょうか」

「――そうでしょうね」

「ということは、人形の機械が変になっていたとも考えられる。或《あ》いは、故意に誰かが、手を加えたのか」

奈良木はむずかしい顔になった。隣の男はまた敏夫の方を向いた。

「宗児氏の言葉は、それが最後でしたか？」

「……宗児さんは、人形を取ろうと手を伸し、そのまま倒れてしまった。宇内さんが抱き起すと、……そうです。宗児さんは、だが、すばらしいよね、と言いました。それが最後です」

「だが、すばらしいよね？　こりゃ、どういう意味でしょう」

奈良木は何も言わなかった。

敏夫には、宗児の言葉は理解し得た。宗児は死の直前まで、ダンディな姿勢を崩さなかったのだ。だがそれを彼等に説明することは、徒労にちかく思われた。

「宗児氏がその逆立人形を見せるということは、前から約束でもあったのですか？」

奈良木が言った。質問の主導権を奪い返すといった調子だった。

「約束はありません。ただ以前、宇内さんに、ジュモウを見せるという約束なら聞いたことがあります」

「ジュモウ？」

「宗児さんの部屋にあったでしょう。シャボン玉を吹き出す自動人形です」

「シャボン玉をね」

「それがきっかけで、宗児さんは自動人形の説明をしながら、逆立人形も取り出したのです」

「宗児氏が逆立人形を取り出したのは、そのときの気任《きまか》せだったわけですね」

「と思います」

「話題がなければ、逆立人形など見せなかったかも知れない」

奈良木は凶行は今日でなかったかも知れなかったと考えているのだろう。

「でも、宗児さんが逆立人形を見せなかったという可能性の方が薄いように思えます」

「というと？」

「逆立人形を宗児さんが修復したのは、最近だということです。文献にも記録されていない点も、自慢の一つでした。人形はいつでも取れるように、宗児さんの机の上に置いてありました。自動人形の話が出れば、当然逆立人形を見せたくなるに違いありません」

「自動人形の話など出なければ？」

「宗児さんの部屋は、からくりの玩具で一杯です。自動人形が話題にならないことはないでしょう」

奈良木はまた言いくるめられた形になった。奈良木は険悪な言葉になり、敏夫たちが馬割家に来るようになった理由を執拗に問い質した。敏夫はありのままを、言葉少なに答えた。

「――実に悪辣《あくらつ》極まりない犯行だ」

奈良木はかん高い声で繰り返した。

敏夫と舞子と真棹は、香尾里の部屋をあてがわれていた。続けざまの凶事に、部屋の好《よ》し悪《あ》しは言っていられなかった。

敏夫が部屋に入ると、舞子と真棹はしきりに話し込んでいた。

「どうだった？」

敏夫の顔を見て舞子が言った。

「そうとう、緊張しています」

「そうだろうな」

そして真棹に向って、

「嫌なことは、喋らなくってもいいんです」

と教えた。

捜査官が迎えに来たのは、舞子の方だった。舞子はバッグをつかんで立ち上った。

真棹は落ち着いた姿で椅子に腰を下していた。舞子が出て行くと、二人は同時に口を開いた。

二人とも、沈黙がたまらなかったのだ。

「ごめんなさい」

と真棹が言った。敏夫が黙っていると、真棹が話しだした。それははじめの言葉とは違っているように思えた。

「――飛んでもないお客様になったと思っているでしょう」

敏夫は答えなかった。どう答えても、自分の本心が伝えられるとは思わなかったからだ。

「足の怪我はいかがです？　最初に聞かなければいけませんでしたが」

「すっかりいいわ」

真棹は遠い昔のことを思い出すように答えた。

「あなたが落ち着いているので、安心しました」

敏夫は透一が死んだ夜のことを思い出しているのだ。

「宇内さんが元気付けてくれましたわ。あの人がいてくれなかったら、こんなではいられなかったでしょう」

「あなたとは、楽しいときに会ったことがない」

「──そうでしたわね。でも、仕方のないことですわ」

「僕はいつも想像しているんです。楽しい日のあなたは──」

「同じよ」

真棹は敏夫の言葉をさえぎった。ほとんど、発作に近い。

「私はいつもこんなです。老《ふ》けて見えるでしょう。でも、事件のせいじゃないわ」

「老けてなんかいません。年だって、僕とそう変りがない」

「勝さんは若いわ。宇内さんが言っていました。とても純粋な青年ですって」

「純粋じゃないんです。本当は何も知らないんです」

「そう、世の中には、いろいろなことがあるわ。勝さんは、もっと多くの人と知り合いになるでしょう。素晴らしい女性とも──」

「他の女性なんかは必要じゃないんです。僕は──」

「宇内さんは警察官だったのですね」

真棹は敏夫の言葉を取り合わなかった。

「宇内さんが警察署を退職した理由も、朋浩を追っていた理由も話してくれたわ。あの人はどんな逆運に会っても、それをはね返す力を持っているんですね。宇内さんと話していると、何だか元気が出て来るような気がするの。勝さんは宇内さんの仕事をするようになって、長いんですか？」

「今日で、六日目です」

「六日目――私はもっと長いような気がしていたわ」

「調査員になったのは、あなたを初めて見た、あの日です」

「じゃ、私との間も六日目ですね。勝さんは私のことをあまりよく知らないわけね」

「知っていますよ」

敏夫はむきになって言った。

「そう、知っているわ。私は夫があるにもかかわらず、宗児との関係も断てないでいた、汚ならしい女だということを知っているわね」

「あなたは宗児から脅されていただけなんだ」

「私はいけない悪い女よ」

「いけなくとも、悪くとも、汚なくともいいんです。たった二日会わなかっただけなのに、僕は――」

「だめよ。そんなことを言うには、もっと、長い時間がたたなければ」

「長い時間？　どんなに長いんですか」

「二年でも、三年でも」

「そのときには、僕の言うことを聞いてくれますね」

「聞くわ。どんなことでも」

「例えば……シャンボール館に誘ったとしても？」

「どんなところへでも」

　真棹は悲しそうな表情で答えた。それが気休めの言葉だと知っても、敏夫には非常に嬉しく聞えた。同時に、真棹と交情のあった宗児の死の直後、真棹にこんな答えをさせた自分が大変愚かに思えた。

「ごめんなさい。僕は今日、こんなことを言うつもりはなかったんです。だがあなたを見ているうちに、心を押えることが出来なくなった」

「いいのよ」

　真棹は低い声で言った。その調子は、以前にも聞いたことがあった。


「奈良公から、いろいろ訊き出してやった――」

　車の中で、舞子は、不敵な笑いを浮べていた。

　秋の日は、もう暮れていた。強い冷気がエッグの中を占めていた。

「透一は完全な睡眠薬の中毒死。外傷なし。むし歯の外、病気もない。体質も正常。血液型はB。――もっとも、こっちの手札を一枚くれてやったがね。奈良公め、透一が飲んだ薬瓶の蓋の固さに、まるで気が付いていないんだ」

「警部はどう解釈しました？」

「瓶の蓋を開けたのは、朋浩自身であるらしい、と言うんだ」

「朋浩が、ですか？ すると、朋浩は家を出る直前に睡眠薬を飲んだことになる」

「朋浩は薬を飲んではいない。だが、真棹の話によると、朋浩は真棹の買った睡眠薬を渡すと、すぐ包装を取り去ったという。奈良公は、そのとき蓋も開けたんじゃないかと言っている」

「真棹さんは瓶の蓋を開けるところまで見ていたわけじゃないんですね」

「見ていたかも知れない。だが、他の用事に気を取られていたために、その記憶はないのだと言う」

「とすれば、透一の死は、矢張り過失でしょうか」

「だが、何だって朋浩は飲みもしない薬瓶の蓋など開けたんだ」

舞子が透一の死にこだわるのは、無理もない。朋浩の事故に続く透一の死。そして、宗児の場合は、完全な殺人事件なのだ。

「宗児は、何で殺されたのですか？」

と、敏夫が訊いた。いまだに、宗児がどうして倒れたのか、よく判らなかった。

「宗児は、越後獅子の、逆立人形に殺されたんだ」

「まさか、人形が？」

あのとき、宗児は確かに人形のぜんまいを巻いていた。ぜんまいを巻き終ったとき、人形に異状があったらしいことも見ている。だが、人形が人を殺す？

「逆立人形に毒針が仕掛けられていたんだ。ぜんまいを巻くねじの中心に孔《あな》が空けられていてね、毒を入れた細い注射器が差し込まれてあった。ぜんまいが或る固さに巻かれると、注射器が飛び出して、一気に毒液を射出し、すぐ引き込むような細工がしてあったんだ。機械に馴れた人間なら、そうむずかしくない加工だという。だが狙った人間は間違いなく仕止めることが出来る。ねじを巻く指は、必ず注射器の真上に来るんだからな」

「毒は何んですか？」

「今のところ、屍体の状態から、アルカロイドの一種だろうと推定されているそうだ」

「アルカロイドというと？」

「モルヒネ、ストリキニーネ、コカイン、ニコチンなんかだ」

「宗児は逆立人形のねじを巻くとき、真棹さんに巻いてみませんかと差出しましたね」

敏夫は自分の言葉に怖ろしくなった。万一、真棹がねじを巻いていたら、殺されたのは真棹ではないか。

「そうなんだ。真棹が殺された可能性もあるんだ」

「犯人が殺そうとしたのは逆立人形を動かそうとした人間なら、誰でもよかったんですか？」

「そういうことになる。殺される可能性の最も強いのは、矢張り人形を扱いつけた宗児なんだが、現に宗児は真棹に人形を動かすことをすすめている。宗児の行動としては極めて自然なんだね。自動人形に毒針を仕込むなどという、恐ろしく計画的な犯人が、こうした計算をしていなかったことが不思議なんだ。私は犯人の考えが、さっぱり判らなくなった」

「もし、僕たちのいないところで、宗児が自動人形を動かしたとしたら、どうなったでしょうね」

「目撃者がいなかったとすると、捜査はかなり困難だったはずだ。第一、死因の判定にももっと時間がかかるだろう。死因が判っても、真逆自動人形の中に毒針が仕込まれているとはすぐに考えが及ぶまい。逆立人形は、他の玩具の中に混ってしまっているからね。部屋に内側から鍵でも掛けられていれば、捜査はかえって絞られるだろう。部屋の中の人形を徹底的に調べあげればいいわけだ。だが錠など掛っていなければ、まず常識として、注射器を持って宗児の部屋に出入りした人間に捜査が限定されるわけだ。捜査は難航するだろうね。宗児は自分の部屋に、今まで鍵など掛けたことがなかったそうだ」

「なぜ犯人は、捜査を迷わす方法を取らなかったのでしょう。それに、あの日にかぎり、人形を一時隠すなど、いろいろ考えられるじゃありませんか。香尾里さんが殺されれば、当然大勢の警察官が出入りすることは、誰にも判断が出来るじゃありませんか」

「だが犯人はそれをしなかった。できなかった理由があったんだな」

「香尾里さんと宗児を殺した人間は、同一だと思いますか」

「それは、何んとも言えない」

「透一の死因も、怪しいではないんですか」

「私は奈良公にこう言ってやった。もしこれが同じ犯人だとしたら、空から隕石を降らせて、朋浩を殺すような凄いこともやりかねないだろう、とね」

「逆立人形に毒針を仕掛けることが出来た人間は?」

「今言ったように、宗児は部屋に鍵を掛けたこともない。昼間は会社に出勤しているから、宗児は留守。その気があれば、誰でも人形に細工をすることが出来るわけだ。たとえ女性だろうとな」

敏夫は舞子の言葉が気になった。

「真棹さんのことを言っているんですか?」

「四人が死んだ結果、当然一つの事実が起きているんだぜ。というのは、今度鉄馬が死ねば、常識的に馬割家の遺産は全部、真棹のものになるということだ」

「そんな馬鹿な!」

敏夫は思わず大声を出した。

「馬割家の遺産なんて、ありゃしませんよ。スペイスレースの失敗がきっかけで、近いうちにねじ屋敷も処分されるそうじゃありませんか。処分しないで済んだとしても、ひまわり工芸が立ち直るとは決まっていやしません。宗児の蒐集も大変なものに違いないが、売る段になれば、どんなものでしょう」

「そうさな。とても四人も人を殺すなどということは考えられないな」

「宇内さんは、鉄馬も殺されると思っているんですか」

「冗談じゃない。殺されてたまるか。それじゃ、私の収賄を晴らしてくれる人間が一人もいなくなってしまうじゃないか」

「ねじ屋敷の警護は厳重なんでしょうね」

「そうさ。二人もの人間が同時に殺されている。犯人のどんなからくりでも、鉄馬に手を出すことは不可能だろうさ」

「真棹さんは、どうするんですか？」

「当分、ねじ屋敷にいることになるだろうなあ」

「明日は朋浩の初七日ですよ」

「もうそうなるかい。……真棹と、何か話したかい？」

「別に……」

「そうかい。真棹はあれでなかなか芯のしっかりした女だ」

「僕もそう思います」

舞子はちょっと黙った。自分の言葉が、変に力んでいるのに気が付いたなと、敏夫は思った。

「ところで、逆立人形を創った大野弁吉。宗児が死ぬ前に講義をしたろう。金沢の人間だそうだ」

「覚えています」

「どうも金沢という土地が、馬割家につながっているような気がしてならないんだ。ひまわり工芸の、例のかたかた鳥ね」

「福長さんが、米喰《こめく》い鼠《ねずみ》が原型だと教えてくれた玩具でしたね」

「米喰い鼠は、どこの土地で作られた玩具だか知っているかい？」

「さあ」

「この間思い出してね、調べたら、金沢の玩具だった。天保の頃、前田《まえだ》藩足軽の内職として始められたという、小さいがからくりの一種だ。金沢にはまた有名な玩具がある。八幡起上りという美しい起上り人形。ひまわり工芸の前身、鶴寿堂の馬割作蔵が作り出した玩具の中に、ちゃんとこの起上り小法師が入っていた。――それから、馬割家の紋章を知っているかい？」

「……抱《だ》き茗荷《みょうが》。でも、本来はねじ梅だったそうです」

「ほう、偉いな」

「香尾里さんから聞いたことがありました」

「ねじ梅は、梅鉢のバリエーションだね。梅鉢で有名な大名がある。加賀《かが》藩の前田加賀梅鉢。加賀百万石の定紋《じょうもん》。金沢は城下町だ。家臣に功績があれば、梅鉢の替紋《かえもん》の使用を許すだろうね」

「すると、馬割作蔵は金沢の出身なんでしょうか」

「の、ような気がするんだ。――明日は日曜日だったね」

「そうです」

「金沢へ行ってみるかな」

「僕も行きます」

「勝君はいい。これは仕事じゃないんだ。余計な経費はかけられない」

「エッグを運転して行けばいいでしょう。無論日帰りです」

「金沢まで、かなりあるぜ。二十四時間、ぶっ通しで運転してゆく自信があるかい」

「あります。僕はじっとしているより、何かに夢中になっていたいんです」

「そりゃ、こっちも助かるがね」

舞子はいたわるように敏夫を見て言った。

「私はあのとき、惚《ほ》れた振りをするのも悪くない、と言っただけだぜ」

11　斬れずの馬

エッグが八王子《はちおうじ》から相模湖《さがみこ》を左に見て大月《おおつき》、笹子《ささご》トンネルをくぐり、甲府《こうふ》から中央自動車道に出るまで、舞子は後ろ座席で眠っていた。

「私は寝溜めの出来るたちだ」

というとおり、少しの閑《ひま》があると、実に気持良く寝る女性だ。

諏訪湖《すわこ》で夜が明け始めた。厚い雲の切れ間から、白い湖面に放射状の光が渡った。塩尻《しおじり》を北に松本《まつもと》。松本から国道一五八号線に出て西に向う。安曇《あずみ》のダム群を過ぎると、左に乗鞍《のりくら》岳、右に槍《やり》ケ岳、穂高《ほだか》の連山が手に取るように見える。坂巻《さかまき》、平湯《ひらゆ》の温泉を出ると、飛騨である。

雲行が怪しくなり、霧のような冷雨が降りだしていた。エッグは深い山間を進み、越中東海道から神通川《じんずう》ぞいに、飛騨街道。富山に着き、それから北陸自動車道に出ると、雨はみぞれに変った。エッグは庄川《しょう》を渡って深谷《ふかや》温泉から、そのまま金沢に入った。

初めて見る北陸の町だった。浅野《あさの》川と犀《さい》川の間に広がる市街は、古い造りの民家や商家、町の中をめぐる用水や土塀が、しっとりと落ち着いたたたずまいを見せ、加賀百万石の城下町の風格を感じさせた。

香林坊《こうりんぼう》のうどん屋で昼食にした。食事を終ると、舞子はもう地図を取り出していた。

「大野《おおの》に行くんだ」

と、舞子が言った。

「大野弁吉、本名は中村《なかむら》弁吉。大野に住んで大野弁吉と言われた。大野町伝泉寺《でんせんじ》に、弁吉の墓が残っている」

敏夫は地図を見た。金沢城跡、兼六園《けんろくえん》、本願寺《ほんがんじ》、野町《のまち》、寺町台《てらまちだい》……

大野は金沢の市街を離れ、日本海に面する金沢港の先端に当っていた。河北潟から流れる大野川と、犀川の河口に挟まれた一角、大野のすぐ隣は金石《かないわ》で、銭屋《ぜにや》五兵衛《ごへえ》の遺品館があった。

日本海は激しく波立っていた。

重厚な雲の動き、白い荒い波、黒々とした港町の屋根。

「北陸の海は、これからが、本当の姿になるんだ」

と、舞子が教えた。

伝泉寺にある弁吉の墓はすぐに判った。墓は二基並んでいた。一つは小さく古い墓石で、弁吉墳と読めるが、裏の碑文はほとんど磨滅して、判読不能だった。もう一つは新しく建てられたものらしく、墓碑名は同じだが、立派な墓石で、丸に日の丸扇の紋章が彫り込まれていた。

伝泉寺の住職から、耳よりな話を聞いた。最近、金沢に住む篤志家によって、弁吉記念館が建てられた。ただし、記念館といっても、個人医院の一室が当てられているだけだが、散逸された弁吉の遺品が、かなり集められている。熱心な弁吉のファンだから、遠来の客なら喜ぶだろうと言った。


私設の大野弁吉記念館の館長宝田五郎《たからだごろう》は、七十を越えていた。綺麗《きれい》な白髭《しらひげ》をたくわえた老人で、病院の方はほとんど息子に任せて、自分は好きな研究を気ままに続けているのだと言う。

「弁吉さんの逆立人形が、人を殺したと聞いたときにゃ、すぐさま飛んで行って見たかったんや」

と、宝田は溜め息を吐《つ》いた。

ごく最近、応接室を改造したものらしい。部屋の正面に大きな三枚のパネルが掛けられている。いずれも古い写真を複製したもので、表面に汚れや剝落《はくらく》が目立つ。その両側にガラスケースが置かれ、部屋の中央には応接セットが置かれてあった。

ごくたまに、噂《うわさ》を聞いた愛好家たちが観覧に来るだけで、宝田は女性の訪問客を、珍しそうに応対して椅子をすすめた。

「あの住職、私設記念館やと言っていましたかいね――」

宝田はそれでも半分は嬉しそうに言った。

「記念館とするのもお羞《はずか》しいがや。何しろ遺品が少ない上に、弁吉さんの研究もなかなかまとまらんでいるこっちゃさかいに」

ガラスケースに収められているのは、立烏帽子《たてえぼし》に三番叟《さんばそう》の衣装を着けた、三番叟人形。この人形はぜんまい仕掛けで、大きな円を描いて、踊りながら進むという。唐子が御所車を引いているのが、唐子引盃台。これは御所車の上に盃を置くと、二人の唐子が御所車を引くのだそうだ。そして、名高い茶運び人形……

熨斗目《のしめ》の羽織に金襴《きんらん》の袴《はかま》、つぶらな目の童子で、両手に大きな盃を持っている。衣装はところどころささくれてはいるが、顔に塗られた胡粉《ごふん》は、百年以上もの歳月を感じさせなかった。

「この間も大学の教授が見えられましてな。内部を精しく調査して帰られましたがや、この精妙さに舌を捲《ま》いて帰られましたわいね」

と、宝田は自分の事のように鼻をうごめかせた。

宝田に言わせると、遺品は少ないとはいうものの、念入りに見れば、とても一度には見尽せなかった。金属製の遠眼鏡《とおめがね》、エレキテル、写真機、目覚し時計、発火器《ライター》、拳銃《けんじゅう》、陶製の自動噴水器《コンストホンティン》、蒸気船の模型……

更に弁吉は、ガラス細工や彫刻、竹細工や金属加工の技術にも勝れていたらしい。からくりを混えたさまざまな工芸品を見てゆくと、自動人形は、あらゆる学識と高度な技術の上に作り出された、弁吉のほんの一部分に過ぎないということが判ってきた。——単なる人形師ではありません。宗児の言った言葉が思い出される。

「当時、こんな精巧な作品を作り出した、大野弁吉という人は？」

舞子はおびただしい弁吉の作品を前にして、目を大きく開けていた。

「そうやね。これほどの天才だが、一般には名が知れておりませんわね。第一、弁吉さんについては、謎の部分が多過ぎますわいね。こんなに非凡な学芸を持ちながら、生涯《しょうがい》どの藩にも仕官せんと、北辺の地に隠棲《いんせい》して終った畸人《きじん》ですさかいに」

「京都の羽根細工師の子として生まれたと聞いたことがありますわ」

「ほう、よく御存知やね。小さい頃から四条流の絵が上手だったといいますさかいに。二十歳の頃には長崎に渡り、洋画も学んでいます。弁吉さんについては石川県出身の同郷の政治家、永井柳太郎《ながいりゅうたろう》氏が大変、興味を持って調べておられましたわいね。その結果、弁吉さんが長崎にいた時期と、日本の西洋学に最大の恩恵を残したシーボルト博士が長崎の出島に着任したときと、同じことを突き止めたがです。当然、弁吉さんとシーボルトの結び付きが考えられますやけど、ただし、その証拠は見付かりませんのですわい。推測に過ぎませんが、天文学から暦学、医学から航海術までの学問は、弁吉さんとシーボルトを結び付けてもよろしいでしょうね」

「シーボルトはスパイ嫌疑《けんぎ》で密訴されたのでしたわね。その結果、オランダに帰国した……」

「そうそう、それと前後して弁吉さんは長崎から姿を消していなさるんです。弁吉さんはそれから対馬《つしま》、朝鮮に渡ったがや。つまりシーボルト事件の難を避けたと思われましょうね。帰国後は紀伊《きい》で、馬術、砲術、算術などを学んでおられます」

「弁吉が大野に住むようになったのは？」

と、舞子が訊いた。

「天保二年、弁吉さんが三十の時。城下町のはずれ大野村は、京都で結婚した妻女、うたの生家やったがやちゃ。それから明治三年、六十九歳で病死するまで、弁吉さんはこの土地を離れることがありませんでしたわいね。今ではその土地も、海砂に埋まって、その家もなくなってしまいましたがやけど……」

宝田は正面の壁に掛けられた三枚のパネルを示した。中央の一枚が大野弁吉の写真なのであった。

目鼻立ちが大きく、骨太い顔である。開国論者としての強い信念が、その風丰《ふうぼう》から感じられた。

「右側の写真が弁吉さんの妻、うたですな。天保の末、弁吉さんが自分で作った写真機で撮影したもんや。当時写真は、キリシタンの妖術やったから、弁吉さんに写真で写させることを、皆嫌がったもんですよ。奥さんもさぞ困ったことでしょうな」

「弁吉は人を煙に巻く趣味もあったのですね」

「そうさね。深い学識と、精巧な技術、それだけではからくり人形を作ることは出来ませんわね。子供っぽい稚気がどうしても必要でしてね、こんな話が伝わっていますがや。弁吉さんに命じて、ある藩主が茶運び人形を作らせたんや。人形は例によって藩主の前に茶を持って来る。藩主はふと扇子で人形の頭を叩いてみたのですな。すると人形は両眼を吊り上げ、いきなり腰の刀に手を掛けて切り掛かろうとしたがや。藩主は仰天して、弁吉さんに詰問したところ、弁吉さんはこんなこともあろうと考え、予《あらかじ》め人形に仕掛けておいたのだと答えたといいますわいね」

「その殿様は、きっと妖術だと思ったでしょうね」

「こんな話なら、まだありますわね。弁吉さんは酒買い人形というのを作った。或る酒屋の前で歯車の音がするので見ると、人形が酒瓶を持って歩いて来たがや。酒屋は人形やからというので、酒の量を減らしたところ、人形は酒屋の心を知って動かんじゃ。酒屋が仕方なく酒の量を一杯にしてやると、人形は帰って行ったと言うがや。この話は思い付きの作り話ではながやぞ。ちゃんと理屈に通っていますよ。人形は酒瓶が一定の重さにならないと、ストッパーが外れず、歯車が動き出さないように作られていたがいの」

「原理は茶運び人形と同じわけですね」

「茶運び人形については、弁吉さんも自筆の設計図を残していますが、原本は私のところにはありませんがや、コピーをお見せしましょうか」

宝田はガラスケースから一冊の綴本《とじほん》を取り出した。製本された表紙に「東視窮録」と記されている。その一頁に精密な茶運び人形の図が記されてあった。

覚書は自動人形だけではなかった。時計、写真機、化学薬品、色ガラスの製法から自動噴水器の内部、ボルタ式パイルの図解などが、細かい記述とともに、ぎっしりと書き込まれてあった。

舞子はその一枚一枚に目を通していた。無論、全部は判るはずもない。にもかかわらず、弁吉の新知識への情熱が、不思議な力をもって迫って来るのだ。

「これだけの学力と創造力に勝れていた弁吉に、教えを受けた門弟は多くあったのでしょうね？」

舞子は頁を繰る手を止めて言った。

「引く手あまたの仕官の道を、ことごとく辞退してきた弁吉さんです。弟子もごく少なかった。わずか五、六人足らずで、からくりは米林八十《よねばやしやそ》、医術は宝田伊助《いすけ》に授けました。その宝田伊助というのが私の曾祖父に当る人でがや」

「それで、弁吉の遺品を多くお持ちなのですね」

宝田は髭《ひげ》を引っ張った。

「弁吉さんは梅毒を治療する秘伝を知っていたのや。水銀を使う水銀療法でしてね、弁吉さんは銀山の採掘にたずさわったこともありますんで。もっとも宝田伊助が弁吉さんに教えを乞うた期間はごくわずかでした。加賀藩に揉め事が起ったからですわいね。つまり、これまでの執政、奥村秀実《おくむらひでざね》が死んで、反対党が政権を握ったがために、銭五《ぜにご》さんが窮地に立たされたんですわ」

「ちょっと待って下さい」

舞子は学生のように手を挙げて、宝田の話をさえぎった。

「銭五さんというと、あの悲劇の豪商といわれた、銭屋五兵衛のことですか？」

「そうさね。加賀、金石の豪商銭屋五兵衛。金石はこの大野の、つい隣にあります」

「すると、大野弁吉と、銭屋兵衛とは、親交があった？」

「大ありや。何しろ、弁吉さんと銭五さんは、一緒に並んで写真を撮っていますさかいに」

宝田は三枚のパネルのうち、左側の写真を指差した。

「あの二人並んでいるうち、左側の人は弁吉さんでしょう。右側の大きい方の人が、銭五さんなんや」

敏夫はでっぷりとした、弁吉より大きな銭屋五兵衛の写真を見た。やや鈍重とさえ感じられる、実直そうな表情であった。

「弁吉さんは銭五さんの義歯を作ったことがきっかけで知り合いになったといいます。銭五さんは弁吉さんを知れば知るほど、深い敬意を持つようになったんや。特に自分がアメリカから手に入れた拳銃と同じものを作ったことにはびっくりしたらしい。また、弁吉さんは銭五さんに自分が密《ひそ》かに作った地球儀を見せとります。弁吉さんは銭五さんだから、こんな品を見せたのでしょうね。うっかり地動説など口にしたら、身の危険さえある時代でしたからな。現在でも弁吉さんが作って、銭五さんに与えたという、遠眼鏡も残っています。銭五さんは弁吉さんの知識と語学にあずかるところが、多かったようですの」

「つまり、銭屋五兵衛は大野弁吉のパトロンだったのですね？」

「それはちょっと違うとりますな。弁吉さんの知識を借りるにあって、多少の金品の受け渡しはあったでしょうが、弁吉さんは銭五さんの庇護《ひご》下にあったわけではないのやからね。弁吉さんの貧窮を見かねた銭五さんは、施米《せまい》を申し出たやけど、弁吉さんは固く辞退したという話も残っていますよ。銭五さんは、巨額な貨財を築いてからも、質素な生活を身上として、薪や灯芯にさえ心を配ったと言われますさかいに。とかく一代の豪商となると、ばかげた遊興費、不相応な奢侈《しゃし》は付きものやけど、銭五さんにはそうしたことは一切ありませんでした。が、ただの吝嗇漢《りんしょくかん》ではないと。果断勇決なるべしを商訓にしているほどですさかい。一方弁吉さんも破れ屋に引き籠って、問題を考え出すと、何日も物を口に入れなかった。他の楽しみは猫や猿を飼うことぐらいだったのです。こうした二人の性格に、何か共通点があったように思えますわいね」

「銭屋五兵衛は、密貿易で巨富を成したと聞いたことがあります」

「そう、確かに密貿易で資産を作ったことも事実です。もともと銭五さんの家は、金沢港町の宮腰《みやのこし》——今の金石です、で両替商と醤油《しょうゆ》業を営んでおりましたさかい。安永二年、銭五さんはその長男として生まれたのです。十七で家督を襲《つ》いだのですが、父の下で平凡に家業に従っていたわけで、それまでは当り前な人生やったがやけど、父の死をきっかけに、大きく変ったのです。三十九歳の時やった」

「三十九というと、当時としては晩年でしょう」

「そこが銭五さんの凡庸ならざるところですわね。或るとき、質流れの古船を改造して、大儲《おおもう》けをしたが。その頃、新しく船を一艘《そう》作ると、ふた航海もすれば元が取れたそうですがよ。銭五さんは、これをきっかけにして、海運業界に乗り出したのや。無論、海運業は容易な仕事やありませんから、海難事故は頻発《ひんぱつ》するし、海の上には海賊船が出没する。だが、儲けとなると、これも莫大《ばくだい》でした。日本海の北前船といえば、まず北海道の海産物や肥料を東北に運び込む。そして東北の木材と、北陸の米を関西に運送するのです。帰りには、関西の諸雑貨を積み込むという寸法で、運送の利益の他に、多くの相場がからみますさかいに、商才にたけていた銭五さんは、たちまちのうちに巨財を作りあげましたがや。この銭五さんの財産に目を付けたのが、加賀藩やったのです」

「銭屋五兵衛は、藩を動かすほどの力を持つようになっていたんですね」

「加賀藩では銭五さんに、しきりに御用金の献納をせまった。普通の商人やったら、二の足を踏むでしょうがね。銭五さんはそうではなかった。進んで金を差し出したもんです。機を見るに敏なるべし。これも銭五さんの商訓の一つや。貢納金の見返りとして、藩輸送の御用船を一手に引き受けてしもうた。銭五さんの船は、加賀藩御手船《おてふね》となり、百万石の定紋、加賀梅鉢を染め抜いた旗印を押し立てて航行するようになった。加賀藩の執政は奥村秀実、彼と手を組んで、銭五財閥は、ゆるぎないものになってゆきました」

「銭屋五兵衛の財産は、どのくらいに達していたのですか？」

「そう、千石船が十艘。五百石船が十一艘、大小合わせると、二百艘もの船主で、全国に三十四の支店があった。推定の資産は、三百万両と言われますがや」

「三百万両——」

「と言っても、見当が付かないでしょう。今の金にすると、数百億をはるかに越すでしょうね」

「数百億！」

舞子が驚くのも無理はない。わずか三億円の強盗のために、事件が時効になるまで日本国中が騒ぎまくった記憶も新しいのだ。

「銭五さんは奥村秀実と組んで、密貿易も行っていたのや。近いところでは、竹島《たけしま》を中心とした朝鮮近海貿易、樺太《からふと》の山丹《さんたん》貿易、薩南《さつなん》諸島においては対イギリス貿易、北海では対露貿易。遠くは北米から、南はタスマニアまで、彼の足は及んだといわれますよ。この陰には、弁吉さんの遠洋航海術、天文、語学の助力があずかっていたでしょう。また銭五さんは、さまざまな科学機械を密輸して、弁吉さんからその使い方を習ったでしょうし、弁吉さんも知らない珍奇な品々については、一層知識を豊かにしたでしょう」

「いろいろな科学機械を前に置いて、二人があれやこれや話し合っている姿が、目に浮んで来るわ」

舞子は二人が並んで写っているパネルの写真を、改めて見なおした。

「ところが、富強を誇っていた銭五財閥に、実に劇的な終末が告げられることになる。封建制下の財力など、政治的には実に無力であったことが思い知らされる事件やった……」

宝田は何度も髭をしごいて、悲痛な表情になった。

「天保十四年、銭五さんと共栄していた加賀藩の重臣、奥村秀実の死がきっかけになります。銭五さん、七十一歳。私と、同じ年でした」

宝田は感慨深そうに、銭屋五兵衛と自分の年を比べた。

「その頃、加賀藩には、反対党が勢力を強めていました。黒羽織党といって、揃いの黒羽織を着てのし歩いていた。どうも、今でもこういう連中は、揃いの制服を着たがるものやね。奥村秀実の死の後、黒羽織党のクーデターが成功したのです。黒羽織党が政権を握ると、まず行ったことは、銭五さんの藩の御用商人の地位を追放することやった」

「銭屋五兵衛は財を築いたといっても、藩の財政をもずいぶん助けたのでしょう」

「私もそう思う。そやかて、銭五さんはあくまで商人。いかに無法でも、言いなりになるより他はなかったがや。しかし、これで挫《くじ》けるような銭五さんやない。私が偉いと思うのはこれからで、この後、実に遠大な計画を立てるのですよ。有名な河北潟埋立工事がそれです。周囲二十六キロ。二千六百ヘクタールを二十年計画で埋立て、水田を作ろうというのや。これが完成すれば加賀百万石は更に何万石かを加えることになる。時に銭五さん、七十七歳やったから、実にこの人物の底が知れませんわね」

「七十七歳で、二十年計画――」

「工事は嘉永四年に着工したのやが、これが大変な難工事。加えて、埋立てによって生計を断たれることを恐れた漁民の、激しい妨害にあったし。銭五さんの家訓の三つ目。世人の信を受くべし。ただし世人の信は、必ずしも銭五さんに暖かくはなかったのですがや。さかのぼって、天保の大飢饉《ききん》の時には、米の買占めと他領移出を糾弾《きゅうだん》するデモに会っています。埋立工事では地元の労働力より、賃金の安い出稼労働者を使うたので、この反感も激しく、工事は遅々として進まない。そして最後に、河北潟投毒事件が発生したのです」

「投毒事件というと、河北潟に毒を投げ込んだのですか？」

「つまり河北潟の魚さえ死んでしまえば、漁民の反対運動もなくなるやろうというところから、三男の要蔵《ようぞう》が毒を投入したというのです。要蔵は石灰に臭水《くさみず》、寄居虫《ごうな》の油や、アイゴ油などを混ぜたものを、こっそりと河北潟に投入した。その結果、大鮒《おおぶな》、鮴《ごり》などが死んで浮き上り、それを食べた鵜《う》、鳶《とび》、烏、更に猫や犬が死に、そしてとうとう被害は人命に及んだのです。魚を食べた、十数人の死者を出してしもうた。嘉永五年、銭五さん一族の逮捕が始まりました。五兵衛一族の工事関係者を合わせ、五十一名が入牢《じゅろう》になったのです」

「潟に毒を投げ込むなどという、本当にそんな無茶なことがあったのですか？」

「そんなことはあるまいと、歴史家は口を揃えて言うとりますよ。河北潟というのは、もともと水捌《みずは》けが悪いのや。水藻が繁殖しすぎると、水が腐敗することがあったといいますさかい」

「なのに、なぜ五兵衛は逮捕されたのですか？」

「加賀藩は危険を感じていたのや。つまり、今までは銭五さんを存分に利用して、いわば藩ぐるみで密貿易をやっていたわけです。その密貿易に、幕府の嫌疑がかかりそうになったと見たのです。もしそれが表面に出て、幕府の追及を受ければ、藩の存亡にも関わる事件になるでしょう。藩は密貿易の罪を、銭五さん一人に背負わせて、藩の責任を逃れようとしていたのでしょう。そこに河北潟の集団中毒死事件が発生した。銭五さんは、藩の思う壺《つぼ》にはまったんやね」

「埋立工事は中止になったんですね」

「無論、そうやね。大体、干拓という工事は至難な事業や。同じ頃、幕府は印旛沼《いんばぬま》の干拓に着手したが、これも失敗しています。三度目の失敗ですよ。——一方、幕府では、銭五さんの密貿易は、とうに知っていたといいます。知ってはいたが黙視していた。幕府内部でも、外国貿易を開始するべきやという論が起っている時代。大政奉還は間近に迫っている。いちいち密貿易を監視する時代やなくなっていた。歴史の流れはそこまで来ていたのやね」

「藩に時代を見定める力がなかったのですね」

「そう言えるでしょうね。それにしても、当時の商業資本は、いかに政治的に無力やったか。大阪の淀屋《よどや》辰五郎《たつごろう》、浜田藩の会津屋《あいづや》八右衛門《はちえもん》、皆しかりですね」

「それで、事件の結末は？」

「銭屋五兵衛は、逮捕されてから三月目に牢死しました。銭五はん八十歳や。要蔵と手代は磔《はりつけ》——今でも磔の松というのが残っていますがや。銭屋の家財は全て没収。これが銭五財閥の、最後や。弁吉さんが五十のときやった」

宝田はほうっと息を吐いた。

「大野弁吉は、どうなりましたか？」

しばらくしてから舞子が訊いた。宝田の長大息につき合った後である。

「さよう。よき知己を失った淋しさは人一倍やったでしょうね。人を避ける性質は益々強くなり、世に出ることもなく、そのまま一村夫子《いちそんぷうし》としての生涯を終ったのです。一方、からくり儀右衛門の田中久重は、銭五さんの牢死した年、京都に機巧堂という店舗をかまえ、着々として名をあげ、ついに銀座《ぎんざ》に田中製造所を開業して、今日の東芝の基礎を築いたのや。同じ鬼才の主でありながら、人間の生涯、実に明暗はかくの如くに分れる。これはただ、運の良し悪しで定めてよいものでしょうかな。鶴寿日録《かくじゅにちろく》によると――」

宝田の長嘆の続きを、ぼんやりと聞いていた舞子が、飛び上らんばかりの目をした。

「今、何んとおっしゃいました？　鶴寿――」

「鶴寿日録。はて、さきほどお話しませんでしたかいな」

「初めて聞く言葉ですわ。その鶴寿日録というのは」

「弁吉さんの日記の一部が残っているのですよ。それが鶴寿日録と申すのです」

「なぜ、鶴寿なんですか？」

「弁吉さんの号が鶴寿というのです。また、一東《いっとう》という号も使うたことがある……」

「鶴寿に、一東……」

大野弁吉と、大縄に移り住んだ馬割作蔵との結び付きは、すでに明らかのようである。作蔵は自分の店を鶴寿堂と名付け、自分の子を東吉と呼んだ。これは偶然でも、暗合でもないのだ。

「大野弁吉の弟子に、馬割作蔵という人がいませんか？」

舞子は食い下るように言った。

「さっきも言うたように、弁吉さんの弟子はごくわずかやったさかいに、馬割作蔵……というのは覚えはないがな」

「その鶴寿日録は、弁吉の生涯の日記なんですか？」

「いや、さっき話した、奥村秀実が病死した年の、天保十四年の一部が偶然に残されていたのです。あとのものは、弁吉さんの遺言どおり、死後に焼却されたらしいが、何かの加減で取り残されたものでしょう」

「それは、見ること出来ますか？」

「コピーしたものなら、そこにあります」

鶴寿日録は「東視窮録」の収められていた、同じガラスケースの中に並んでいたのである。

宝田は鶴寿日録のコピーを取り出して、舞子の前に置いた。

鶴寿日録は「東視窮録」と同じきちょうめんな書体で、細かく綴《つづ》られていた。日々の記載は長くない。

三日　晴　夕鮴汁《ごりじる》

四日　曇　斬レズノ馬作図　うた女痛風ヲ起ス

五日　雨　作図続ク

六日　雨　金石へ行ク　内議アリ　熟慮ヲ要ストテ承諾ヲ留ム

七日　晴　終日思考

八日　晴　作図進マズ
九日　晴　久右衛門《きゅうえもん》来ル　森八ノ千歳持参　久右衛門ニ託スヘキカ　作図続
十日　晴　うた女逆立人形ノ衣装縫ウ
十一日　晴　作図続
…………
舞子は熱心に、鶴寿日録に目を通して行った。宝田老人は別室に立って、茶道具を持って来た。
「この日録の前の方に、斬れずの馬とありますが、斬れずの馬とは何を指すのでしょう?」
舞子は宝田の進めた茶を口にしながら訊いた。
「斬れずの馬とは、からくりの馬やと思います」
と、宝田が答えた。
「というと、現物は残っていないのですね」
「残念ながら。でも、どんなからくりであったかは、想像することが出来ます。弁吉さんが読んだと思われ、西洋の書物に、そのからくりが説明されているからや。斬れずの馬というのは、アレキサンドリアのヘロンが作ったという、斬っても元通りにつながってしまう首を持った馬のことだと推測されますな」
「斬っても離れない首?」
「この馬は金属で作られていましてな。ぶどう酒の杯をあてがうと、中の酒を飲み干します。

このからくりは驚くほどのことはありません。ただ、馬の中部の管に、切れ目のないことを示すために、馬に酒を飲ませたのです。その後で機械師は、薄刃の刀で馬の首を斬りますがや、刀は完全に馬の首を貫いて下に通り抜ける。ところが斬られたはずの馬の首は、ちゃんと元通りに胴体につながっているのです。更に杯をあてがうと、馬はちゃんとぶどう酒を飲み干します」

「アレクサンドリアというと、二千年も前でしょう」

舞子は驚いたように言った。

「ヘロンは、蒸気機関、圧搾《あっさく》ポンプ、サイフォンの原理の発見者として有名でしょう。同時に、多くのからくりも作り出していますよ。祭壇の火で踊る神像、流れる水で鳴く鳥、コインを入れると一定の聖水が流れる器、これなどは今の自動販売機の元祖でしょうな」

「それで、斬っても離れない馬の首のからくりというのは？」

「もともと、馬の首には切れ目がありますがや。馬の首は三つの輪でつながっておる。刀が第一の輪を通るとき、一の輪は刀の通り道を作るのやが、首は第二、第三の輪が支えている。刀が第二の輪を通るとき、第一の輪は元通りにつながります。このようにして刀は完全に首を通り抜けても、首が落ちるようなことがないんのやが、ぶどう酒の通る道の開閉もあって、むずかしいからくりでしょうな。弁吉さんはそのからくりに挑んだのですよ」

「ところで、この記録によりますと、弁吉はしばしば久右衛門という人と会っていますが、久右衛門とはどんな人でしょう」

「それは前に調べたことがあります」

宝田はちょっと天井を見て、

「——鈴木《すずき》久右衛門、前田土佐守直行《なおつら》の家臣で三人扶持《ぶち》の武士です。当時三十を少し出たばかりでしょう。弁吉さんの、数少ない門弟の一人や。弁吉さんは直行の知遇を受けており、彼の仲立ちで出入りをするようになったのでしょう。そやかて久右衛門は弁吉の学問を完全に受け襲《つ》いだというわけではありません」

「というと？」

「学の途中で、禄を離れてしもうたからですわいね」

「つまり、加賀藩の改革にあったからですか？」

「いや、奥村秀実の死の前にです。腰元に手を付けたとかいうことで、藩を追放されたのですよ」

「で、久右衛門はどこに行ってしまったのですか？」

「そこまでは判りませんよ。おそらく、駆落ちと同じやったさかい」

舞子は名残惜しそうに鶴寿日録を閉じた。

「ところで、最近、弁吉さんのことを調べに、この人たちが来ませんでしたか？」

舞子はバッグの中から写真を取り出した。朋浩と真棹が並んでいるスナップである。

「はて？」

宝田老人は目をしょぼつかせて写真を見ていたが、思い出せない風に首を振って、

「覚えがありませんですわい。最近、昔にゆくほど、記憶はますます鮮やかですが、近くのことになると、昨日のことがもうわからんがや。会ったようでもあるし、全然知らぬ人でもあるらしいし。その人たちが何としましたか？」

「いえ、この人たちから大野弁吉のことを聞いたので、もしかしたら、と思っただけですわ」

「もっとも、あんたほどの美人と会えば、話は別ですわい」

宝田老人は口を大きくして笑った。老人の入れ歯が、かたかたと鳴った。


大野弁吉記念館を出てから、金石の銭五遺品館に出た。だが、折悪《おりあし》く遺品館は改装のため休館となっており、門は固く閉ざされていた。

「これだけ判れば、もう充分だろう」

舞子の言葉は、負け惜しみのようではなかった。

エッグは銭五遺品館を出ると、すぐ五兵衛の菩提所《ぼだいしょ》である本竜寺の前を通った。エッグはそのまま海岸に進んだ。

舞子は車を止めて、降りしきるみぞれの道に立った。黒々と続く松林を背に、銭屋五兵衛の像が、荒れはじめた日本海を凝視していた。

五兵衛は手に遠眼鏡を持っている。大野弁吉が最新の知識と卓抜した技術で作りあげた遠眼鏡であろう。

宝田老人は、二人を隣人のように銭五さん、弁吉さんと呼んだ。

その五兵衛八十、横死に直面した胸に、去来したものは何だったろうか。

敏夫は波の音を、激しく聞いた。

12　からくり迷路

翌日、敏夫が西木ビルの事務所に入ると、舞子はもう自分の机にいて、一枚の紙を前に没頭していた。敏夫の顔を見ると、紙をつかんで立ち上り、

「お茶を飲もう」

いつもの調子で事務所を飛び出した。

喫茶店のテーブルで、持って来た紙を拡げたが、それは宗児のノートから写し取った、迷路の見取図であった。

「勝君、この迷路は、変だとは思わないかい？」

舞子は迷路の描かれた図を、ぐいと敏夫の前に突き出した。

「珈琲《コーヒー》で、いいね？」

敏夫はうわの空で返事をして、迷路に見入った。変だと言われても、すぐにはその意味が判らなかったからだ。

「土曜日、君は香尾里と迷路に入ったが、迷路の中心には到着出来なかった――そう言った

な」

「そうです」

「君に言わせると、迷路には単連結と、複連結の二種類があり、単連結の迷路では、片方の手を迷路の壁に触れながら進めばよい。手がいつも壁に触っていさえすれば、袋小路に入ったとしても、いつかはゴールに到着することが出来る。そうだったな」

「そうです」

「この迷路は、上から俯瞰《ふかん》して見れば、大してむずかしい迷路じゃない。それがいけなかったんだ。私も今までそう考えていたから、この迷路の真の意味が判らなかったんだ。私は今朝、ふと思い付いて、君の試した方法で迷路を進んでみた。すると、どうだ」

舞子はマッチ棒を取り出して、敏夫に渡した。

「論より証拠だ。この図で、君が実際に迷路に入ったときと同じように、迷路を進んでごらん」

敏夫はマッチ棒の先を、迷路の左壁に当てて、静かになぞって行った。マッチ棒はいくつかの袋小路を廻ったが、意外なことに、最後は的確に五角形の中心に辿り着いた。

「どうだい？」

舞子が迷路を覗き込んだ。

「中心に着きましたよ」

「反対側の壁でも試してごらん」

敏夫はマッチ棒を右側の壁に当てた。結果は同じだった。マッチ棒は同じように、最後には中心のゴールに滑り込んだ。

「勝君はあのとき、手を壁から放したりしやあしなかったかい？　或いは見当だけで袋小路に入るのを省略したりしなかったかい」

「いや、僕は絶対に垣根から手を放したことはありませんでした」

「この図が写し違えたわけでもない。現にあの日、宗児が迷路を案内したき、私はこの図を見ながら、曲り角をいちいち確かめておいたんだ。この迷路は、ただの単連結の迷路にすぎないんだぜ」

「じゃあ、なぜ僕は実際の迷路では、ゴールに出られなかったんでしょう？」

珈琲が運ばれて来た。舞子は砂糖をどさりとカップに入れ、ろくに掻《か》き回しもせずに飲んだ。

「この迷路を作った人間は、相当に頭を使っている」

「そうでしょうか」

「こうして図にして見ると、どうってことのない迷路に見える。ところが、実際に迷路に立つと、ちょっとやそっとではゴールに着くことが出来ないような、いろいろのからくりが仕掛けられてあるんだ。この迷路を作った人間の周到さに、思わず唸《うな》りたくなるくらいだ」

「からくりの迷路ですか……」

「第一に、この形に注意しなさい。五角形だ。この形がすでに、人間の方向感覚を狂わせる、第一の原因さ」

「五角形は人を狂わせる？」

「そうさ。奇妙なことに、人間の頭の中にある基本的な形は、三角形でもなければ、五角形でもない。いつでも四角形なのさ。四角い家、四角いテーブル、四角いベッド、四角い紙、四角い本……人間が普通つき合っている物の多くが四角いんだ。従って覚え易い市街は、必ず碁盤の目のように、きちんとした四角に区切られた道が付いている。迷い易い道というのは、それが崩れていて、四角じゃないからなんだ。五角形の曲り角は、人間の頭の中に入ると、四角な曲り角に知覚されてしまうだろうね」

「この迷路の全部の辺が反り返っているのは、なおさら間違った感覚を強くさせるためだったんですね」

「それもある。が、もう一つには、迷路に入った人間の見通しをなくしてしまうことも、考慮に入れているのだと思う。迷路に進む人の前に、いつでも突然という感じで、曲り角が現われる。そうじゃなかったかい？」

「そうでした。ひどく不安な感じがしました」

「ハンプトンコートの迷路を百科事典で調べたんだが、一部にこうした曲線が使われている。だが扇形のデザインとして装飾性はあっても、ねじ屋敷の迷路のような、目眩《めくら》ましとして使われたのではないだろう。ねじ屋敷のように、目眩ましが全ての道に用意されてあるような例は、他にはないんじゃないかと思う。また、この迷路をよく見ると——」

舞子は赤鉛筆を取り出して、迷路の正解道順を赤く塗った。

「この道順だがね。迷路に入る人間は、どうしても中心に気が行っている。従って、どうしても、中心の方向に折れる道を選びたがるものだが、皮肉なことに、正解の道順は、迷路の中心に背を向けるような曲り角がいくつも作られている。――まあ、これは迷路の常道だから不思議はないんだが、気に入らないのは、こうして、さまざまな趣向を取り込んだ迷路が、結局は単連結の迷路であった、という点だ」

「単連結の迷路じゃ、いけませんか？」

「いけないね。勝君が試みた方法、つまり、手で壁の片端をなでながら進んで行く方法は、迷路を紹介したパズルの本なら、必ず説明されている。その、多くの人が知っている方法で簡単に解けてしまうような迷路を、平然として作っているんだよ。五角形という、人を迷わすことに熱心だった人間が、なんだよ。どこかバランスが崩れているとは思わないかい」

「でも、現実には、僕は迷路の中心に着くことが出来なかった……」

「それが問題なんだ。この迷路を、あえて単連結にしたのは、時として、迷路に入った人間が、絶対に迷路のゴールに到着出来ないからくりが施されているに違いないんだ」

「絶対にゴールに到着出来ないからくり？」

敏夫は思わず迷路の図を見なおした。

「現に土曜日、君が迷路に失敗したのは、その時だけ、迷路が中心に出られないような状態にされていたとしか考えられないじゃないか」

「と、すると？」

「もう一度、あの迷路の中に入って見る必要があると思うんだ」

外に出ると、変に暖かかった。雨かなと舞子は言い、オレンジ色のコートをエッグの後ろ座席に放りこんだ。

ねじ屋敷の中には、多くの車があった。中に入ろうとすると、制服の警官が車を止めた。

舞子は自分の名を告げ、奈良木の知り合いだと言った。

しばらくすると、奈良木の代りに、狐沢が邸の中から出て来た。

「あんたが来ると、いつもろくなことがないんだ」

狐沢は寝起きの悪いような顔で言った。

「大分、立て込んでいるようだね」

舞子は並んだ車を見て言った。

「ひまわり工芸の幹部が集まっているんだ。社長を中心に、しばらくすると会議が始まることになっている」

ひまわり工芸の中心になる人物を、二人まで失って、会社としても重要な岐路に立たされているわけなのだろう。

「鉄馬氏は元気かい」

「元気そうだ。気の強いおやじさんで、息子と娘をなくしても、我々の前では弱音一つ出さなかった。偉いもんだ」

「真棹さんに会いたいんだがな」

「だめだよ」

「だめ？　真逆、容疑者にされたわけじゃないんだろう」

「でも、だめだ。今、忙しいんだ」

「いつなら会える？」

「重要な用なのかい。俺が取り次いでもいいんだぜ」

「奈良公がそう言ったんだろう。相変らず融通の効かない男だ」

「俺たちに聞かせたくない用か？」

「まあいいや。その代り、庭を散歩するぐらいならいいだろう」

「何かを嗅《か》ぎ廻るんなら、止した方がいい」

「そんな酔狂な真似など、するかい。車でちょっと外の空気を吸いたくなっただけさ」

「悪いことは言わない。帰った方がいい」

「警官は民間人の協力を拒否するようになったのかね」

「そんなつもりはない」

「じゃあ、いいじゃないか。護衛付きでもかまわない」

狐沢はしぶしぶ車を通した。外に出ると、

「変な真似はするなよ。休んだら、すぐ帰れよ。今日は真棹さんとは会えないぜ」

と、だめを押した。

舞子はぶらぶらと小亭の方に歩いた。狐沢は一人の巡査をつかまえて、耳打ちをした。本当に護衛付きの散歩になった。

　小亭の土に、血の跡がまだ残っていた。すでに土に返りかけ、それと気が付かなければ、見落してしまうほどの跡である。

　舞子は小亭の前の、やや急な坂を下り、石橋を渡って、迷路の方に歩いて行った。敏夫は舞子に従ってゆっくりと迷路を廻った。最後の角を折れると、舞子は低く、

「急ぐんだ」

　と言って小走りになった。敏夫も続いて走ると、舞子はそのまま迷路の中に入った。

　舞子は迷路の道順を諳《そら》んじているようだった。曲り角に出ても、少しもためらうことがない。正確に道を選び、ほどなく迷路の中心に着いた。

「地図の通りに進んだのだぜ」

　と、舞子が周囲を見廻して言った。

「あの地図に誤りはないんだ。とすると、君はなぜあの日失敗したんだ」

　舞子は右の椅子に坐って、バッグの中から地図を取り出した。

「何かあるわけなんだがなあ。何かが……」

　舞子は石のテーブルを撫《な》ぜ廻した。ふとテーブルの下に身をかがめて、落ちていた物を拾った。マッチ棒の燃えさしだった。端が嚙《か》み潰《つぶ》されている。舞子はつまらなそうに、マッチ棒をテーブルに捨てた。

「迷路の中に、石の椅子が置いてありましたよ」

敏夫は初めて迷路に入ったときのことを思い出していた。

「それは、この図にも、ちゃんと書き込まれている」

舞子は図の○印を指差した。

「正しい道順は、椅子の前を通りすぎるようになっていないんですね」

「そうだ。正しい道順では、椅子などに出会わない。――待てよ。椅子の前を通りすぎるだと？」

舞子がびっくりするほどの大きな目を開いた。

「君は、あの日、椅子の前を通りすぎたのか？」

「そうです」

舞子は地図を叩いた。

「この図では、椅子は袋小路の奥に書かれているんだ」

舞子は地図をつかんで立ち上った。中心を出て迷路を逆に辿る。何度か角を曲ると、袋小路の奥に楕円形の石が見えた。

「椅子ってのは、これだろう」

「そうです。これでした。だが、袋小路にあったんじゃない。この前を通りすぎたことを覚えていますよ」

舞子はかがみ込んで、楕円形の椅子を調べた。

「どうやら迷路のからくりが判りかけた」

舞子は袋小路を出て、再び迷路の中心に戻った。中心の入口の生垣を調べ始める。

「この垣の、ちょうど裏側に、石の椅子が置いてあるんだ」

舞子はしきりにその生垣に触っていたが、生垣の下に手を突っ込むと、

「レバーのような物が出ている。引いてみよう」

手応えがあったようだ。同時に、生垣が動き出したのである。

「気を付けろよ」

舞子は身を引いた。生垣はちょうどドアのように動いて、ぴったりと五角形の広場を閉ざしたのである
「つまり、椅子の前の通路が開いたときには――この向うも、もう袋小路ではなくなっているんだよ。反対に、ここは閉ざされた部屋になってしまうんだ。ここが閉め切られれば、もう、誰もこの中に入ることは出来なくなるんだ」

舞子は改めて、閉ざされた迷路の中心を見廻した。

「人を寄せ付けないようにするには、念が入りすぎているようだ」

このからくりは、ただそのためばかりでないことは、すぐ後で判った。

敏夫はふと耳を澄ませた。地の底から水でも流れるような音が聞こえたのだ。聞き違えではない。その音に、聞き覚えがあった。

そのとき、五角形の部屋で、信じ難いことが起り始めた。

中央の五角形の石のテーブルが、静かに動き出していた。

石のテーブルは、はね返されるように立ち上った。反対に、テーブルの下にあった五角形の敷石が沈んで、五角形の黒い穴が、ぽっかりと口を開けたのである。

穴には急な石段が、底の方に続いている。敏夫はそっと穴の底を見下ろした。穴はかなりの深さで、石段は闇《やみ》の底に没していた。湿った空気がかすかに吹上げた。

「何ですか？　これは」

敏夫は呆れて舞子の顔を見た。

「洞窟《どうくつ》さ」

舞子は平然と答えた。今にも身を躍らせて、穴の中に入ってゆくような調子だった。

「ルネッサンス以降の造園は、人工的な桃源郷を造ることが理想だった。庭には異国の小亭、噴水、迷路、等身大の自動人形が置かれ、洞窟の中にはさまざまな水からくりが仕掛けられていた……」

「この洞窟は作られたものなのですか？」

「それは中に入って見なければ判らない。だが、私の想像では、半々だと思うね。大縄という土地からは古代人の土器などが発見されている。古代人の住んでいた洞窟に手を入れて作られたとも考えられるんだ。大縄という地名は、多穴《おおあな》が訛《なま》って伝えられたということを聞いたことがあるからね」

「この大きな石のテーブルを動かした力は何でしょう。電力ですか？」

「電力なんかじゃない。水からくりだと思う」

「そう言えば、水の音が聞えました」

「この洞窟は、かなり広いと思うよ。池の水が利用されているんだな。洞窟の中に水が溜められているところがあるんだ。あのレバーを引くと、その水が一度に流れて、その力でテーブルを動かしていると思う」

「この洞窟を作ったのは？」

「ねじ屋敷を作ったのは、馬割蓬堂だが、思うに、この洞窟を作ったのは蓬堂の父の作蔵……」

「すると、その時代の人のように、作蔵は理想郷としてこの洞窟を作ったのですか？」

「それが、大分違うようなんだ。この迷路も極めて閉鎖的だ。ただ楽しみや装飾のためなら、こんなからくりは不必要だろう」

「つまり、洞窟が開かれている時には、誰にも知られぬように、迷路を閉ざしてしまうんですね」

「降りて見よう」

舞子は無造作に言って、バッグを開けた。バッグの中には懐中電燈と蠟燭《ろうそく》が用意されてあった。

「宇内さんは、迷路の中に洞窟があることを知っていたんですか？」

敏夫が驚いた。

「いつか馬割家の坊主が、迷路を作る動機もさまざまあると言っていたろう。私はその言葉が心に残っていたんだ」

舞子は自分で蠟燭を持ち懐中電燈の方を敏夫に渡した。

「今でもこの水からくりが正確に動くのだから、最近誰かがこのからくりに手入れをしたことがあるに違いない。多分、酸欠の空気には大丈夫だろうが、万一のことがあると命取りだから、蠟燭の必要があるのさ。もし蠟燭の火が消えたら、酸素のない空気なのだ」

舞子は蠟燭に火をつけて穴の傍に立った。吹き上る洞窟の風で、蠟燭の火がわなないた。舞子は火を庇《かば》いながら石段を降り始めた。敏夫は後から、懐中電燈で舞子の足元を照らした。

石は黒く湿って、急であった。洞窟の中は生暖く、かびのような臭いがただよっていたが、不快ではなかった。舞子は石段の途中で身をかがめて、何かを拾いあげた。さっきのマッチ棒の燃え残りであった。洞窟の扉が開いたとき、中に落ち込んだとみえる。舞子はちょっと考えて、それをポケットの中に入れた。

石段はかなり深かった。かすかに水の流れる音がしている。敏夫は懐中電燈で注意深く舞子の足元を照らした。

石段を降り切ると、六畳敷ぐらいの広さの石室に出た。地面のところどころに水が溜り、電燈の光を当てると、白っぽい蜘蛛《くも》のような虫が走り去った。石室の壁には、人が一人やっと通れるほどの穴が二つ並んで、見開かれた目のように開いていた。

「ごらん」

舞子の大きな声が、洞窟に響いた。舞子は今降りて来た階段の下を指差した。そこには、バットの握りのような、錆《さ》びた鉄の棒が突き出ていた。

「これで、迷路の扉の開閉が出来るんだろう」

舞子は棒に手を掛けたが、すぐ思い返して、

「今、テーブルが動き出したら困るかな。護衛のおじさんに見付かるかも知れない」

舞子は二つの洞窟の奥に蠟燭の光を当てた。一つはなだらかな登りであり、もう一つは急な下り坂であった。無論、奥までは光が届かない。

「君なら、どっちを選ぶね？」

舞子は蠟燭のゆらめきの中で、無気味に笑った。

敏夫は地面に注意した。最近、誰かが通ったとすれば、足跡が残っているかも知れないと思ったからだ。

「珍しく、理論的に解こうとしているな」

舞子は敏夫の心を見透すように言った。だが、二つの洞窟に足跡などは見当らなかった。

「それとも、また片方の手を突き出すかね？　この穴は相当長く続いていそうだぜ」

「じゃ、宇内さんは正しい道順が判るんですか？」

不服そうな敏夫の声に、舞子はまた笑った。

「勿論《もちろん》、左だ」

舞子はためらわず、左側の、急傾斜の坂になっている方の穴に身を入れた。

「曲る順序をメモしておきましょうか」

「それなら、持っている」

「じゃ、洞窟の道順の地図が見付かったんですか？」

「そんなもの、あると言えばある。ないと言えば、ない」

天井は低く、二人は身をかがめて歩かなければならなかった。しばらく行くと、舞子は足を止めて、地面を見た。

「蠟の垂れた跡がある。私たちと同じように歩いた人間がいるんだ。どうやら、私の考えは正しかったようだ」

そのうち道はやや広くなり、道は平坦になると、ふた股になった岐《わか》れ道に出た。

「ごらん」

舞子は洞窟の壁を指差した。

「二つの穴は、よく見ると違っているだろう。片方は壁を削った跡が新しい。ということは、この二つの穴が出来た、或いは作られた時代に差があるということだ」

「——判った。つまり新しい穴は、洞窟を複雑にするために作られたもので、それに惑わされてはいけない。古い道を選べばいいんでしょう」

「それなら、反対のことも考えられるぜ。新しい穴は不完全だった洞窟を完成させるために作られたのだ。従って、正しい道順は、新しい穴を選ばなければならない」

「どっちの解釈が正しいんですか？」

「結局、そんなことは、どうだっていいのだ」

舞子はさっさと古い方の穴を進んだ。

道の幅が広くなり、左側に細い溝《みぞ》が切られて、静かに水が流れていた。

舞子は足を止めて、耳を澄ませた。水の落ちる音がするのだ。

「変だな。……誰かが迷路の扉を閉めたのかな？」

だが、そうではないようだった。進むに従って、水の音が大きくなった。

「——滝があるんだ」

「滝が？　洞窟にですか？」

敏夫は意外な気がした。舞子は蠟燭をかざした。光の先に、糸のような光が見えた。


細い滝であった。

滝のあるところは、かなり広く、天井も高い。石室の両側には大きな穴が開き、二つの穴の間にそそり出たような岩があり、水は岩の上から落ちていた。岩肌は水のしぶきで光り、落ちた水は溝を伝わって静かに動いてゆく。

滝はふた股にねじ曲って、それぞれ尖《とが》った岩の上に落ちていた。岩の間に皿のような窪《くぼ》みがあり、そこに溜った水は懐中電燈の下でも清らかに澄んで見えた。

「今度は、こっちだ」

滝を見ていた舞子が、身体の向きを変えた。蠟燭の火が揺れ、洞窟がぐらりと動いたように見えた。

「でも。どうして？」

敏夫は舞子の選んだ洞窟に電燈を当てた。

「矢張り、洞窟の地図が、あったんですね」

舞子は振り返った。

「あったね。途方もなく大きい奴が」

「どこにです？」

舞子は天井を指差した。敏夫はつられて上を見た。

「ここからは見えやしないよ。地面の上にあったんだ」

敏夫は意味が判らずに黙り込んだ。舞子は蠟燭を敏夫に持たせ、煙草を取り出すと、蠟燭で火をつけた。

「このねじ屋敷を作った馬割蓬堂は、玩具が嫌いだったと言う。玩具の創作より、商魂に長じていたために、小さな鶴寿堂をひまわり工芸に育てることが出来たんだ。そんな男が、なぜ玩具の国に出てくるような、ねじ屋敷を建てたと思う？」

「蓬堂の、気まぐれじゃないんですか」

「違うなあ。蓬堂はドロ相場で儲けたり、商いがうまかったりして、むしろ、計算した人生を過した男だったと思えるんだ。気まぐれにこんな妙な建物を作ったりはしない男じゃないかな」

「じゃ、もっと外の動機があったんですか？」

「そう。私はこう思う。ねじ屋敷のような奇怪な建物の庭に、妙な迷路が作られたとしても、人々は不思議に思わないからさ。これが普通の家にでも迷路があってごらん。迷路だけが目立ちすぎて、人々の目は迷路に向けられるだろうね」

「すると、迷路を作りたいために、蓬堂はねじ屋敷を作ったのですか」

舞子の言う意味は、常識を超えたものがあった。

「では、あの迷路は、なぜ作られたんですか？」

敏夫はそれまでして迷路を作らなければならなかった蓬堂の心が、まるで読み取れなかった。

「そう、いい質問だ。玩具の嫌いな蓬堂が、なぜ迷路を作ったのか」

舞子はバッグを開けて、五角形の迷路の図を開いた。

「これは、地面に描いた、洞窟の地図だと思う」

「地図？……でも、この洞窟は五角形じゃありませんよ」

「地図というのは、何も実物通りの比率でなければならないとは定まっていないんだぜ。東京の山手《やまのて》線の図は、団子に串を刺したように描かれることもあるじゃないか。つまり実際の道と図が、相対的に同じであれば、図の方はどんなに変形されてもかまわないんだ」

「それは判ります」

「つまり、ねじ屋敷の迷路と、この洞窟の道とは、位相的に同じなんだ」

「位相的？」

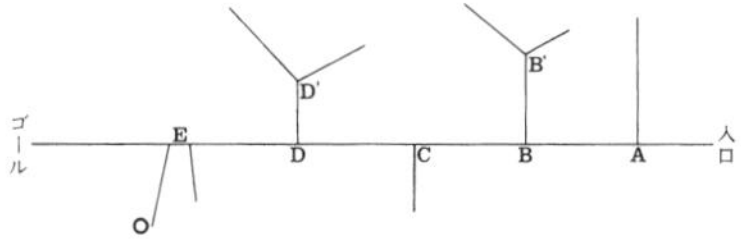

「五角形の迷路の入口と、ゴールを結ぶ道に一本のロープを置いたとする。そのロープに、岐《わか》れ道、つまり袋小路にもロープを伸して、本道と結び合わせるんだ。迷路の中の全部の道にロープが敷かれたところで、ロープを引き出し、ロープの両端を持って、引き伸してみる」

「僕の腕は、そんなに長くはありませんよ」

「融通の効かない男だな。ロープをずっと短くして考えてみるんだ。すると、こんな形になるはずだ」

舞子は迷路の図を敏夫に示した。

舞子は図の隅に枝のような図を書き込んだ。

「迷路や洞窟の道を考えるとき、

道の長短や登り降り、道の曲り具合などは考えに入れる必要はない。道はいくらうねろうが角張ろうが関係はない。ただ問題は、岐れ道のどちらを選ぶかなんだ」

「五角形の迷路と、洞窟の道が同じだという意味は判りました。今まで、岐れ道では迷路と同じ曲り方をして来たのですね」

「そうなんだよ。それで袋小道に突き当らなかったところをみると、どうやら私の考えていたことが、正しかったようだ」

「洞窟の地図を描くのに、何だってこんな廻りくどい方法を取ったんでしょう？」

「蓬堂は、滅多な人間には、絶対に洞窟を知られたくなかった。他の者に知られては、困る理由があった。綿密な図にしてしまうと、他の者が見たとき、この邸の中に洞窟が隠されていることが判ってしまう。盗まれたり、写されたりするのも面白くない。そこで、蓬堂は洞窟の図を、迷路に作り替えることを思い付いたのだろう」

「迷路そのものが地図だったんですね」

「蓬堂は洞窟の図を、地上に大きく描いたわけだ。真逆、これが洞窟の道を表わしているとは、誰も思わないだろう」

「それほどまでにして、隠そうとした洞窟の中には、一体何があるのですか？　クロコディロポリスの迷宮には、王とクロコディルが埋葬されたといいます」

「それはまだ何とも言えない。蓬堂はただの抜け道として利用していたのかも知れないんだ」

「すると、この道はどこに続いているんですか？」

「はっきり判らないが、私の考えでは、多分、ねじ屋敷の中に行き着くと思う」

舞子はもう一度、地図に目を通してから、蠟燭を手にして洞窟の中に入った。

道の屈曲はいよいよ激しく、不規則な階段や坂が続き、地の底は果しのないように思われた。何度めかの岐れ道には、今までになかった特徴が見られた。岩に囲まれた空間が複雑で、部屋は格段に広く、道は岩の割れ目をくぐるように、三つに別れていた。

「五角形の迷路に対応させると、Eの地点に当るわけだ」

舞子は地図の一点を示した。迷路のEの地点は、三つに岐れていた。

舞子はあたりの岩を見て廻りながら、

「ルネッサンス以降に作られた洞窟の中には、水からくりで動く人形が置かれていたという。無論さまざまな装飾に満ちていたものと思われる。また、宗教的な修道を目的に作られた洞窟には、壁面に多くの仏像などが彫刻されているものだ。この洞窟の中には、そんなものがあったかい？」

「見当りませんね。むき出しの岩と土があるばかりでした」

「変な言い方だが、この洞窟には、実用主義の臭いがするんだ」

舞子は一つの岩の割れ目に、身を入れた。

「五角形の迷路には、本道に対して、六つの岐路がある。今、曲ったところでちょうど六つ目を通り越したところだ。私の考えのとおりなら、いよいよ出口になるわけだ」

だがその出口に着くまでの道のりは大分あった。道は間断なく曲り続け、狭いところでは、身体を横にしなければ抜けられなかった。

最後に、やや直線的な道を登り詰めると、小さな空間があった。そこは迷路の石段を降り着いたところに、感じがよく似ていた。広さもほぼ同じで、上に登る急な石段もあった。敏夫は再び振り出しに戻ったような気がして、あたりを見廻した。

「だが、扉を開閉するレバーがない」

舞子が自分に言い聞かせるように言った。舞子も同じ錯覚を感じたものと見える。

舞子の言うとおり、石段の横に出ていた棒が、この部屋にはなかった。棒ばかりか、物を動かすような、仕掛けめいた物も見当らなかった。

「とりあえず、登ってみよう」

舞子は先に立って、石段を登りはじめた。石段の途中に、ひょろりとした白い草が生えていた。

石段を登り切ったところに、厚い板の扉があった。錆《さ》びた鉄の枠がはめられ、木の肌は、ぼろぼろになっていた。

「油を差した跡があるぜ」

扉の蝶番《ちょうつがい》を見ていた舞子が言った。

舞子はそっと扉に身体の重みを加えた。扉が小さな音を立てた。舞子は蠟燭を吹き消した。

扉の隙間《すきま》から細い光が見えた。

「電燈を下に向けろ」

舞子が小さく言った。敏夫は言われるとおりに電燈を下に向け、扉の向う側の様子をうかがった。

舞子は何呼吸か後、扉を向う側に押した。扉は重いきしみを立てながら、大きく動いた。扉の向う側から、かび臭い空気が流れ込んだ。

薄暗く埃っぽい部屋だった。四方は荒壁で、光は天井近くに開けられた、小さな四角い窓から入っている。

敏夫は子供の頃、友達の家にあった土蔵を思い出した。ちょうど、土蔵の中と同じである。古い長持、提灯《ちょうちん》、黒い箱の山、大きな火鉢《ひばち》などが、ほとんど無秩序に積み重ねられてあった。

敏夫は何気なく今入った扉を閉めた。重い音がすると、扉はふいに消えてしまった。扉は、部屋に面した側が、四方の壁と同じ色に作られていたのだ。敏夫はあわてて扉を探ろうとして、壁を撫《な》で廻した。手に当るものは何もなかった。掌が、たちまち黒くなった。

「扉がなくなってしまった」

敏夫は舞子に言った。舞子は壁の上下を見ていたが、

「こうするのさ」

舞子は扉が消えたあたりの柱を強くつかんで引いた。柱と壁が、同時に動きだした。扉の背に、柱と壁が取り付けられていたのである。

舞子は扉を元通りに閉めると、右側の壁に注意した。この壁は、引き戸の役をしているらしいことがすぐに判った。洞窟の出入口は、いつの場合でも、洞窟から出るよりも、入ろうとす

る者の目を欺くように工夫が凝らされているのだった。

舞子が壁に手を掛けて力を入れると、壁は横に動き、細い隙間が現われた。舞子は隙間に目を当てて、向う側を覗いた。

「思ったとおりだ。鉄馬の部屋だ」

舞子は壁を大きく引いた。壁の穴の向こうに、茶色の紙が掛けられていた。

「誰もいないんですか？」

敏夫は舞子の大胆さに驚いて言った。

「誰もいない。ここにある紙は、掛け軸なんだ。ここは鉄馬の茶室の床の間の裏側なんだよ。この軸は山水の絵だ。あの日、私はこの部屋で山水を見ながら鉄馬と話していた……」

舞子は軸を片寄せて、部屋の中を見た。そのとたん、舞子の身体が固くなるのが、後ろ姿でもはっきりと判った。

「おっ？」

舞子は自分の靴を蹴飛《けと》ばして、穴をくぐり抜けた。敏夫もあわてて靴を脱いだ。

六畳の部屋。黒塗りの机に、鉄馬が突っ伏していた。鉄馬はどす黒い血を吐き、開かれた目は、全く生気を失っていた。

13　ねじ屋敷

「触るんじゃねえぞ」

と、舞子は押し殺した声で言った。

無論、触るわけはなかった。敏夫は床の間の上に、棒立ちになっていた。

舞子は鉄馬の横にひざまずいて動かなかった。

鉄馬の両手の指は、ねじ曲っていた。死の直前、鉄馬をどんな苦痛が襲ったのだろうか。衣服の胸元の乱れも、その激しさを物語っているようだ。

「死んで、間もない」

舞子は吐瀉物《としゃぶつ》に顔を寄せて臭《にお》いを嗅《か》いだ。

黒塗りの机には朱色の盆が置かれ、半分ほど水の入ったコップが乗っていた。盆の横に、きちんと蓋をされた、小さな赤い瓶があった。見覚えのある瓶だった。瓶の底には、まだいくつかの、赤いカプセルが入っていた。

舞子は部屋を見廻した。部屋の調度類はきちんと置かれてある。乱れている物は何一つなかった。

「迷路に戻ろう。誰かに見付かると、面倒だ」

舞子はそっと立ち上った。自分のいた畳の上を見て、何も残っているものがないのを確認して床の間の穴に戻った。古い道具が積み重ねられている部屋に入ると、舞子は珍しく、

「畜生……とうとう私の最後の証人まで、殺してしまやあがった――」

と、呪《のろ》いの言葉を吐いた。

「鉄馬は、殺されたんですか?」

洞窟の三つの岐路のある道、舞子のいうEの地点に戻ったとき、敏夫は訊いた。

舞子は平らな岩の上に腰を下ろした。それは、鉄馬の死に直面した心の動揺を静めるというより、これから起す行動に、身を立てなおすためのようだった。

「自殺なんかじゃないね。毒を飲まされたのだ」

舞子はそう断定した。

「机の上に置いてあった瓶を覚えているだろう。あれは鉄馬のために、真棹が与えた薬だ。もし鉄馬が自殺だとしたら、なぜあんな瓶を、死ぬ目の前に置いておくんだい」

「そうですね」

「鉄馬は朝食の後、いつものように、あの薬を飲んだと見える」

「食事に毒が入っていたとは考えられませんか?」

敏夫は真棹の与えた薬の中に、毒が入っていたとは考えたくなかった。

「それも違うね。食事の中に毒が入っていたとすれば、当然食事中に倒れるだろう」

「それを誰かが片付けたとは？」

「それも駄目だ。机の上の吐瀉物は、机が綺麗に片付けられている上に、吐き出されたものだ」

「コップの水の中に、毒が入れられていた可能性はあるでしょう」

舞子はじろりと敏夫を見た。

「それは、ある。だが、机の上に薬の瓶がある以上、毒物はあの薬の中に混ぜられていたと考えるのが自然じゃないかね」

「そりゃ、そうですが……」

「君は真棹の手から鉄馬に渡った薬瓶の中に、毒が入っていたと考えるのが気に入らないんだろう」

「きっと、誰かが、同じカプセルに毒を詰めて、あの薬瓶と同じ瓶に入れて、掏《す》り替えたのでしょう」

「だが、このところ、鉄馬は自分の身内を四人まで亡くしているんだぜ。自分のことについては必要以上、気を使っていたに違いない。鉄馬に、自分の持っている薬瓶を掏り替えられるような隙があったとは思えない」

「……では毒のカプセルを一つだけ用意して、鉄馬の薬瓶に、そっと投入したとしたらどうでしょう。犯人が毒を入れたのは、香尾里さんと宗児が死んだ以前です。鉄馬はまだ、自分たちを狙っているような人間がいるなどとは、思ってもみない時にです」

「ほう――」

舞子は真面目な顔になった。

「なかなか穿《うが》ったことを言うじゃないか。そのとおり。一つだけ毒のカプセルを投入したのなら、その可能性はある。机の上にあった薬瓶の中には、まだどのくらいのカプセルが残っていたろう」

「十錠足らずだったと思いますが」

「そう、そんなものだった。とすると、あの瓶がカプセルで一杯のときは、何錠ぐらいだろう」

「五十錠は入るでしょう」

「鉄馬はあのカプセルを毎朝一錠ずつ飲む習慣だった。従って、犯人が毒を投入したとすれば、ほぼ四十日前からこっち、ということになるだろう。それにしても、一番毒を入れ易い人間といえば、矢張り真棹だろう」

「毒は何でしょう」

「青酸性の毒物らしく思えるんだ。……真棹は病院に勤めていたことがあったな」

「毒物は病院からでなくとも手に入りますよ。青酸カリならメッキでも使われるじゃありませんか。ひまわり工芸では、小さいけれどメッキ工場を持っています」

「それもそうだ。だが……」

舞子は懐中電燈で、洞窟の岩の一つ一つを照らしていた。子供が鏡で日光と遊んでいるように、電燈の光が踊った。

「真棹さんには、動機がありませんよ」

敏夫はむきになっていた。

「あるさ」

舞子は事もなげに言った。

「鉄馬がどんな遺言を残しているか判らないがね。常識的に考えれば馬割家の遺産は、真棹のものだ」

「遺産なんて——」

「あるさ」

舞子は電燈を大きく動かすと、

「私はこう考えているんだ。銭屋五兵衛が、天保十四年に大野弁吉に相談したことは、何だったか、とね」

「銭屋五兵衛が……」

敏夫は舞子の言う真意がつかみかねた。

「大野弁吉の鶴寿日録の最初の方に書き留められてあったじゃないか。——雨、金石へ行く。内議あり、熟慮を要すとて、承諾を留む。金石は勿論《もちろん》、五兵衛のところだ。雨の日にかかわらず弁吉は金石に行ったのだ。よほど大切な用件だったことが判る。金石では内密な相談があった。五兵衛は重要なことを弁吉に依頼したのだ。だが気軽に引き受けられることじゃなかった。

熟慮を要すとて承諾を留む、さ」

「で、それは？」

「翌日の記述にはこう書かれている。終日思考。次の日はこうだ。作図進まず。——あまり事が大きいので、図を案ずることも出来なくなったのさ。翌日、久右衛門が森八の千歳を手にして訪ねて来る。——久右衛門に託すべきかと、弁吉は思案する。彼に五兵衛の依頼を押し付けてしまおうかと考えた。次の日、晴天が続いて、痛風が回復したうたは、逆立人形の衣装を縫い上げた。この記述には、久右衛門に全てを任せることを決意した、弁吉の心が写し出されているような気がする」

「その久右衛門とは？」

「馬割作蔵のことさ」

舞子は当然のように言った。

「人は偽名を作るとき、全くのでたらめな名は思い浮ばないものさ。そのとき、師匠の弁吉は斬れずの馬を作ることに没頭していた。——馬割作蔵は、どうだい。そんなときの名に、ぴったりじゃないかね？」

「…………」

「久右衛門はその目的を実行するために、藩を出奔《しゅっぽん》してしまった。名目は腰元に懸想《けそう》したとのことだが、芝居がかった作り話さ。眉つばものだ。久右衛門は金沢を後に、大縄に移り住むようになったのだ」

「作蔵の妻は、大縄の生まれでした」

「そういう関係からだろうね。久右衛門は生活のために、金沢で覚えた起上り小法師や、米喰い鼠にヒントを得たきつつきなどを作り始めた。からくりを志していただけあって、久右衛門は細かい仕事は得意だったと思う。――世が落ち着くと、久右衛門は店の名を鶴寿堂とし、子にも東吉と名付けた。彼の弁吉への傾倒ぶりがよく判るじゃないか」

「その久右衛門が受け継いだことというのは、一体何だったのですか？」

「そりゃ、銭屋五兵衛の身になってみれば判ることじゃないかな」

「……判りません」

「いいかい。加賀藩の重臣、奥村秀実の死ぬ前、五兵衛は絶頂に立っていたんだ。年は七十。だが、藩に反対党が勢力を伸しはじめ、世間の羨望《せんぼう》と、嫉視《しっし》を知らないわけじゃなかった。むしろ強すぎるほど感じていたと思う。今、手を組んでいる秀実も病気だ。ささいな事から、反対派が政権を取れば、明日の身がどうなるか判らない。淀屋辰五郎の例もある。商人が財産を没収された例は、限りなくあった時代だ。身を守り、財を守るためには――」

舞子はちょっと言葉を途切ってから、

「財産の一部を、隠匿《いんとく》するより他、ないじゃないかね」

敏夫は思わず考え込んだ。財産の隠匿――そう、それは当然考えられることだ。現在でも、時として小判を入れた壺が掘り出されるのだ。財産の隠匿など、当時の商人の間では、常識だったに違いない。

「銭屋五兵衛の資産三百万両。一割としても三十万両。千両箱で三百個だぜ」

舞子は人事《ひとごと》のように計算した。

「五兵衛がいくら海運業者でも、そんな莫大な金を、他国へ易々と移すことが出来るでしょうかね」

「だから、大野弁吉に相談を持ち掛けたんじゃないか。弁吉は銭五財閥にとって、欠くことの出来ない頭脳だった。ところが弁吉は、しぶったのだ。弁吉の隠棲生活を見ても想像がつく。弁吉は今までになかったからくり人形をこつこつ創り出す情熱はあっても、藩の目をかすめて財産を隠匿するからくりは気が進まなかった。あまりにも人間臭い仕事だった。弁吉は考えあぐねた末、全てを久右衛門に託すことに定めたんだ」

「久右衛門は、信頼のできる人物だったのですか？」

「そう思う。何よりも弁吉に傾倒していたし、同時に銭屋五兵衛の信奉者だったと思う。でなければ弁吉は久右衛門に相談するわけはないし、五兵衛も任用することはなかっただろう」

「久右衛門は、その仕事に成功したのですね？」

「そうだ。久右衛門は、不義などという口実で脱藩し、金沢を離れた。弁吉は形見として、逆立人形を与えたのだろう。そして、何らかのからくりによって、五兵衛の財産の一部は、この大縄に隠匿されたのだ。その場所は、この洞窟の中に違いないと思う」

「その財産には、まだ手が付けられていないんですか？」

「久右衛門は正直な男だった。五兵衛の財産を任されても、それには目もくれずに、自分では玩具を作る仕事を始めているのを見ても判る。そのうち加賀藩では、執政秀実の死に続き、反対党の世の中となる。五兵衛は御手船主《おてふなぬし》を追放され、河北潟埋立工事に着工、そして河北潟投毒事件の容疑で逮捕、獄死。銭屋はあっと言う間に没落してしまった。久右衛門は胸を痛めたことだろう。遺産は銭屋に返さなければならない。だが、その機会のないままに病死した」

「そのことを、自分の息子に言い残さなかったのですか?」

「勿論、言い残したはずだ。だが息子の東吉は、一と癖も二た癖もある男だった」

「馬割蓬堂ですね」

「そう。東吉は自分の名を捨てて蓬堂とし、鶴寿堂を廃してひまわり工芸とした。定紋さえ変えたふしもある。理由は一つだ。金沢とのつながりを切って、五兵衛の財産を一手に握ろうとしたからだ」

舞子は懐中電燈を大きく動かした。

「蓬堂は横浜のドロ相場で、大儲けをしたという。その資金には五兵衛の財産の、一部が使われたかも知れない。だが蓬堂は商才にたけていた男だ。隠匿財産のほとんどは、まだそのままになっているだろう」

舞子は続けて、

「蓬堂は横浜も引き払って、大縄に移った。無論、洞窟に財産のあるのを知っての上だ。そして奇怪なねじ屋敷を建造した。玩具嫌いの蓬堂が、こんな建築をしたのは、いつかも言ったとおり、この屋敷に迷路などあっても、不自然じゃなくなるからだ。その迷路は、地下の洞窟の地図であり、入口だった。普通の建物に迷路など添えられれば、すぐに迷路は関心の的にされるだろう。そして迷路がなぜ作られたかに興味が持たれ、洞窟も発見され易くなる」

「ねじ屋敷全体が、大きな迷彩になっていたんですね」

「そして、蓬堂の言行も、そうだったと思う。蓬堂は奇行の多い男だったと伝えられている。この性格も、作られたものだったと思うんだ。つまり、何かのはずみで、この財産が発見されたときでも、洞窟の中に財産を隠すとは、いかにも蓬堂のしそうな事だ、と思わせるためにね。蓬堂がねじ屋敷を作った、本当の深意は、これだ」

「で、蓬堂はこのことを息子には伝えなかったのですか？」

「そう思う。迷路で描いた、地図だけを残したんだ。息子に伝えたことがあっても、鉄馬には伝わっていない。鉄馬は戦後、貧困を経験している。もし知っていれば、当然この財産を利用するはずだ。この洞窟が見付けられたのは、ごく最近のことだと思う」

「それは、誰ですか？　朋浩、それとも宗児？」

「どちらもだよ。宗児は大野弁吉の逆立人形を発見している。逆立人形は、鉄馬の茶室の床の間の奥の小部屋。そこにあったように思われてならないんだ。朋浩の方は、金沢の宝田老人に見せた写真。二人の後ろに写されている松林の樹相が、どうも金石にある松林と似ているような気がするんだ」

「朋浩は金沢に行ったんですね」

「とすれば、真棹も、当然銭屋五兵衛の隠し財産のことは聞かされていただろう。……そろそろ行くぜ」

舞子は立ち上ると、腰を伸した。

洞窟を出ると、弱い日差しだったが、それでも長く暗いところにいた目には、かなり眩しかった。

舞子は蠟燭の残りと懐中電燈をバッグの中に入れた。二人の服は泥にまみれていた。舞子はすっかり泥を払い落してから、閉ざされている生垣のドアの下に手を伸した。

水の音とともに、はね上った石のテーブルが、静かに洞窟の入口を閉ざしはじめた。同時に、生垣が動き出して、迷路の扉を開いていった。

「実に考えたものさ」

舞子は五角形の石のテーブルが、きちんと元通りになるのを見てから、生垣の間に身を入れた。

迷路を歩いていると、出会い頭に制服の警官に出会った。二人の姿を追っていた巡査だった。

「おや、お迎えですか」

と、舞子が白々しく言った。

「いや……」

巡査はばつの悪そうな顔をした。

「すっかり迷ってしまいましたわ。出口を教えていただけませんか？」

「それが……」

「それは困りましたねえ。多分、こっちだったような気がしますわ」

舞子は巡査と入れ替って先に立った。

迷路を出て、小亭の方に行くと、狐沢が凄い顔で立っていた。

「お陰でいい空気が吸えたよ」

舞子が通りすぎようとすると、

「奈良木さんが会いたいとよ」

むすっとした顔で言った。

「ほう。美女の顔が見たくなったのか」

「そんなんじゃねえ。鉄馬の死体が発見されたんだ。帰ろうとしても、だめだ。覚悟をしておけよ」

舞子はわざと大きな目をむいた。

14　眠り人形

「そりゃ迷惑だ」

と、舞子は狐沢に言った。

「何が迷惑だ」

狐沢はむきになって言った。舞子も負けてはいない。

「第一に私は鉄馬の死などに関係がない。第二に、さっき私が来たことを歓迎しなかったじゃないか。最後に、私はすごく忙しいんだ」

「だがな。鉄馬が殺されたんだぞ。それも、また、舞子の来ている時にだ」

「私が死神だとでも言うのかい」

「そんな肥った死神なんぞあるものか。舞子は鉄馬が殺されるということを、知っていたんじゃないのか」

「そんなことを言っているところを見ると、犯人をまだ割り出せないんだな」

狐沢は不愉快そうな顔をして黙った。

「奈良木警部どのも、それじゃ困っているだろう」

「そうなんだ。俺が頼むよ。会って、何か訊かれたら、答えてやったくれ」

「私の知っていることなど、何もないぜ。本当に鉄馬が死んだのなら、私だってひどく困るんだ」

「舞子が？　そりゃどうしてだい」

「奈良木警部が話さなかったのかい？　鉄馬は私の最後の証人だったんだ」

「証人？」

「私が署を辞めるようになったいきさつを知っているだろう。私に紙幣を握らせて逃げた車。

それが、ひまわり工芸の車だったのを、私は突き止めたんだ。鉄馬はその車の、後ろ座席に坐っていた」

「すると、紙幣を舞子に渡したのは？」

「隕石で死んだ、馬割朋浩だった」

「ちょっと待てよ。そうすると、舞子の証人が次々と殺されて行ったわけなのか」

「それで困っているんだ」

「すると、こういうことが考えられるぞ。舞子が署に戻るようになると、誰が一番困るんだろう」

「京堂さんかな。うるさい女がまた帰って来ると」

「他には？」

「この人さ。また失業することになる」

舞子は敏夫を見て言った。狐沢も妙な顔をして敏夫を見た。

「その動機じゃ、弱すぎるな。例えば、宇内君なんかは、どうだろう」

「うちの、亭主？」

「署に舞子の好きな人でもいれば、署に戻ることを心良くは思わないだろう」

舞子は笑い出した。

「面白いね、そりゃあ。だが、そうだとすると、宗児の死は、どう解釈するんだい」

「そこまでは、気が付かない」

狐沢ははじめて歯を見せた。

「とに角、奈良木警部のところへ行ってくれよ」

「その代り、交換条件とゆこう。真棹に会わせてくれないか」

「そりゃ、だめだ」

「だめ？　どうしてだ」

狐沢は声を落した。

「……真棹は、重要な容疑者になっている」

「まさか？　今、どこにいるんだ」

「さっきまで、香尾里の部屋で、取り調べが続いていた」

「一体、何だって重要な容疑者にされたんだ？」

狐沢はちらっと敏夫の方を見た。

「この人なら安心だ。口はすごく固い。京堂さんが太鼓判を押した。言わなきゃ、奈良木警部とも会わないぜ。このまま帰る」

「仕方がない。舞子にかかっちゃ敵《かな》わない。鉄馬は自分の部屋で死んでいたんだ。死因は青酸性化合物による中毒死。鑑識の報告はないが、見たところ、ほぼ間違いはない。鉄馬の倒れていた机の上に、薬の瓶が置いてあった。その薬は真棹が用立てたものなんだ」

「だからと言って、真棹が毒を入れたと考えるのは単純すぎやしないか」

「まあ、最後まで聞けよ。あの薬の瓶の中にカプセルを入れることが出来た人間は、真棹しかいないんだ」

「すると、あの薬瓶の中に、毒のカプセルが混ぜられていたのかい？」

「あの薬瓶、だと？　すると、舞子はあの薬瓶を知っているのか」

「朋浩の通夜の夜、鉄馬に愁訴《しゅうそ》があった。真棹が薬は続けているでしょうねと言うと、鉄馬は毎朝きちんと飲んでいると答えて、薬瓶を出して見せた。赤色のラベルの端がまくれかかっていた」

「そりゃ重要な証言になるぞ。それを見ていた人間は、他にいないか？」

「あの時、部屋にいたのは、宗児、香尾里——」

「皆死んでいる」

「その薬瓶なら、僕も見ていました」

と、敏夫が口を出した。

「ほう。ラベルの端がめくれかかっていた。間違いはないな」

「その薬瓶が、鉄馬が死んだ現場にあったんだね」

と、舞子が言った。

「狐沢さん、だが、どうして、その薬瓶に毒のカプセルを入れることが出来たのは、真棹しかいないんだ？」

「ここが一番大切なところだ。いいかい。薬瓶のカプセルには、全部に毒物が混入されていたんだぞ」

「全部に——？」

舞子は敏夫と顔を見合わせた。意外なことだった。

「一錠残らず？」

「そう、一銃残らずにだ。無論、自殺じゃないやね。自殺をするのだったら、全部のカプセルに毒を詰め、その中から、一錠だけ飲むような真似はしないだろう」

「鉄馬は本当にそのカプセルの毒を飲んだのかい。他の食物に混ぜられていたようなことはなかったんだろうか」

「ないね。屍体は解剖されれば、溶けたカプセルも発見されるだろう。薬瓶が舞子が見たものだとすると、薬瓶は犯人の用意した毒の薬瓶と掏り替えられたのではなく、カプセルだけが掏り替えられたのだ」

「昨日はどうしたんだ。鉄馬はずっとあの薬を続けていたのか？」

舞子の声がせき込んでいた。

「鉄馬は毎朝薬を欠かさなかった。特に昨日の朝は、鉄馬がその薬を飲んでいるのを、住み込みの家政婦が目撃している」

「昨日は、死ななかったとすると——」

「そうだ。カプセルが掏り替えられたのは、昨日鉄馬が薬を飲んで、今朝鉄馬が薬を飲んだ二十四時間以内のことだ」

「その間、薬瓶はどこにあった？」

「鉄馬のポケットの中だ」

「夜は？」

「鉄馬の部屋だよ。ねじ屋敷は戸締りが厳重だ」

「戸締りがね」

「鉄馬は二人の子供が死んでから、非常に神経質になってしまった。夜は無論、昼間でも必要以外の戸は閉められたままになっている。昨日ねじ屋敷にいたのは、鉄馬と真棹と家政婦の三人だけだった。ねじ屋敷に出入りした者は、一人もいない」

「昼間のうち、誰かがねじ屋敷のどこかに潜んでいたというのはどうだろう」

「ねじ屋敷が広いといっても、まあ無理だろうな。その上、鉄馬は寝るときに、自分の部屋に錠を下ろしていた」

「錠をね」

「舞子も知っているだろう。鉄馬の部屋は、入ると洋間の応接室で、その奥が和室の居間になっている。部屋の出入りは、洋間のドアだけだ。そのドアの錠が下ろされていたんだぜ」

「鍵は？　見付かったかい」

「鉄馬のポケットにあった」

「それじゃ、真棹でも鉄馬の薬瓶の中のカプセルを掏り替えることは出来ないじゃないか」

「奈良木警部は、真棹なら出来ないことはないと思っているようだぜ」

「そりゃ、どうしてだい」

「鉄馬は真棹を信用していた。真棹なら鉄馬に近付くことが出来る」

「それで真棹が鉄馬のポケットから、カプセルだけを掏り替えたと言うのかい。目にも止まらぬ早業で？」

「そんなことは言ってやしない。ただ真棹なら、その可能性もあると思うな。口先を使えばね」

「どんな口先だい」

「そんなこと知りゃしない」

「口先で、あの鉄馬が欺《だま》せるかな？」

舞子は腕を組んで、迷路の方を見た。

その視線を追って、敏夫ははっと思った。舞子は洞窟を通ってなら、鉄馬の部屋に忍び込むことが出来ると考えているに違いない。鉄馬の薬瓶のカプセルを入れ替えた人間、それは確実に存在することは事実なのだ。

「夕べ鉄馬を最後に見たのは？」

「ここの家政婦だ。床を敷いて鉄馬を部屋に入れ、鉄馬が錠を下ろした音も聞いている」

「朝は？」

「いつもと同じだ。朝食を真棹と一緒にとり、自分は部屋に戻った。それが最後だった」

「今日、ひまわり工芸の社員たちが、ここに集まることになっていたそうだね」

「そう、幹部たちが集まったのは、九時半から十時だ。その時には、すでに鉄馬は死んでいたんだ」

「ひまわり工芸の幹部たちは、結局鉄馬と会うことはなかったんだね」

「そうだ。時間が来ても、なかなか鉄馬が部屋から出て来ない。応答もなかった。ちょうどわれわれも来ていたところなので、立ち会いの上で錠を毀《こわ》して中に入った」

「鉄馬が死んでいたんだね」

舞子と敏夫が、鉄馬の部屋から、洞窟に戻った直後のことだったろう。

「鉄馬は今日、ひまわり工芸の幹部社員を集めて、どんなことを話す気だったのだろう」

「それは誰にも判らない。……おい。舞子。もういいだろう。一緒に行こう」

狐沢はうながしたが、舞子は動かなかった。

「何を考えているんだ」

「薬瓶のカプセルのことさ」

舞子はやっと歩き出しながら言った。

「あの毒を混ぜたカプセルは、ずっと以前に鉄馬の薬瓶の中に仕込まれていたんじゃないか、とね」

「真棹をかばう気持も判るがね。そんなことは、絶対にないぜ」

「どうして?」

「どうしてって、舞子らしくもねえ。いいか、鉄馬の薬瓶の中のカプセルには、全部、毒が混ぜられていたんだぜ。そして鉄馬は、昨日まで生きていたんだぜ。舞子の言う、以前に毒が投げ込まれていたのなら、こういうことになる。——犯人は薬瓶のうちの、何錠かに毒を混ぜた。鉄馬はその翌日から、普通のカプセルだけを選んで飲み続け、普通のカプセルがなくなってから、初めて今朝、毒のカプセルに手を出したとね」

「それじゃ、いけないかい」

「いけないさ。鉄馬はいちいちカプセルを選ぶなどということはしなかった。誰でもする薬の飲み方さ。薬瓶を傾け、たまたま転がり出した一錠をつまんで口に入れる。家政婦も、ちゃんとそう証言していた」

「昨日までは、偶然に普通のカプセルだけが、鉄馬の掌《てのひら》の上に転がり出したというのも、絶対にあり得ないことじゃないだろう」

「そうだ。絶対にあり得ないことじゃないが、宝くじにでも当るような確率になるぜ。誰がそんなことを信じるものか」

狐沢は足を早めた。

捜査官たちは、いずれも緊張していた。

中でも奈良木警部の顔付きが変っていた。捜査の最中、彼の目前で、三人までが殺されたのである。こんな出来事は、夢にもみなかったことに違いない。

奈良木は執拗に訊問を繰返したが、敏夫は答えることはあまりなかった。迷路の中心に洞窟があることは、強いて隠すこともなかった。奈良木は洞窟の存在を知らず、全くの質問外にあったからだ。

奈良木は、舞子がしばしばねじ屋敷を訪ねる理由を知りたがった。敏夫は自分が入社して間もないことを理由に、ただ何も知らされていないとだけ答えた。

敏夫に代って、舞子が呼び出された。舞子も奈良木に多くを話さなかったようだ。舞子が捜査本部に当てられた香尾里のアトリエに入った時間は長くはなかった。

舞子は戻って来ると、

「思った以上に、真棹に対する容疑は濃厚らしい」

と、そっと言った。

「真棹さんはどこにいるんですか？」

と、敏夫が訊いた。

「鉄馬の応接室らしい。監視付きでね。会わせろと言ったが、取り付く島もなかった」

「これから、どうしますか？」

「横沼さんに報告書を渡さなければならない。今日中に届ける約束になっているんだ。大東興信所に行くよ」

真棹のことが心残りだった。傍にいながら、顔も見られないことに、苦しささえ感じた。

「真棹さんはどうなるでしょう」

「あの様子じゃ、勾留ということになるかも知れない」

「宇内さんは、本当に真棹さんがやったと思っていますか？」

「……鉄馬の死んだ状態が、あのとおりだとするとな」

敏夫は落着かなくなった。真棹を助けなければならないという気持が、敏夫の指先まで満たした。

外に出ると、雲が低くなっていた。灰色の空に、黒く太い雲が、ふた筋、横だおしに垂れ下っている。気温も上っているようだった。——真棹が鉄馬のカプセルに毒を投入したのかも知れないと言う。だがそれは、どうでもよいことだった。真棹が危地にあってはならないのだ。それには、ねじ屋敷に止《とど》まるべきだと思った。

「おい、何をしているんだ」

舞子が振返った。敏夫は黙って地を見下ろした。

舞子は敏夫の足元を見た。敏夫が何かを見付けたとでも思ったのだろう。舞子は視線を動かした。

「おや？」

舞子は一点を見ると、動かなくなった。それはねじ屋敷を大きく巻いている。蔦《つた》の太い根元のあたりだ。

「勝君、見ているのか？」

敏夫は別のことを考えていたので、舞子の見ていたという意味が判らなかった。

雑草の中に、小さな光る物があった。舞子は身体をかがめて、目を地面に近付けた。敏夫は大した興味もなく、その光る物を見た。

「注射器じゃないか――まだ、新しい」

と、舞子が言った。

それは、細い針を光らせた、小さな注射器に違いなかった。ガラスの管に、三分の一ばかり液体が入っていた。だが、何のためにそんなところに注射器があるのか。それが何を意味するのか。そんなことは、どうでもいいように思えた。

「――ちょっと、厄介だな」

舞子は身体を起した。

「私がこんな物を見付けたとなると、また足止めだろう」

「僕が見付けたことにして、刑事に説明しましょう」

その時の敏夫は、ただねじ屋敷に残ることしか考えていなかったようだ。

「それでもいい。いや、矢張り私が残ろう。君は書類を横沼さんのところに届けてくれ。届けるだけでいいんだ」

それでもよかった。舞子と別れて一人になれば、どんなことでも出来そうだった。

舞子はエッグのドアを開けて書類を敏夫に渡した。

「届けたら、事務所に寄ってくれ」

舞子は空を見て、エッグから黒いダスターコートを引き出した。引き替えに、バッグの中の蠟燭と懐中電燈を座席に置いた。

巡査が門に張ったロープを外した。敏夫はエッグを運転して、外に出た。舞子は巡査に何か話しかけていた。

敏夫は道に出ると、速度を落とし、ねじ屋敷の後ろに出る道を探した。雑木林の中の、細い道があった。エッグは草を押し倒して進んだ。

迷路のちょうど後ろあたりで車を止め、敏夫はエッグから懐中電燈を持って外に出た。下草を分けて進むと、迷路が見えた。人影はなかった。警察は迷路の奥がねじ屋敷と結ばれていることに、まだ気付いていないのだろう。敏夫は迷路の入口にすべり込んだ。迷路の道筋はよく記憶しておいた。敏夫は半ば駆けるようにして迷路の中心に出た。

敏夫は舞子と同じように、生垣の下を探った。すぐにレバーが手に当った。強く引くと、手応えがあり、中心にすえられた石のテーブルが動きだした。敏夫は身を躍らせて迷路の中に入った。

初めて迷路に入ったときと違い、気味悪さや恐怖感はなくなっていた。懐中電燈と、記憶だけが頼りだった。急な石段から狭い通路、滝のある石室から洞窟の中で一番広い、Eの地点に出ると、敏夫の鼓動は、さすがに激しくなっていた。

最後の石段を、一と息で登ろうとしたときである。石段の上に光を認めた。敏夫は本能的に電燈を消すと、岩の陰に身をひそめた。

光はゆっくりと動きながら、石段を下りて来る。電燈を持った主は、真棹だった。

だが、それが真棹だと知っても、不審や意外な感じは起らなかった。むしろ、強い懐かしさで一杯になった。

どうしたら真棹を驚かせることなく、自分を知らせることが出来るだろう。それには矢張り、声を掛けるしかなかった。真棹が石段を下りきったところで、敏夫は低く呼び声を掛けた。

「……奥さん」

電燈の光が止った。敏夫は続けて言った。

「僕です。勝です。助けに来たんです」

敏夫は電燈をつけて、自分の顔を照らした。

真棹は横に長いバッグを抱くようにし、片手で懐中電燈を敏夫に向けて立ちつくしていた。真棹の表情はよく見えなかった。だが、じっと身体を竦《すく》めている気配は判った。

「助けに来たんです」

敏夫は続けて言いながら近寄った。真棹は後ろに退った。敏夫の言葉もよく聞き取れないようだった。敏夫が静かに懐中電燈を向けると、真棹は拒むように顔をそむけた。

敏夫は傍に寄って、懐中電燈を持っている真棹の手首を握って引き寄せた。その手を戻そうとする真棹の力は弱すぎる。

「安心して、僕についていらっしゃい」

敏夫は真棹の耳もとに口を寄せて言った。

「乱暴なことをして、悪いと思っています。だが、急がなきゃならないんです」

「私を、どうしようと言うの？」

真棹は怯《おび》えた目で敏夫を見た。真棹の、こんな視線に会ったことは、一度もなかった。敏夫は真棹の肩に手を当てて、じっと目の奥を見詰めた。

「奥さん、僕を信じてくれますね？　僕はあなたの味方なんです」

「味方？　それはどういうことなの？」

真棹の目に、やや落着きが戻ったようだった。

「この向うは、迷路の中に抜けられるんです」

敏夫は黒い穴の向うに懐中電燈を向けた。

「知っているわ」

この言葉はちょっと意外だった。

「知っている？」

「朋浩から、聞かされたことがあります」

朋浩が知っていた？　だがこの場合、そんなことはどうでもよかった。

「通り抜けたことがあるんですね？」

「いいえ、気味が悪くて、奥までは入らなかった。でも、勝さんはどうして？」

それを説明している閑《ひま》はなかった。

「奥さん、僕を嫌いですか？」

嫌いだ、と答えられてもよかった。だが一度はそのことを言っておきたかったのだ。

「嫌いだなどと……」

真棹は敏夫の突き詰めた調子に、気圧《けお》されたようだった。

「じゃ、僕について来て下さい。道順は僕が知っています」

「どこへ行くの？」

「洞窟を抜けて、迷路の中に出るんです。迷路の後ろに、車を置いてあります。僕と一緒に、逃げるんです」

「逃げる？」

「もう少しすると、あなたに逮捕状が出ますよ。鉄馬氏を殺害した犯人としてです」

「鉄馬を私が殺した……」

真棹は感情のない口調で言った。

「あなたもそれを覚悟しているのでしょう。だから、独りだけでねじ屋敷を抜けて来たんですね」

「違うわ」

否定するには、真棹の言葉には感情がなさすぎた。

敏夫は真棹の手首を握って歩き出した。真棹はもう逆らうことがなかった。気が付くと、真棹はストッキングをはいているだけであった。矢張り逃げる気でいたのだ、と敏夫は思った。

狭い洞窟に入ると、互いの顔は見えなくなった。ただ握った手の感覚と、息使いが聞えるだけだ。にもかかわらず、敏夫は強い密着感を覚えた。

「滝だわ。――変ね」

滝の石室に入ったとき、真棹は小さく叫んだ。子供のような無邪気な響きだった。

「足は、大丈夫？」

敏夫は岩角の多い道で言った。

「いいの。どうなっても」

真棹は何度もつまずきそうになって敏夫の胸に倒れかかった。出口が近付くころ、二人は寄り添うばかりに道を進んでいた。

迷路の中央に出ると、霧のような雨が、顔に掛った。

「雨だわ」

と、真棹が空を見た。敏夫は真棹の無心な様子が、さっきから気にかかっていた。恐怖のなくなった真棹の表情には、あどけなさが漂っていた。

洞窟の出入口を閉ざして、敏夫は真棹の手を取ろうとした。見ると手首が赤くなっていた。夢中で握りしめていたものとみえる。

「痛かった？」

敏夫は真棹の顔を見た。

「ううん――」

真棹は首を横に振り、しっかり握っていた懐中電燈を敏夫に渡した。

迷路の出口でねじ屋敷をうかがった。人影のないのを確かめて、二人は身体をこごめて迷路の後ろに廻った。

「また、この車で助けて下さるのね」

真棹は道に置かれたエッグを見て言った。後部座席には、舞子のサンダルが放り出してあった。敏夫はサンダルを真棹の足元に揃えた。

車を道に返すと、雨が本降りになった。

「髪を、解きなさい」

と、敏夫が言った。真棹はすなおに後ろで結んだ髪を解いた。

「それから、口紅を濃くして」

真棹はバッグを開けて、口紅を濃く引きなおした。

「後ろの座席に、宇内さんのコートがあるから、着てみなさい」

真棹は言われるままに身体を動かして、舞子のオレンジ色のコートを着た。それだけでも、真棹の感じが大分変った。

国道に出てしばらくすると、急に道が渋滞してきた。車の検問がある、と敏夫は直感した。敏夫はエッグを傍道に乗り入れて止め、車を出た。敏夫は泥の服の上に、自分のコートを来た。再び国道に出て、タクシーを拾った。予感が当っていた。検問があったが、巡査たちは小型車だけに神経質だった。

「どこに行くの?」

と、真棹が訊いた。

「一時、修善寺《しゆぜんじ》に行こう」

敏夫の覚悟は定《き》まっていた。

「修善寺——旅行みたいね」

と、真棹が言った。

「修善寺に、ジムで知り合った友達がいるんです。きっと力になってくれると思う」

街に出ると、真棹がはいている舞子のサンダルが目立った。敏夫はターミナルデパートに入った。

「お金なら、あるわ」

真棹はバッグに手をやって、変にからりとした調子で言った。靴を買うと、

「あれが欲しいわ」

真棹は派手な赤いスカーフを見て言った。

15　ずんぶりこ

列車に乗っている間、真棹はほとんど何も言わなかった。弁当を与えれば食べ、茶を差し出せば、黙って飲んだ。行先も気にしないようだった。舞子のコートにくるまって、ただ、成り行きに身をまかせているようだった。

雨は弱かった。弱いために、雨の地域と、雨の続く時間が、果てしなく広がっているように感じられた。

乗客たちは、いつも見馴れた表情と姿で、思い思いに動いていた。ただ自分たち二人だけが、異質の旅をしているようだった。

熱海《あたみ》の海は、空と同じ灰色で、遠くはそのまま空につながっていた。富士は見えなかった。かえって整った姿の富士などない方が、この旅にふさわしかった。

敏夫は三島《みしま》で降り、すぐ公衆電話で、江藤を呼び出した。江藤は敏夫だと判ると、驚いた声になった。

「勝か――ラジオを聞いた？」

「聞いていない」

江藤はぐっと声を落した。

「そうだら。お前、殺人容疑者と逃走したというのは本当か。今、ニュースで聞いただよ」

久し振りに聞く江藤のアクセントに訛《なま》りが戻っていた。

「精《くわ》しいことは、会って話そう。それよりも、旅館を世話してくれ」

「そりゃ引き受けるよ、今どこにいる？」

「三島の駅だ」

「のん気に人中で電話をしているのか。なるべく、人に顔を見せるなよ」

「……修善寺まで行こうか」

「おい、待てよ。人の多い所じゃ、危険だ。こうしろ。大仁《おおひと》で降りて、商店街を抜け、狩野川《かのがわ》の大仁橋に向って歩いていろ。俺が車で迎えに行ってやるから」

電話を切ると、真棹が悲しそうな目をした。

「お友達に、迷惑をかけるのですか」

「あなたが心を痛めることはないんです」

敏夫はそう言って歩き出した。

三島から伊豆《いず》箱根《はこね》鉄道に乗った。車内は学生が多かった。江藤の話では、自分のことがニュースで報道されていると言う。それを聞いてから、人の視線が気になった。敏夫は電車の隅で、真棹の姿を隠すようにして立った。

電車は遅く、停車駅は多かった。大仁まで三十分足らずだが、気の遠くなるような長さに思えた。

大仁で降りる客は多くない。といって、二人が目立つほど少なくはなかった。敏夫は江藤の心配りを知って嬉しかった。

大仁駅を出て、前にある短い坂を登ると、横に商店街が広がっていた。商店街を右に進めば、狩野川に出ると江藤は言った。商店街に入ると、いきなり日が暮れた。商店の明りが、空を暗くしたのだ。冷気が激しく二人を包んだ。

傘を買った。雨は弱かったが、傘の中に入れば、それだけ安全な気がした。

商店はすぐ途切れ、堤防に伸びる道は、白く光っていた。

二人の傍らに車が止った。青いライトバンだった。運転席から、江藤の顔が覗いた。

「その顔じゃ、凄く元気そうじゃ」

江藤は後ろの座席を起して、二人を車の中に入れた。車の中は魚の臭いがたち籠《こ》めていた。

「済まない――」

と、敏夫は言った。

「なに、俺を思い出してくれて、嬉しいさ」

江藤は骨張った顔の、無精髭の中から、白い歯を見せた。

「熊坂《くまさか》に馴染《なじ》みの旅館があるさ。小さいけど静かで、そこなら心配はないよ」

車は狩野川を渡った。広く深い河底は黒い石で埋められ、水はその間を縫ってきらめいていた。

「俺も嬶《かか》あをもらうことにしたさ」

と、江藤が言った。

狩野川を渡って、車は左折して、堤防の上を走った。向う側の堤防を走る車のライトが、小さく続いている。

江藤は自分のことだけを話した。婚約者が美人であること、仕事が忙しいことなどである。

堤防を下り、畠を抜けて、低い山の裾を廻った。山の中腹に、城のような建物が、ほの白く見えた。

「大仁金山だよ。もう金は出ないさ。だけど廃坑が残っているさ。夏でも洞窟の中は涼しいさ」

狭い道をしばらく走って、車は「島屋」と書いてある、灯の入った小さな看板の下で止まった。

「何かあったらさ、いつでも電話を掛けてくれ」

と、江藤が言った。

「それからな。お前の名は山田太郎《やまだたろう》だ。能のない話だが、とっさのことずら、それで我慢しろ」

小さいがよく手入の行届いた宿であった。名を告げると、二人は離れに通された。虫の声が絶え間なく続いた。

「……静かだわ」

と、真棹がつぶやいた。

敏夫は浴衣《ゆかた》と丹前を持って、浴室に立った。


食膳が片付けられると、真棹の顔に生気が戻った。

「嘘みたい……」

真棹は低い声で言った。

「ここで、虫の声を聞いていられるなんて」

「乱暴だったけれど、僕はこうするより外、なかったんです」

「逃げられたのは、あなたのお蔭ね。でも勝さんまでが逃げなくてもよかったのに」

「あなたが困っているのを、ただ見ているわけにはゆかなかった」

「私など助けてくれなくとも、よかったのよ。私は時の流れに逆らわないことにしていた。どんな運がめぐって来ようと、もう、うろたえないと、心に定めていたわ」

「あなたが逮捕されても、ですか？」

「そうよ」

「死刑——になっても、ですか？」

「そうよ」

「死刑になれば、死にますよ」

「ならなくっても、死ぬでしょう。同じことね。人を殺しても、殺さなくとも」

真棹はぼんやりと言った。

「あなたに罪があることは、かえって僕には嬉しいんだ」

真棹の落着きが、むしろ気に入らなかった。敏夫は軽い調子になった。

「あなたを警察の手から助け出せたし、これからも、運命を共にすることが出来る」

「——私が殺人犯？」

真棹はうわの空のように言った。

「僕はあなたがしたことを、全部知っているんだ。僕にだけは隠そうなどということはしないでください」

「——私が、殺人犯じゃなかったら？」

真棹は同じ調子で言った。

「僕はこのまま帰ります。あなたは賢く、美しすぎる。僕などには不釣合だ」

「いいんだわ……」

真棹はゆっくりと立ち上った。背を向けて襖《ふすま》を開ける。次の間は床が延べられていた。真棹は電燈を消した。枕元のスタンドだけが、部屋をほんのりと赤くした。

丹前が真棹の肩を滑って落ちた。真棹は後ろ向きで浴衣の紐を解き、ちょっと前を合わせてから、床の上にあおむけになった。

「——鉄馬の薬瓶に毒に入れたのは、私なのよ」

真棹の低い声が聞えた。


真棹は人形のように、身体を動かさなかった。

真棹への思慕の情は、近付くほど強さを増した。それが狂おしいまでの激情に変った。あらゆる感情が溶けあい、全身を駆けめぐった。その激情を、真棹は静かに受け入れた。

身体を離すと、真棹はぽっかりと目を開けた。

「……私、もう、だめね」

声を乗せた息が、敏夫の肩に触った。

「だめだなどと言う言葉は嫌いだな。悲しくなってくる。僕達は新しい一歩を、踏み出したところじゃありませんか」

と、敏夫が言った。

「そうでしたわね。ごめんなさい」

真棹はすなおに謝まった。敏夫は真棹の髪を撫でた。

「まるで、迷路の中にいるみたい」

「……ねじ屋敷の、洞窟に入ったことがあったんですね」

「朋浩から、聞かされていたわ。朋浩は洞窟の地図まで作っていました」

敏夫はふと指の動きを止めた。

「あの洞窟のどこかに、銭屋五兵衛の隠し財産があるということも？」

「それも知っていたわ。でも、そんな夢みたいなこと、とても信じられなかった」

「でも、実際に洞窟の中に入ったのでしょう？」

「そりゃ、私だって好奇心はありました。朋浩が死んで、朋浩が何かを計画していたことを知って、私は銭屋五兵衛の財産の話が、全くの作り話とも思えなくなったの。それで、朋浩の地図を頼りに洞窟に入ってみたけれど、途中で恐ろしくなってしまった。真っ暗な穴の向うから、気味の悪い音が聞こえて来た……」

「あの音は、滝ですよ」

「そう、何も動いていないと思った洞窟の中で、くの字に曲って動いている滝を見て、とたんに恐くなったの。私は洞窟から途中で引き返したけれど、あんな大掛りの舞台があるのだから、朋浩の言う隠された財産の存在を信じる気になっていった」

「他の人たちは、そのことを知っていた？　宗児、香尾里、鉄馬たちは」

「宗児が知っていれば、すぐ手を付けて使ってしまうわ。香尾里さんが知っていれば、私に話さないことはないと思う。鉄馬が知っていれば、もっと事業を拡げるはずね」

「つまり、隠し財産があるということは、あなたと御主人の二人しか知らなかった」

「と、思うわ」

「朋浩氏は、その財産を、独り占めにしたかったんですね」

真棹は口をつぐんだ。

「その朋浩氏の遺志を、あなたが受け継ごうとしたわけなんですね」

真棹は大きく息を吸った。息は喉でつかえ、嗚咽《おえつ》のように聞えた。

「あなたは宗児との関係を断ち切れないでいた。朋浩氏への罪悪感が心に重く積み重ねられていたんです。今度の旅行で、朋浩氏へ告白と謝罪を定めていた目の前で、朋浩氏は奇禍に遭って、その機会は永遠になくなってしまった。あなたの心には罪だけが重く取り残された」

「そのとおりだわ――」

「朋浩氏の死の衝撃が治らぬうちに、続けざまに透一君が死んでしまった。透一君の死は、自分の過失としか言いようのない事故だった。この事故は更に朋浩氏への罪として、あなたに重くのしかかった」

「私は朋浩にそむき続けていた。私は申し訳なさに、気も狂うようだった」

「あなたは狂っていたんです。心の均衡を失って、自分の姿が変ってしまった。その姿は平気で人を殺すような、悪魔の形をしていた。あなたは朋浩氏に謝罪するため、彼の遺志を継ぐことを決心した」

真棹の目尻から、涙があふれた。光る水は耳の中に走っていった。

「あなたの心に、朋浩氏の人格が入り込んでしまった。いつも朋浩氏を軽侮《けいぶ》していた宗児が憎かった。宗児は朋浩氏の妻をさえ奪い、弄《もてあそ》んでいた。宗児の死は、当然だと思った」

「宗児を愛してはいなかった」

と、真棹は言った。

「あなたは大野弁吉の逆立人形に毒針を仕込んだ。あの人形は宗児しか触らないのを知っていたからです。ところがある日、宗児はあなたにねじを巻かせようとした。あなたは心の中で困ったと思ったでしょうが、機械を知らないという理由で、断ることが出来ました」

真棹は黙って敏夫の言葉を聞いていた。

「逆立人形に毒針を仕込んだとき、あなたはもう宗児を殺したも同じだった。あなたは大胆になり、香尾里さんを撃ち殺した。銃声がしたとき、僕は迷路の中にいたんです。宇内さんは鉄馬氏と話をしていた。宗児は部屋から飛び出して来たところだった。あなただけが、香尾里さんの傍に立っていた――」

「そう、私だけが香尾里さんの傍に立っていたのだわ」

「あのとき、僕は絶対にあなたを犯人だとは思えなかった。いや、思いたくなかったんです。だから、別の犯人のことばかり考えていた。その犯人は足跡も残さず、誰の目にも見られなかった。このことが非常に不思議だった。ところが、あなたを犯人だと考えれば、全ての説明が付くんです。あなたが近付いても、香尾里さんは警戒などしなかったでしょう」

「香尾里さんを撃った拳銃は、どうなったでしょう?」

「からくりが使われたんですよ。ねじ屋敷での三つの殺人事件には、いずれもからくりが使用された。これが大きな特徴でしょう。宗児を殺すためには、逆立人形が利用されたように、香尾里さんを殺した凶器を始末するためには、ずんぶりこのからくりが使われたんです」

「ずんぶりこ?」

「昔、大道や縁日などで、玩具でできた動くあひるを売っていました。あひるは普通のセルロイド製だったが、動くためには別の仕掛けがしてあったんです。あひるの首に糸を結び、その先に泥鰌《どじょう》をつないで、濁った水の入った槽に入れると、玩具のあひるはまるで生きているように、泳ぎ廻ったり、餌《えさ》をついばむような動きをする。香尾里さんを殺した凶器は、これと同じからくりで消すことが出来るんです。あのとき、あなたの傍には、池のあひるがいた。あなたは香尾里さんを襲ったあと、すぐ紙紐で拳銃をあひるに結んで放してやる。あひるは真っすぐに池に戻ります。紙紐は水で溶け、拳銃は池の底に沈んでしまいます」

真棹の口端に、かすかな笑いがただよった。敏夫はそれを敗者の笑いと解釈した。自分もノックアウトされたあと、真棹のように笑ったことがあった。

「鉄馬氏の薬瓶の中に毒を入れるにも、からくりが必要だった。鉄馬氏は二人の子供が死んでから、極端に用心深くなってしまった。部屋には錠を下ろし、人さえ滅多に近付けさせなかった。その鉄馬氏の持薬を、毒と掏り替えることなど、誰にも不可能なことでした」

「そうだわ。誰もあの薬瓶に触ることさえ出来なかった」

「それで、からくりが必要になったのです。今度のからくりには、誰も知らない洞窟の抜け穴が使用されたのです。あなたは鉄馬氏が殺された前の夜、洞窟から鉄馬氏の部屋に忍び込み、彼が寝ている間に、薬瓶のカプセルを、毒の入ったカプセルと掏り替えることが出来た。あなたは自分の他に、ねじ屋敷の中に洞窟があることを知っている人間がいるなどとは思ってもみなかった。ところが、宇内さんは洞窟を見付けてしまった。洞窟さえ知られなければ、誰もあなたの犯行を立証することは出来なかったでしょう」

「そうね」

真棹は落着いて答えた。

「三つの犯行はどれも綿密な計算の上に立てられたものでした。だが、計算外の、予想し得なかったことも起きた。その一つは、宇内さんが洞窟の存在を知ったこと。そのため、鉄馬氏の薬瓶の中のカプセルを掏り替えられたのは、あなた以外には考えられなくなってしまった。二つ目は、宗児があの場所で、逆立人形を動かすとは予想しなかった。僕たちの目の前で、宗児は自動人形を動かそうとしたが、あなたはそれを止めることは出来なかった。無理に止めれば、かえって怪しまれてしまう。その結果、僕たちには犯人の手口が判ってしまったのです。逆立人形の中に毒針を仕込んだ犯人の手口がです。犯人は逆立人形で宗児を殺すことを、知られたくなかったに違いない」

「知られたくなかった？」

真棹の眸《ひとみ》が一点を見詰めて止まった。

「そうです。本当なら宗児の屍体は、無数の玩具の中で発見されていたはずです。逆立人形は他の玩具の中に混って、中に仕掛けられた毒針は、誰にも見付けられない。あなたは犯人があくまで外部の人間だと思わせたかったんじゃありませんか?」

「外部の人間?」

「そう、そのため、あなたはもう一本の囮《おとり》の注射器を用意し、ねじ屋敷の外に落しておいたんだ」

「囮の注射器――」

「それも今日宇内さんが見付けました。注射器の中には、液体が残っていました。きっと宗児を殺した毒と同じ物だと分析されるでしょう。針には宗児の血が付けられていたかも知れない。細かい用意だが、宗児に注射したことのあるあなたなら、不可能な細工じゃない」

真棹の目は凍り付いたように動かなかった。敏夫は真棹の顔を起こして唇を吸った。

「……僕の言うことに、間違いがある?」

真棹は敏夫を見た。その表情から、子供っぽいあどけなさは消えていた。

「ちょっと違うところもあるけれど……それでいいんだわ」

「違うところ? それはどこ?」

「でも、いいんです」

真棹は腕を伸して、敏夫の手を取った。

「お願いがあるわ」

真棹は敏夫の手を、自分の喉に当てた。

「……このまま、力を入れて！」

「馬鹿なことを、言うんじゃない」

敏夫は真棹の腕を振りほどいた。そのはずみで、真棹の上半身が露わになった。

敏夫の下で、真棹の情がはじめて揺れ動いた。真棹は敏夫の背に腕を廻し、何度か白い喉を見せた。声が震えて飛び散り、敏夫は真棹の匂いをきいた。


半醒《はんせい》のうちで、敏夫は腕を伸した。敏夫はずっとそうして、真棹の身体を確かめていたようだった。だが、敏夫の腕は空を探っていた。敏夫ははっとして目を開けた。真棹はいなかった。部屋は明るくなっていた。隣の寝具が、きちんと畳んで、重ねられていた。敏夫は起き上った。

敏夫は隣の部屋を開けた。片付けられた机の上に、白い紙が乗っていた。紙の上に、赤と白の眼をむき出したマドージョが重しにされていた。敏夫はマドージョを取りのけて、紙を手にした。


勝さんの御厚意がどんなに嬉しかったか知れません。でも私はこうしてはいられないのです。どうぞ私を探そうとなどしないで下さい。短かったけれど、これでおしまいにしましょう。

——死ぬ気だ。と、敏夫は直感した。

帳場に電話をして、問いただすと、真棹が宿を出たのは七時。一時間前だった。

「どこへ行くと言っていませんでしたか？　誰かに会うとか」

敏夫は藁《わら》でもつかむ思いで訊いた。無論、真棹は何も言い残してはいなかった。

折返しに電話が掛って来た。江藤だった。

「どうした？　彼女は」

「——それが、いないんだ」

敏夫は憮然《ぶぜん》として答えた。

「逃げられたな？」

「そうだ」

「流行《はや》らねえ。寝ごかしか。どうする？」

「……決めてない」

「だが、お前のためには、それでよかったんじゃないかよ。本当に女って奴は、判らねえ」

敏夫はうわの空で応答し、電話を切った。だが、江藤の言葉で、或る疑惑が起った。

——本当に女って奴は、判らねえ。

真棹はねじ屋敷に戻ったのではないだろうか。昨日は自分のために邪魔をされたのだ。真棹は改めて洞窟に隠されている秘密の財産を取り戻すために出て行ったのだ。そのために真棹は三人までの命を奪ったのである。無一文のまま、真棹がついて来ると思った自分の考えは浅薄だった。

女中が来て、朝食はどうしましょうと訊いた。敏夫はいらないと答えた。

女中は新しい懐中電燈を持っていた。それを、非常用と書いた札の下に掛けようとした。

「それは？」

敏夫は思わず傍に寄った。

「あら、御存知ありません？　お連れのお客様が、うっかり落して毀《こわ》してしまったとおっしゃって……ええ、お代は頂いてございますわ」

真棹は懐中電燈を持って、宿を出たのだ。真棹の行先は、ねじ屋敷の洞窟だ。

敏夫は着替を済ませて宿を出た。細かい雨がまだ降り続いていた。夕べ買った傘はそのままになっていた。

舞子のコートを着、傘を持たずに雨の中を歩いてゆく真棹の丸い背が見えるようだった。

16　魔童女

大仁駅に着くと、いでゆ一号がホームに止っているところであった。敏夫は全速力をあげて疾走したが間に合わなかった。時刻表を見ると、いでゆ二号は二時間後の発車である。だが、それがよかった。

伊豆箱根鉄道で三島に出、三島から新幹線に乗った方が早く着くのだと、駅員に教えられた。真棹もそれを利用したのに違いない。

伊豆箱根鉄道は、相変らずゆったりした走り方だったが、新幹線は待つことがなかった。真棹が乗ることとの出来る列車は、三十分前。真棹との差が縮んだことだけが、救いだった。

列車ではコートの襟を立てて過した。列車を降りて駅を出ると、すぐ懐中電燈を買って、タクシーを拾った。

ねじ屋敷は、雨の中に黒ずんでいた。敏夫はねじ屋敷が見えたところで車を降り、傍道《わきみち》に入った。

敏夫は迷路の後ろから、ねじ屋敷を窺《うかが》った。ねじ屋敷は、濡れて崩れかかった、黒い砂の城のように見えた。全ての窓は閉ざされ、人影はなかった。小舎の向う側に、宗児の車が見え、その後ろに黄色い車の尻が覗いている。舞子のエッグのようだが、はっきりとは判らなかった。

敏夫はどぶ鼠のように、迷路の中に駆け込んだ。実際、敏夫の身体は、下草の雨を吸って、ずぶ濡れになっていた。

迷路の中心に出て、洞窟の入口を開けた。五角形の石の机に溜った水が、洞窟の中に流れ込んだ。

注意をしていたが、気が焦っていたのだろう。敏夫は洞窟の階段を滑り、一気に洞窟の底まで落ちた。雨水は洞窟の底にまで溜っていた。

敏夫は起き上って、洞窟の入口を閉めた。

真棹はどこにいるのだろう？

ねじ屋敷の鉄馬の部屋に通じる道にいることはあるまいと思った。真棹がいればねじ屋敷と迷路を結ぶ通路ではなく、財産の隠してある、袋小路だろう。だが、その場所がどこにあるのか、見当も付かない。敏夫は片端から袋小路に行き当ってみることにした。

もどかしい探索であった。袋小路といっても、ただの袋小路でないことが、だんだん判ってきた。最初に踏み入れた袋小路は、その長さだけでも、優に本道に匹敵する規模があった。或る袋小路は、更に小路が岐れ、その先は狭《せば》まって、到底人間が通り得ぬ管となって消えていた。いや、消えていたのではない。試みに声を送ると、声はこだますることなく、果しない闇に吸い込まれて行った。やっと片腕が入るほどの穴は、奥で更に拡がり、想像し得ないような洞窟が続くのだろう。だが、そこで引き返すより方法はなかった。

ほとんど、遮二無二《しゃにむに》の進行であった。それが、どれほど続いただろうか。

或る岩角を曲ったときだった。敏夫は一条の光を見た。動く光は、別の岩陰から洩れていた。懐中電燈の光に間違いなかった。

敏夫は飛び付くように岩角を廻って、懐中電燈を向けた。光の中に、オレンジ色のコートを着た女の後ろ姿が浮き出した。

「真棹——」

呼び掛けようとしたとき、女はくるりと振り返った。瞬間、敏夫は対手の懐中電燈の目つぶしにあった。光の奥で、聞き覚えのある声が響いた。

「馬鹿野郎が、帰って来やがった！」

舞子の声だった。舞子は敏夫に飛び掛って、腕をねじ上げた。

「おい、逃げるんじゃねえぞ」

「逃げません。真棹さんが……」

舞子は腕の力を緩めた。

「真棹が、どうしただと？」

「この洞窟の中にいるんです。探して下さい」

「逃げられたのか？」

「逃げられました」

敏夫は悪びれずに答えた。舞子がいた。このことがどんなに力強く思えたろう。

舞子は振り返った。そうして、もう一つの黒い影に向って言った。

「お聞きのとおりだ。もう勝は逃げやしない。勝のことは後廻しにして、真棹を見付け出そうと思うんだが、いいだろうね？　狐沢さん……」

舞子は異様な姿をしていた。赤いだぶだぶのビニールのレインコートを着、魚屋のような長靴をはいて、麦わら帽子をかぶっていた。真棹の姿とは似ても似つかぬものだったが、敏夫は洞窟の中の懐中電燈の光では、その判断がつかなかったのだ。

敏夫から、今までの話を聞き終えると、舞子はにやっと笑った。

「すると、真棹は洞窟の財産を、一人占めにしようとして、戻って来たと言うんだな？」

「そうです」

敏夫は自分の力を頼らなかった真棹を口惜《くや》しく思った。

「じゃあ、財産の隠してある場所に行けば、真棹を見付けることが出来るわけだ」

「その場所が判りません」

「実は、私たちも、これからそこへ行こうとしていたところだ」

舞子は事もなく言った。

「その場所が、判ったんですか？」

「ついておいで」

舞子が先に立って歩いた。敏夫の後から、舞子と同じようなコートを着た狐沢刑事が、むずかしい顔をしてついて来た。

「覚えているかい」

舞子は歩きながら言った。道は岩の割れ目につけられたらしく、一人がやっと通れる幅であった。

「この道は初めてです」

「そう、この道は初めてさ。だが、さっき君と出会ったところが、Ｅの地点だ」

「Eの地点――」

敏夫は舞子が名付けたEの地点を思い出した。ほぼ出口への到達点に近い岐路で、三つの道が集まっている。舞子は迷路の岐路の一つ一つに、入口の方から、ABC……と名付けていた。三つの道が集まっているところが、Eの地点である。迷路の岐路は、ちょうど、洞窟の岐路に対応しているのである。

「Eの地点が、問題なのですか?」

と、敏夫が訊いた。

「そうさ、Eの地点が問題なんだ。五角形の迷路が、洞窟の地図だということは、話したことがあるだろう。とすれば、財産のありかも、当然、五角形の迷路に書き込まれているはずじゃないか」

「財産のありかも?」

「それが記されていなくて、洞窟の地図を迷路にしただけじゃ、折角地図にした意味がないと思うんだ。それに気が付いたものだから、私はもう一度、五角形の図を見なおしたわけさ」

道幅が広くなった。舞子の足取りが早くなった。

「そうして地図を点検してみると、明らかにそれと判る個所がすぐ目に止まった。今まで、見過して来たのが不思議なくらいさ。勝君、迷路の袋小路の中に、楕円形の石の椅子が置いてあったのを覚えているだろう。あの椅子は、何のために置いてあったのだと思う?」

「迷路でくたびれた人が、休むためじゃないんですか」

「君も相変らず、無邪気だ」

舞子は笑った。が、すぐ真剣な口調に戻って、

「私はあの椅子の形を思い出してみた。楕円形で、真中に雨水を抜く四角な穴が開いている。その形をじっと思っているうちに、突然、或る物の形と重なった。それは、天保銭《てんぽうせん》だった。あの形は天保銭と同じ形をしていることに思い当った――」

「天保銭……」

「あの椅子は、銭のある所を示すために、わざわざ置かれてあったんで、その椅子の場所は、Eの地点から伸びている袋小路の奥にある」

「今、その道を歩いているんですね」

「勿論《もちろん》、その道さ」

その道は再び狭くなり、天井も低くなった。そして、舞子は足を止めた。

「舞子、どうかしたか？」

後ろで狐沢の声がした。

敏夫は舞子の後ろから行く手を見た。道は急斜面で下り、黒い水の中に没していたのだ。三畳敷ほどの黒い池。道はその中で消えていた。

「雨水が溜ったのでしょうか？」

と、敏夫が訊いた。舞子は水際の岩肌を、しきりに見ていたが、

「そうじゃない。水面はいつも安定しているらしい」

「潜ってみます」

敏夫はいきなりコートを脱ぎ捨てようとした。

「馬鹿、真棹も潜っただろうか、よく考えるんだ」

舞子が短く叱った。

「迷路にあった椅子は、動いたはずだ。――迷路の中心の垣根が開かれているときには、袋小路の奥で道とは直角になっていた。迷路の垣根が閉ざされると、袋小路は開かれて、椅子が道と平行になる……」

舞子は懐中電燈を下に向けた。

「何かが、あるはずだ……」

舞子の懐中電燈が、足元の石を照らして、動かなくなった。

その石はすぐ水際にあり、小判型で、上が平だった。舞子はかがんで、石の向きを変えようとした。

石が、直角に曲った。石の形は、迷路の垣根で閉ざされたときの、椅子の向きと同じになった。

同時に、激しい水の音が、洞窟の中に響き渡った。

「水からくり……」

舞子が満足そうに言って、水面を見下ろした。

水面は少しずつ低くなっていった。岩肌に水の跡が、くっきりと現われ始めた。

「巧《たく》らんだものだな」

狐沢が呆《あき》れたように言った。舞子が歌うように答えた。

「これを作ったのは誰だと思う？　弁吉さんの、お弟子さんさ」

水の中の道が姿を見せていた。道は階段となり、水の底に続いているようだった。

水の引きはかなり速かったが、せきたっている敏夫には、極めて緩慢に思えた。全部の水がなくなるのを、待っていられなかった。敏夫はまだ水の残っているうちに、階段を下りだした。

「どじを踏むな」

後ろで舞子の声がした。

階段を下りきると、膝《ひざ》まで水に漬かった。水は氷のように肌を刺し通した。

今まで水の中にあった岩をくぐると、上に通じる階段が見えた。敏夫は水に濡れている石の段を、一気に駆け上った。

階段を上りきると、そこはかなり広い部屋であった。今までの部屋と違い、三方の壁は四角な木が張られていた。その一つ一つが、きちんと積み重ねられた、古い木の箱であることを知る間はなかった。敏夫の目に、部屋の中央でうつ伏せになっている人の形が飛び込んで来た。

舞子のコートを着た真棹だった。首に赤いスカーフが巻かれていた。真棹の傍に、空になった緑色の瓶が転がっていた。


血が、逆流した。

真棹が財産を取りに帰る――一時でもそう思った自分が悔しかった。真棹は誰にも知られない死に場所として、洞窟に戻って来たのだ。昨日、真棹が洞窟に入ったのも、逃げるためではなかった。同じ目的のためにだった。

敏夫は真棹を抱き起した。真棹の身体に力がなかった。赤いスカーフが首に巻きついていた。

「死んだ――」

敏夫は激しく真棹をゆすった。

「血迷うな。手荒にしちゃいかん」

舞子が傍に寄って、真棹の眸を開け、咽喉を見た。脈を取る。

「医者を呼ぼう」

と、狐沢が言った。舞子はちょっと考えて、

「それじゃ、時間がかかる。滝のあるところへ運ぼう。勝君、背負うんだ」

舞子は真棹を抱き上げて、敏夫の背に乗せた。

舞子の手当ては荒っぽかった。

滝の水を顔に掛け、真棹の頬を強く叩いた。口を開けて水を注ぐと、真棹は咳込《せきこ》んだ。朦朧《もうろう》としている真棹に、大量の水を飲ませた。舞子は真棹のスカーフを取り、服のボタンを外して、胸に手を入れ、ブラジャーを引き出した。

「吐くんだ」

否応ない。舞子は真棹の喉に指を入れた。

生の反応を起した真棹を見て、敏夫は腰が抜けたように岩の上にしゃがみ込んだ。

「早く見付けてよかった。もう大丈夫だろう。狐沢さん、医者を頼むよ」

「判った」

狐沢は大きくうなずいて、元の道に引き返した。

真棹は舞子の膝の中に、顔を埋めていた。丸い肩が、静かに動いていた。舞子は母親のように、乱れた真棹の髪を、撫で上げていた。

「お願いです」

敏夫は舞子に言った。

「逃して下さい」

舞子はじろりと敏夫を見た。

「逃げて、どこへ行く気だ？」

「判りません。でも逃げられるだけ、逃げてみる気です」

「じゃあ、勝手にしろ」

敏夫は真棹の手を取ろうとした。

「この人を、どうする」

舞子が強く言った。

「一緒に、行くんです」

「なぜ、この人が、逃げなきゃならないんだ？」

「警察に追われているからです」

「なぜだ？」

意地の悪い言葉だった。敏夫はぐっと唾《つば》を飲み込んで、

「真棹さんは、人を殺して、警察に追われているんじゃありませんか」

「ほう、そりゃ初耳だ。真棹さんが、誰を殺した？」

「真棹さんは、馬割宗児、香尾里、鉄馬の三人を殺したんです。だがそれは自分の欲得のためじゃない。真棹さんは……」

舞子はげらげら笑い出した。敏夫は言葉を止めた。舞子は真棹の背を軽く叩いた。

「真棹さん、聞きましたか。怒らないで下さいよ。この人は何か、飛んでもない考え違いをしているようだ」

「僕が考え違いを？」

敏夫はむきになった。

「じゃあ聞くがね。順序として香尾里さん殺しだ。真棹さんは彼女を、どういう方法で殺した？」

「決まっているじゃありませんか。香尾里さんは拳銃で撃たれたんです。真棹さんなら、近寄っても、彼女は警戒心を起すことがなかった」

「真棹さんは拳銃など持っていやしなかったぜ」

「始末したんです。真棹さんの傍には、あひるがいたんです。香尾里さんを撃った後、真棹さ

んは拳銃を紙の紐であひるに結び、放ったんです。あひるは池に戻り、紙の紐は水に溶けて、拳銃は池の底に沈んでしまう」

舞子は呆れたような顔をした。

「ずんぶりこ、とかい。確か、池の中は警察が探していたよ」

「まだ見落しているんだと思います」

「じゃあ、なぜ真棹さんは犯行現場に東屋《あずまや》など選んだのだろう。それも昼日中に。東屋は展望台だよ。逆に言えば、ねじ屋敷の中で一番目に付くところが東屋なんだ。ねじ屋敷には、犯行のためにもっと安全な場所が、いくらでもあるじゃないか。それから、第二に、犯人はあと二人の人間を殺す気でいた。それなのに、なぜ拳銃という便利な凶器を捨ててしまったんだい？宗児と鉄馬を殺すのに拳銃でなく、なぜややこしい仕掛けを考えなけりゃならなかったんだ？」

「…………」

「この二つに、満足する説明がなけりゃ、真棹さんが香尾里さんを殺したことに納得出来ないがね。それはまあいいや。続きを聞こう。宗児を殺したのも、真棹さんか？」

「そうです。真棹さんは宗児の持っていた逆立人形に、毒針を仕込んだのです——」

「ちょっと待てよ。真棹さんは透一君の持っていた熊の玩具が、電池で歩くことも知らなかったんだよ。そんなに玩具に無関心な人が、逆立人形のぜんまいを巻き終えたとたん、毒針が突き出すようなからくりを仕掛けることが出来たとは思えない」

敏夫は反対することが出来なかった。

「それもまあ目をつぶるとして、私が最も興味深かったのが、鉄馬の薬をいつ誰が掏り替えたかだが、それを聞こう」

「その事件で、鉄馬を殺したのが、真棹さんの犯行だということが、決定的になったのじゃありませんか。鉄馬の薬瓶のカプセルを、毒のカプセルに掏り替えられた人間は、真棹さんしかいなかったからです」

「じゃ、どうやって、真棹さんはそんなことが出来たんだ」

「この洞窟を使ったんです。洞窟のことを知っている人間は、真棹さんしかいません。真棹さんは鉄馬の寝ている間に、この洞窟を使って、鉄馬の部屋に忍び込むことが出来た」

「ほう、そりゃ、いつのことだい？」

「無論、鉄馬が毒のカプセルを飲んだ、前の晩です」

「鉄馬の死んだ、前の晩？　そりゃだめだ」

舞子は言下に言った。

「だめ、とは？」

「この洞窟の入口は、香尾里さんと宗児が殺された土曜日から、私と君が洞窟に入った月曜日の朝まで一度も開けられたことがなかったんだ」

「開けられたことがなかった？　その証拠がありますか？」

「大ありさ。勝君も見ていたじゃないか。鉄馬が殺された月曜日、私が迷路の五角形のテープルに腰かけて考えていたとき、テーブルの下から、私は何かを拾いやしなかったか?」

敏夫はふた股になって落ちるねじ曲った滝を見た。あの日のことが目に浮んできた。

「そう、宇内さんが拾ったのは、煙草の吸い殻や、マッチの燃えさしでした」

「そう、そのマッチ棒に特徴があった。マッチの軸に噛《か》み潰された痕が残っていた。ありゃ、狐沢君の使ったマッチ棒だ。あの男には、マッチ棒を噛む癖がある」

「それが?」

「そうさ。あのマッチ棒は、香尾里さんが殺されたとき、宗児の案内で、迷路の中を調べたことがあったろう。そのときに落されたものだ。狐沢君はその後、迷路に入ってはいない。――私が洞窟の入口を開くレバーを押すと、テーブルははね上った。そしてテーブルの下に落ちていた、煙草の吸い殻やマッチ棒は、洞窟の中に落ちて行った……」

敏夫は唇を噛んだ。土曜日から月曜日まで、洞窟の入口は、煙草の吸い殻とマッチ棒で、封印されていたことになるのだ。

「判ったろう。もし真棹さんが鉄馬の死んだ前の夜、洞窟を開けたとしたら、テーブルのあたりに、こんな吸い殻やマッチ棒などは、残っていなかったはずだ」

「すると、三人を殺した犯人は――」

「無論、真棹さんじゃない。それに勝君は、さっきから、殺されたのは三人だと言っているが、透一君殺しはどうした?」

「透一君殺し? すると……」

「透一君が飲んだ睡眠薬の瓶は、新しくて、子供の力で開けることが出来ないほど、固く閉められていた。真棹さんが我が子を殺すかね。それに――」

そのとき、洞窟の岐れ道に光が見え、狐沢刑事が姿を現わした。

「舞子、どうなっているんだ。鉄馬の部屋に出る道が塞がれているぞ。通路は水の中に潜ってしまった」

「そこまでは気が廻らなかった。――そうだ、財産のある部屋が開かれると、洞窟の入口が閉ざされるからくりなんだ。迷路の原理と同じことだ。鉄馬の部屋に出るには、財産のある部屋を元通りに閉めなきゃならないんだ」

舞子は真棹を起した。真棹は独りで坐れなかった。舞子は敏夫に真棹の身体をあずけて立ち上った。

「今話したとおりだ。真棹さんはただの被害者だ。判ったら、もう変な真似はするなよ。すぐ戻るから、見ていてやりなさい」

舞子は立ち上って歩きかけたが、気が付いたように狐沢を呼び止めた。

「そう、この人に硝煙反応の結果を、まだ教えていなかった。狐沢さん、真棹さんの腕に、硝煙反応が残っていたかね？」

「いない。反応はマイナスだった」

と、狐沢が言った。

「勝君、判ったろう。真棹さんは香尾里さんが殺されたとき、拳銃など撃ちゃしなかったんだよ」

真棹は敏夫の腕の中で、うつらうつらしていた。ときどき、恐怖が突き抜けるように、身体を震わした。

真棹は泥にまみれている。敏夫は身体を伸して、流れにハンカチをひたし、顔の泥を拭《ぬぐ》った。真棹は鼻をすぼめ、目を開いた。

「――余計なことをした?」

敏夫は真棹の顔を覗いた。真棹は何も言わなかった。

「寒い?」

真棹は首を横に振った。それが、前の質問の答えもかねていると、敏夫は解釈した。敏夫は真棹の顔を拭う作業に没頭した。

「暗いわね……」

真棹はあたりを見廻し、恐ろしそうに、敏夫の胸にすがった。

「もうすぐ、この洞窟から出られますよ。そうすれば、明るくなる」

「でも、他の人と会うなんて、嫌よ」

真棹は敏夫の腕の中で言った。

「……なぜ、死のうとした?」

「……私、もうだめだから」

答えになっていない。

「さっき、宇内さんの言ったことは本当？　あなたは、香尾里さんも、宗児も、鉄馬も、殺しはしなかった」

真棹はうなずいた。

自分は騙《だま》されていたのだろうか。それを詰問しようとしたが、敏夫は口を閉じた。もし真棹が犯人でなかったら、自分は真棹から離れなければならなかったのだ。

「犯人でもないのに、なぜあなたが死ななければならないんだ」

と、敏夫は言った。

「まだ、その人を昂《たか》ぶらせてはだめだ」

舞子の声だった。いつの間にか、舞子と狐沢が傍に立っていた。

「すみません……」

真棹は身を起そうとしたが、まるで力が入らなかった。

「私まだおかしいようね。あの滝が二本に見える……」

その言葉で、舞子の懐中電燈が大きく動いた。

「真棹さん、あんた前にこの洞窟に入ったことがあった？」

「ええ……」

「それは、いつ？」

「——香尾里さんが、殺された日」

真棹はものうそうに答えた。

「香尾里さんが殺された日、あなたはこの洞窟の中にいた？」

「ええ。洞窟を出たとき、あの銃声を聞いたんです」

敏夫は銃声を、迷路の中で聞いたのである。銃声と前後して、地の下から水の流れるような音も聞いた。あの音は、真棹が洞窟の出入口を操作したときの、水からくりの音だったのだ。

「そして、その日も、この滝を見た？」

舞子がせわしく訊いた。

「ええ……」

「滝の水は、一本だったんですね？」

「そう、くの字に曲った滝……」

真棹はいぶかしそうに言った。

舞子は余計な説明をしなかった。滝の前に立って、じっと水の流れに見入った。狐沢も舞子の横に立って、滝に懐中電燈の光を当てた。

「私、変なことを言ったのかしら？」

二人の黒い後ろ姿を見て、真棹が言った。

「いや、あなたは正しいことを言ったんだ」

敏夫は真棹の気を休めるように言った。

「どうも、この滝に気の食わないところがあったんだ」

舞子はしきりに考える。

「二本の滝の中央に、窪みのある皿のような岩が見えるだろう。ところが、二本の滝の当っている岩には窪みなどない。削《そ》ぎ立っている岩なんだ。ということは、もともとこの滝は一本で、この窪みのある岩の上に落ちていたんだ。長いこと、水に叩かれたために、岩に窪みが出来た……」

「すると？」

じっと足元の岩を見ていた狐沢が言った。

「ごく最近、何かの加減で、この滝がふた股になったのだろう」

舞子は滝の落ちて来る岩間を見上げていたが、

「滝の上で、何かが支《つか》えている感じだな」

「覗くには、足場が悪いな」

と、狐沢が言った。

「私が肩車になろう」

舞子はかがんで、狐沢をうながした。狐沢はためらったが、自分が台になっては、とても舞子を支えられないと思ったのだろう。舞子の肩にまたがった。舞子はうんと言って立ち上った。

「見えるかい？」

下から舞子が訊いた。

「待てよ。うん、何か光る物がある」

「よし」

舞子は滝に近寄った。

狐沢は岩の上に手を伸した。変に引っ掛っているのだろう。狐沢は両腕を水だらけにしたが、最後に岩の間から何かを引き出した。

「舞子、取れたぞ」

そのとき、二本の滝は一本に重なり、くの字に曲って、窪みのある岩の上に落ち始めた。

「舞子の言ったとおりだ」

舞子の肩から下りた狐沢は、まだ水の流れている物を持ちなおした。それは、三十センチばかりの銀色の光る円筒であった。

「何だろう」

狐沢は筒を傾けた。筒の中から水が流れ落ちた。

「万華鏡だろう」

と、舞子が言った。

「万華鏡ね……おっ、舞子、こりゃ大変な代物《しろもの》だぞ」

狐沢の声が変った。

「筒の片方が焼けている。ただの万華鏡じゃねえぞ」

舞子も狐沢の持っている筒を見た。

「私の考えじゃ、おそらく、この中に銃弾が仕掛けられていたのだね」

「銃弾だと？」

「筒の中に、十センチほどの鉄のパイプが見えるだろう。この中に二二口径の弾丸が詰められていたんだ。多分、万華鏡の底には、小さな電池も入っているだろう。電池は銅線で、弾薬のカートリッジに接続されている。このからくりは、おそらくこうだ。万華鏡を持った人間がレンズを覗く。初めのうちはぼんやりしていて見えない。レンズの焦点を合わせようとして筒を廻すと、銅線が接続され、その火花が弾丸の火薬に点火される。火薬は爆発し、弾丸が飛び出す。弾丸は確実に、万華鏡を見ている人間の眼中に食い込むんだ」

「恐ろしい――その被害者が、香尾里さんだったんだな」

「そうだ。これで、東屋の周りに、犯人の足跡などなかったわけが判るだろう」

「だが、その万華鏡が、どうしてここに?」

「万華鏡は、爆発の反動で、香尾里さんの手から吹き飛んだのだ。万華鏡は東屋の前の、急な斜面を転がって、池から出ている流れに落ち込んだ。ちょうどそのとき、真棹さんが洞窟の出入口を開けていた。つまり大量の水が動いたのさ。その水の補給はこの池の水だ。流れの水が早くなったために、万華鏡は沈む間もなく流されて、洞窟の給水口を通り抜けて、この滝の上に出、岩の間に引っ掛ったんだ」

「見ていたようなことを言うじゃねえか」

「見ていなくとも、凶器が万華鏡であることは、もっと早くから推測出来ていたはずなんだ」

「もっと早くからだって?」

舞子は滝の傍を離れて、真棹に近寄った。

「真棹さん。一つだけお尋ねしよう。香尾里さんが殺されたとき、最初に東屋に来たのはあなただった。勝君は同じ迷路の中にいながら、池の方に廻ってしまったので、あなたより到着が遅かった。あなたが香尾里さんの傍に寄ったとき、彼女はまだ息があった。あなたは香尾里さんの、最後の言葉を聞きましたね？」

真棹はぼんやりと舞子を見た。

「ほら、刑事さんが一人、泥人形になった奴《やつ》さ」

「――そうです。香尾里さんは、カレイド、と……」

「ほれ、最初から判っていれば、井戸なんぞに潜り込むことはなかったんだ」

「香尾里さんは、枯れ井戸と言ったんじゃないのか？」

と、狐沢が言った。

「違うね。カレイドはカレイドでも、万華鏡のことを英語で、何と言う？」

「カレイドスコープ！」

敏夫が思わず叫んだ。

「そう、カレイドスコープだ。香尾里さんは、あのとき、カレイドスコープが爆発した、と言おうとしたんです」

洞窟の中の四人は、少しの間、何も言わなかった。本来のくの字に戻った滝だけが、単調な水音を続けている。しばらくして、狐沢が万華鏡をハンカチで包みながら言った。

「一体、こんなからくりを仕掛けたのは、誰だと言うんだ？」

舞子は黙っていた。黙って、真棹を見詰めていた。

「おい、舞子、知っているのか？」

それでも舞子は、真棹から視線をそらさなかった。

「言って下さい」

真棹がしぼり出すような声で言った。

「私ならもうどんなことを聞かされても、大丈夫です」

「あなたも、知っていたんですね」

真棹は敏夫の腕の中で、身体を固くした。

「夕べ、囮《おとり》の注射器が見付かったことを聞かされたのです。それで、私には犯人が判りました。それから、今日、懐中電燈の電池がなくなるのが心配だったんです……」

「それで、電池を買い替えたんですね」

舞子が妙に引きつったように言った。

「そう、それで透一が殺されたのも……」

真棹の声が息苦しそうになった。舞子は手を上げて、

「真棹さん、もういいよ。あとは私が話そう。この一連の事件で、私には犯人の意図が、全然つかみ取れないところがあった。それは犯行に選ばれた日のことなんだ。透一君が殺されたのが、朋浩氏の通夜の夜。何だってこんな日を選んだのだろう。人の出入りは多いし、朋浩が死

んだ直後で、当然、人の疑惑を引き起すことになった。これが他の日だったら、不幸な事故死として見過されていただろう。次の香尾里さん殺しだが、この日もまた変だ。私たちが、ぞろぞろねじ屋敷に押し掛けた日だった。犯人は犯行を目撃される危険性を、全然考えていなかった――というより、犯人は、私たちがねじ屋敷に行くのを、知ることが出来なかった人間のような気がする」

「あの日は、俺たちもねじ屋敷に行っていたんだ」

と狐沢が言った。

「そして、その直後の宗児殺し、これは犯人にとって、大失敗の犯行だった。逆立人形の中に仕掛けられた毒針は、すぐに発見され、囮の注射器も、完全に無意味な物になってしまった。その上、犯人は真棹さんが殺されていたかも知れないような、へまをやっている。しかも、警察官のうようよしている真ん中でね」

「大胆にもほどがある」

と狐沢が言った。

「犯人は大胆じゃないんだ。反対に、極めて小心な人間だったよ」

舞子は続けて、

「そして、鉄馬殺し。この事件で、真っ先に疑われる立場に立たされたのが真棹さんだった。手口は判らなくとも、警察でも真棹さんにまず目を付けた。洞窟の存在を知っていた勝君などは、一にも二にも真棹さんの犯行だと信じ込み、大冒険の主人公になってしまった。結局、洞窟は鉄馬が殺された前日、開かれなかったことが判ったが、それによって、誰にも鉄馬の薬瓶のカプセルを、掏り替えることが出来ないという、不可能犯罪が浮び上った。ここでも犯人の動向は不可解だ。不可能犯罪であれば、当然解明は一点にしぼられる。それが解ければ、ただちに犯人の像が浮び上る――」

「舞子はその手口が判ったのか」

「人間の考えたことだからな」

舞子はやんわりと言った。

「つまり、この犯人は、透一君が死んだ日、多くの人が朋浩氏の家に集まることは知らなかった人間。言い替えれば、朋浩氏が死んだことさえ知らなかった人間。また香尾里さんが死んだ日、私たちがねじ屋敷に行くことを知らなかった人間。同じ日、真棹さんが宗児の部屋にいようとは思ってもみなかった人間。同じく鉄馬氏が殺されたとき、真棹さんがねじ屋敷に寝泊りしていようとは、予想もしていなかった人間だ」

「それじゃ、何にも知らないんじゃないか」

と狐沢が言った。

「そうさ、何も知ることが出来なかったんだ」

「それは、どういうことだ？」

「犯人は一連の事件が起るときには、真棹さんは遠い外国に行っていて留守だと、信じていた人間だ。まさか、夢にも思わぬ事故で、朋浩が死に、そのため真棹さんの旅行が中止になるとは、予想だにしなかった……」

「すると?」

真棹は身体を起そうとした。舞子はまた真棹を見た。真棹は言った。

「そうです。透一、香尾里さん、宗児、鉄馬を殺したのは、私の夫、馬割朋浩だったんです……」

洞窟の中が騒がしくなった。いくつもの電燈の光がゆらめいた。警察官と医師たちが到着したのだった。

「それは、本当のことですか」

敏夫は呆然《ぼうぜん》として、真棹に言った。真棹はうなずいた。

「まさか、朋浩氏が自分の子を――」

真棹は目を閉じていた。敏夫にだけ聞えるような、低い声だった。敏夫は透一の死んだ夜、自分を朋浩として話しだした、真棹の告白の続きを聞くように思った。

「透一は、朋浩の子ではありませんでした。宗児の、子だったんです」

真棹は担架に乗せられると、意識を失った。緊張が解かれ、疲労が一時に襲ったようであった。

17　からくり身上

洞窟には、敏夫と舞子と狐沢の三人だけが残った。三人は思い思いに岩の上に腰を下ろしていた。舞子が煙草に火をつけた。火で舞子の顔が赤く照らされ、煙と一緒に消えた。狐沢も思い出したように煙草に火をつけた。

「……なあ、舞子」

狐沢はマッチを消すと、軸を噛みつぶしていた。

「お前の言う、銭屋五兵衛の隠し財産を探しに洞窟に入ったんだが、真棹がいるとは思わなかった。その財産を確かめる前に、お前の知っていることを話してくれないか」

「私の知っていることは、全部、狐沢さんも知っていることさ」

「意地の悪いことを言うなよ。真棹は四人を殺した犯人は、朋浩だと言ったが、それは本当なのか」

「本当だ」

「じゃ、真棹も共犯だったのか」

「それは違う。真棹は最後まで何も知らなかったんだ。四人を殺したのは、朋浩ただ一人の仕業《しわざ》だった。中でも透一を殺すことは、絶対に真棹に知られてはならないことだった」

「四人が殺される前に、朋浩はとうに死んでしまったんだぜ。朋浩が死んでから、次々に四人もの人間を殺せるはずはないと思うんだがな」

「それが、からくりなのだ。自動人形は、ぜんまいを巻けば、あとは独りでいろいろな動作をする。朋浩は自動連続殺人を計画したんだ」

舞子は煙を吐いた。煙だけが懐中電燈の火の中に白く見えた。

「真棹さんは、透一君を朋浩の子ではないと言いました。そのことも、宇内さんは知っていたんですか？」

と、敏夫が訊いた。

「朋浩の血液型は何だったろう」

反対に舞子が訊いた。

「知りませんよ。そんなこと」

「朋浩が事故に会った日、君は北野第一医院の病室にまで行ったはずだ」

敏夫は病室の朋浩を思い出した。朋浩は酸素吸入のマスクを掛けていた。そして、逆さになった輸血の瓶の文字……

「A型でした」

敏夫はごくりと唾を飲んだ。

「医院に駆け付けた真棹の、重要な言葉を覚えているよ。真棹は病室を案内する看護婦に〈輸血が必要なら、私の血を〉と言っていた。A型の血液に輸血の出来る血液は、常識的には、A

いるかい」

「ほう、警察でも調べたようだね。そう、真棹の血液はO型。ところで透一君の血液を覚えて

と、狐沢が教えた。

「真棹の血液はO型だったよ」

型かO型だ」

「そりゃ検屍したんだから正確さ。B型だった」

「それ見ねえ。A型とO型の夫婦からは、B型の血液を持つ子は生まれやしなかろう」

狐沢は、ほうと言ったきり、黙ってしまった。

「すると、朋浩は透一君が自分の子でないことを、知っていたんですか」

と、敏夫が言った。

「知っていた」

「透一君が宗児の子であることも？」

「そうだ」

「それなのに、なぜ今更のように、朋浩は真棹さんの素行調査を、宇内さんに依頼したのです？」

「朋浩には別の意図があったんだ。それは後で話すとして、朋浩がひまわり工芸に敵意を抱いていたのは、父親の代からだった。朋浩の父、龍吉は兄の鉄馬と別れ、別の会社を建てたが、うまくゆかなかった。反対に自分のアイデアを、鉄馬に安く買い叩かれることもあったという。

朋浩は小さい頃から、そうした父の憤懣《ふんまん》を、嫌《いや》というほど聞かされ続けて来たのだろう。その龍吉も失意のうちに、若くして死んでしまった。残された朋浩は、父の敵であった鉄馬に引き取られ、生活することになる。朋浩の怨憎《えんぞう》は父親の分と一緒に、深く心の奥に押し込められてしまった」

「息の詰りそうな話だ」

と、狐沢が言った。

「朋浩は陰気で劣等感を持った青年に成長した。そんなときに出会ったのが真棹だった。真棹は朋浩に同情したのだ。母性本能の愛と呼ぶべきものかも知れない。本来の男女間の恋愛とは少しばかり質の違う愛だった。真棹も最初はそれが恋愛だと錯覚していたのだろう。だが、宗児の出現でその誤りを知ったんだ。朋浩に背いてはならぬと思いつつも、宗児の誘いを断ち切れなかったのが、その証拠だった」

真棹は透一の産まれた後、朋浩が男性としての力を喪失してしまったと告白した。朋浩は、透一が自分の子でないことを本能的に直感し、更に医学的な確証を得た。その衝撃が、肉体的な退行をもたらしたのだろうか。

「朋浩が、透一を自分の子ではないと確認したのは、いつですか」

と敏夫が言った。

「それがいつかは判らないね。だが私はこう思う。朋浩は子供の食べ物の好みが、自分と違うことにおかしい気がしたのだろう。透一は甘い物を好み、乳歯がぼろぼろになっていた。朋浩は反対に、綺麗な歯を持っていた。朋浩はよく歯医者へ連れて行ったというじゃないか。透一の血液を調べたのも、その医者だったと思うね。朋浩は透一に甘い物を与えぬように厳しく言いつけた。好きな物を与えぬ、このことは朋浩の加虐的な喜びを、満足させていたかも知れない。同時にそれが、透一を殺すための必要な下準備として、利用されることになった」

「その頃から、朋浩はもう殺人の計画を？」

狐沢が沈痛な調子で言った。

「そう、透一が自分の子ではない。それでは誰の子だ？　朋浩は調べてゆくうちに、真棹と宗児との関係も知ってしまった。朋浩は気も狂わんばかりになったと思う。気の小さい男だったから、最初の計画は透一だけを殺すつもりだったと思う。透一に甘い物を厳しく禁じておきながら、朋浩は陰では睡眠薬の糖衣錠《とういじょう》によく似た菓子を用意し、それをひそかに与えていたに違いない。折を見て、朋浩は不用意を装って、睡眠薬の瓶を子供の前に置く。甘い物の好きな透一は、いつも朋浩に与えられている菓子の習慣で、中の薬を食べてしまう。——そうした計画だ」

「ひどい話だな」

「ひどい話でも、朋浩にとって、真棹と宗児に対する復讐《ふくしゅう》だった。甘い物が好きな宗児の血を受け襲《つ》いだ透一には、ぴったりの復讐の方法だった。透一の死は、事故として片付けられるだろう。真棹が疑いを持つかも知れない。真棹が疑いを持つことを、むしろ朋浩は望んでいただろう。自分の恐ろしさを、暗黙のうちに真棹に知らせる。真棹はそれに耐えられなくなり、自分の前に全てを告白し、宥《ゆる》しを乞うことになるだろう」

「その計画が変ったのは？」

「そう、その計画が変ったのは、ねじ屋敷に莫大《ばくだい》な財産が隠されていることを知ってからだった。財産に気が付くきっかけは、矢張り宗児だったと思う。宗児はねじ屋敷の古い部屋から、大野弁吉の逆立人形を見付け出したんだ。当然、自慢気に朋浩にも見せたことだろう。だが、朋浩は天保時代の人形より、その人形が誰の目にも止らず、今まで蔵《しま》われていた部屋に興味を持った。その結果、朋浩はねじ屋敷の洞窟を見付けたんだ」

「それを、誰にも話さなかったんだな」

「自分だけの秘密にしておきたかったんだろう。そして、迷路と洞窟の相対関係にも気が付いたんだ。更にこんな迷路を作った馬割蓬堂のことも調べ上げたろう。さかのぼって、鶴寿堂を作った馬割作蔵のこと、作蔵は実は鈴木久右衛門であり、金沢で逆立人形を作った、大野弁吉とのつながりも見出した。その前後、朋浩は真棹と金沢に旅行している。無論、鈴木久右衛門と大野弁吉の関係を確認するためだ。そのとき、蓬堂が洞窟に手を入れ、迷路を作り出した本来の意味を知った。銭屋五兵衛という、途方もない大物が、朋浩の前に現われた」

敏夫は初めて見た真棹の写真を思い出していた。松林を背にし、ふわっと笑いかかっている真棹。そのとき、朋浩の恐るべき計画が、形を整え始めていたのだ。

「それで、朋浩は洞窟の中の財産を探し当てたのか？」

と、狐沢が言った。

「そうだ。そのとき、透一殺しの計画が、ふいにはじけて、大きな形に変ってしまったのだ。この財産を知らずに、貧窮のうちに世を去った、父龍吉のことも思い出したろう。いや、鉄馬はこの財産のことを知っていながら、龍吉には知らさず、自分一人の物にした、とさえ考えただろう。今自分が財産を見付けたとしても、自分の手などに入らないかも知れないのだ。朋浩の復讐の念に、何重にも財欲がからみ付いていった。透一と宗児を殺し、香尾里と鉄馬を殺せば、財産は自分の物だ。勿論、表面上の馬割家の財などは取るに足らぬが、洞窟の中の財産こそ、本当の目的だった。朋浩は自分の父の霊を鎮めるためにも、自分の手に財産を取り戻さなければならないと思った。その感情は、押し込められたエネルギーで、想像もつかぬほど遠くに走る、はずみ車をつけた自動車に似ていた」

舞子は敏夫を見た。

「勝君は朋浩の殺意を真棹さんが受け襲いで、宗児たちを殺したと思っていたらしいが、そうじゃないんだ。四人を殺したのは、最後まで、朋浩の意志だったんだ」

舞子は、朋浩が宗児たち四人もの人間を殺したのは、あくまで朋浩一人の意志であり、朋浩一人の手によるものだと断言した。だが、そんなことは可能だろうか。四人が殺される以前に、朋浩は死んでしまったのではないか。

狐沢もじっと舞子の言葉を待っているようだった。強くはないが堂々とした舞子の声量は、洞窟の隅々に響くようだった。

「――何度も言うように、朋浩は極めて気の小さい男だった。殺意が炎のように吹き出すままに、自分の手で対手《あいて》を倒すようなことが出来なかった。同じ家の中で対手が生命を絶つことすら好まなかった。殺意の炎は静かに対手を包み、自分の見えないところで、対手が倒れなければならなかった。それで、朋浩は自分の犯行を自動にする必要があったんだね。朋浩は自動機械のねじを巻くだけでいいんだ。自分はねじを巻いて現場を離れてしまう。あとは自動機械が、自分の意志どおりに動きだす……」

宗児の自動機械人形が記憶に甦《よみがえ》っていた。小さい歯車の響き。ぎごちない手足の動き。それでいて的確な動作……

「第一は透一殺しだった。朋浩が最も綿密な注意を払ったのが、第一の犯行だったと思うね。警察には勿論、誰よりも、真棹に自分が犯人だという証拠を見せてはならないからだ。真棹の朋浩に対する疑惑は、ただ疑惑だけで止めておかなければならない。真棹が自分のもとを去っては、何にもならないのだ。透一殺しの下準備はすでに半分は出来上っていた。あとはそれを完成するだけ。朋浩は金沢の土産に、透一に熊んべという玩具を買って帰った。この玩具は熊のぬいぐるみで、電池で歩く仕掛けがしてあった」

「透一が気に入って、毎晩抱いて寝ていたという玩具だな」

と狐沢が言った。

「私も朋浩の通夜の晩に、透一が熊んべを抱いているのを見ていたんだ。宗児が透一をかまっていた。その宗児が、熊んべという玩具は電池で歩くんだということを教えてくれたのだ。真棹もそれが電池で動く玩具だったとは、それまで知らなかった。私は変な気がしたね。電池で動く玩具なのに、朋浩はなぜ動かし方を子供に教えなかったんだろう、とね」

「宗児は熊んべを手に取って、調べていましたよ」

敏夫はそのときの様子を思い出していた。

「そう、宗児は熊んべを動かしてみようとしていた。あちこち触っていたが、結局〈電池がないんだな〉と言って、熊んべを透一に返したんだ。——電池がないんだな。この宗児の言葉は、最後まで私を惑わせて、本当に朋浩が透一を殺したという確信が持てなかったんだ。透一が死んだ翌日、小さな棺の傍に熊んべが置かれていた。真棹は透一の未練が断ち切れないようで、しきりに熊んべを弄んでいた。そのとき真棹も熊んべの背を開けたんだが、宗児の言うとおり、そこには電池がなかったのだ」

「電池がなくてはいけないのですか？」

「いけないね。電池がなければ、朋浩が透一の枕元に睡眠薬の瓶を運ぶことが出来なかったからだ。その謎が解けたのは、ついさっきだった」

「つい、さっき？」

「真棹が、透一を殺したのは朋浩だと気が付いたきっかけを、さっきここで話していた。まだ忘れやしないだろう。真棹はこう言ったよ。〈今日、懐中電燈の電池がなくなるのが心配だったんです〉と。私は心の中で、思わずあっと言ったよ。電池というものはなくなるものじゃないんだ。なくなるのは電力なんだ。真棹は、懐中電燈の電池の電力がなくなるのが心配だ、と言おうとしたんだ。だが誰もこんな言い方はしない。〈電池がなくなる〉だけで意味が通じる。そこで、熊んべを弄《いじく》っていた宗児の言葉は、私が考えていたのとは全然違う意味を持つようになるんだ。宗児が〈電池がないんだな〉と言ったことは〈電池はちゃんと入っているんだが、この電池の電力がないんだ〉と解釈される」

「電池はちゃんと入っていた？」

敏夫はまだその意味が判らなかった。

「そうだ。宗児は熊んべの腹の中に、ちゃんと電池が入っていたのを見たのだ。だが翌日、真棹が熊んべを開けたときには、本当の意味で、電池がなかったんだ」

「…………」

「もう判ったろう。宗児が熊んべの背を開けて見たのは、電池じゃなかったんだ。緑色の電池によく似た、緑色の睡眠薬の瓶だったのだよ」

狐沢がうなるのが聞えた。

「睡眠薬の瓶は、形も色も単一、一・五ボルトの電池そっくりだ。それが電池の収まっているところにあれば、誰も電池だと疑わないだろう。睡眠薬の瓶には、勿論、電力などありゃしない。そこで、熊んべの背を開け、中をちょって見て宗児が言う。電池がないんだな。とだ」

「真棹さんも、それに気が付いた？」

「真棹は別の意味で朋浩の犯行だということを知ったんだ。真棹は電池がなくなるのを心配して、店で電池を買い替えた。続いて自分が死ぬために、透一が飲んだと同じ緑色の睡眠薬を別の店で買ったのだ。そのとき、この二つが、恐ろしくも似ていることに気が付いた。透一が飲んだ睡眠薬は、旅行に出る日、朋浩が銘柄を特に指定して、真棹に買うように命じた物だった。――透一殺しの朋浩の計画を、図式に示すと、次のようになる。第一、日頃、甘い物の好きな透一に、厳しく甘味を遠ざける。その癖、朋浩はときどき糖衣錠によく似た菓子を、そっと透一に与えていた。第二、透一に電池を抜いた玩具の熊んべを与える。それを抱いて寝るような習慣も、おそらく朋浩が暗示したのだろう。そして熊んべの背を開け、電池の入る場所のあることも、透一に教えていたと思う。第三、いよいよ犯行に移る。朋浩は電池と似た瓶に入っている睡眠薬を、真棹に買わせる。これは睡眠薬は実際に旅行用として朋浩が求めたが、多忙のため忘れたという証言を、真棹にもさせたかったからだ。電池と似た銘柄を選んだのは、留守の間、第三者に見られても――それは真棹の母、秋子を頭に置いてのことだが――睡眠薬だなどと感じさせないためだった。現に、熊んべの中を覗いた宗児さえ、それが睡眠薬の瓶だなどとは思わなかった」

「そして、朋浩は熊んべの中に睡眠薬を仕込んで、旅に出たのですね」

「そのとおり、朋浩は、透一の力でも瓶が開けられるように栓をゆるめ、詰め物を抜いておいた。透一は寝るときに熊んべを抱き、寝床の中で、睡眠薬の瓶を見付けたんだ。栓をゆるめ、詰め物を抜いておいたことには、何とでも言い訳が出来る。朋浩が薬を使うときの習慣だとすれば、それまでだ」

「真棹の母秋子一人のときだったら、完全な過失だったたな。あの夜はいろいろな人間が出入りしたものだから、かえって透一の死に疑いを持たれるようになった」

と、狐沢が言った。

「これで、犯人が犯行の日を選べなかった理由が判ったろう。透一がいつ熊んべの中に睡眠薬を見付けるかは、朋浩には判らなかった。まして、自分の通夜の夜、透一が死ぬとは、思ってもみなかっただろうね。このことは香尾里殺しについても言えるんだ。香尾里を殺す日は、逆に定《き》まっていた。だがその日、私たちや警察官が、ねじ屋敷に集まっても、その凶行日を変更することは出来なかった」

「犯行日は決まっていた？　香尾里が殺される日がか？」

狐沢は不思議そうに言った。

「そう、あの日は香尾里の誕生日だった。銃弾を仕込んだ万華鏡は、朋浩から香尾里への、死のプレゼントだったんだ」

舞子は続けた。

「真棹が話してくれたことがあったよ。朋浩と新婚旅行のときだった。二人がホテルに着くと、部屋に花が届けられていた。花束には香尾里のカードが添えられてあった。カードには二人のために、ピアノ曲をプレゼントすると書かれていた。二人は夕食後、窓を大きく開けて、じっと耳を澄ませていたのだった。朋浩はそうしたロマンチックな、香尾里の性質を、逆手に取ったのだと思う。朋浩の企てはこうだ。自分たちが旅行に出る前、朋浩は銃弾を仕込んだ万華鏡を香尾里に手渡した。無論、包装された内容は話さない。ただ、そっと次のような約束を交したのだ。——自分はあなたの誕生日の当日、祝うことが出来ない。それで、前もってプレゼントを渡しておくけれど、その日が来るまで開けては駄目だよ。自分はその日、ロサンゼルスにいる。約束しよう。誕生日の二時——ロサンゼルスでは午後九時。自分はホテルの窓に立って西を見ていよう。香尾里さんはプレゼントを開けたら、ねじ屋敷の東屋にいらっしゃい。この品物で、自分たちが見えるかもしれないよ。いつか自分たちが窓を開いて、香尾里さんのピアノを聞いていたように——」

「香尾里さんは、そのとおりにしたのですね？」

と、敏夫が訊いた。

「香尾里だから、朋浩が死んでしまったにもかかわらず、あのときの約束だけは守ろうとしたのだ。朋浩のプレゼントは万華鏡だった。香尾里は、二時になったとき、そっと東屋に出掛けた。なぜ、誰にも知られないように東屋に行ったか、判るね。朋浩と自分との、ちょっとした秘密を楽しむためだ。東屋に立って、東を向いて立つ。知ってのとおり、東屋の東側は、急な斜面になっている。香尾里は東に向いて万華鏡を目に当てる。——あとは、さっき話したとおりだ」

「そのとき真棹さんが洞窟の出入口を開けたために、流れが早くなって、万華鏡が洞窟の中に入って行ってしまった。それは偶然なのですね」

「朋浩の考えでは、万華鏡は爆発の反動で、香尾里の手を放れて、東屋の斜面を転がり、下の流れに落ちる。万華鏡の筒は弾が仕掛けられているといっても、ほとんど空洞だから、急には沈まない。流れの水に流されて、殺人現場からかなり離れたところで沈むと考えていたのだろう。周到な朋浩のことだから、実験をした可能性も、大いにある。真棹が洞窟を閉めたおかげで、万華鏡は更に秘密の場所に運ばれたわけだが、同時に滝の流れを変え、かえって見出され易くなったとも言えるね」

「朋浩は、透一殺しでは事故、香尾里さんと、宗児殺しでは、外部の人間の犯行だと思わせようとしたんですね」

「それが朋浩の狙いだね。ところが、自動人形のように融通が効かなかった。シャボン玉を吹き出す人形は、皿の中にシャボン玉の液がなくとも、ぜんまいを巻かれたら最後、シャボン玉を吹く動作を続けるだろう。それと同じで、前夜雨が降り、東屋の周囲の土には足跡が残り易くなっていた。香尾里は銃声がすれば、多くの人が東屋に駆け付けられる位置にいた。そんな状態であっても、一度動き出した自動殺人計画は、中止や延期が出来なかった。そのため、香尾里殺しの現場では、犯人が消えたという、不自然な状況を作り出してしまった。それが、宗児殺しでは、衆人環視の中で、逆立人形の殺人現場を見せるという、最大の失敗につながったんだ」

「外部の者の犯行だと見せるための、囮《おとり》の注射器も、それで無意味になってしまったんだな」

と、狐沢がつぶやいた。

「それと、外国にいるはずの真棹の目の前で、しかも、真棹が殺されていたかも知れない事態になろうとは、朋浩の想像も及ばないことだった。ところでね、狐沢さん。ねじ屋敷の外で見付かった注射器の針から、血液が発見されやしなかったかい」

「舞子の言うとおりだ。確かに血液の反応があったよ。それも、宗児と同じ型の血液だった」

「それで真棹が感付いたんだ。例えば宗児の歯の痛み止めの注射をしてやった。その注射器を、なぜか朋浩が取ってしまった。というようなことがあって、真棹は、宗児が殺されたのは、朋浩の犯行だということを知ったんだろう」

それを教えたのが敏夫であった。真棹はまず夫を失い、続けて透一を失った。そして次々に香尾里、宗児、鉄馬が殺され、その殺人容疑が自分にふりかかった。最後に、その全てが自分の夫の犯行だと知ったとき、絶望に落し込まれ、昏迷《こんめい》のうちにただ死だけを念願した真棹の心が悲しいほど判った。

「宗児が逆立人形で殺されたために、この連続殺人の手口の特徴が表面に浮び上って来たとは思わないかい。透一殺しには玩具の熊んべが利用された。香尾里が殺されたのは、万華鏡の中に仕込まれた銃弾のためだ。宗児は逆立人形から飛び出した毒針によって殺された。そして、鉄馬殺しも、からくりの玩具が利用されたんだよ」

「鉄馬殺しに、からくりの玩具？　自動機械人形が、鉄馬の薬を毒に掏り替えたとでも言うのか？」

狐沢が信じられぬように言った。

「いくら何でも、そんな無茶なことは、考えやしないさ。ただ、鉄馬の殺された状況を考えると、朋浩の手口も、自然に見えて来やしないか」

「判らん。一体、朋浩はどんな手口で鉄馬の薬を掏り替えたんだ？」

「鉄馬の死んだ日の前後を、もう一度思い出して見よう」

「舞子、待てよ。俺にも考えさせてくれ。鉄馬は毒薬を飲んだ前日、つまり日曜日の朝もきちんと自分の薬瓶から、カプセルを一錠飲んでいた。これは馬割家の家政婦が確認している。ところが、翌日、月曜日の朝飲んだカプセルには、毒が入っていたんだ。薬瓶はそのままで、カプセルだけが掏り替えられていた。残りのカプセルの中には、全部毒が入れられていたんだ。日曜日に鉄馬が普通のカプセルを飲んでから、薬瓶は一日中鉄馬が持ち歩いていた。傍に近付いた者といえば、真棹と家政婦ぐらいだ。それだって、鉄馬の懐から薬瓶を抜き取って、毒のカプセルと入れ替え、再び鉄馬の懐に戻さなきゃならないんだ。そんなことは、専門の掏摸《すり》だって出来はしまい。夜になれば、鉄馬は自分の部屋に錠を掛けてしまう。鉄馬の部屋は、洞窟の抜け道があるが、日曜から月曜にかけては、洞窟は開かれなかったんだろう」

「そうだ」

舞子は平然として言った。

「それじゃ、誰にもカプセルを掏り替えることなど、出来なかったじゃないか。まして、死んでしまった朋浩が掏り替えることなどは、絶対に不可能だ」

「そうだ、不可能なんだ。そこに自動殺人事件の欠点がすでに露呈されているじゃないか。辻《つじ》褄《つま》の合わない条件の下でも、殺人事件は、自動的に決行されて行った」

「それは、どういうことだ？」

狐沢はいらいらしたように叫んだ。

「――つまり、狐沢さんの言うとおり、不可能なんだ。不可能ということは、誰にも鉄馬のカプセルを掏り替えることなど出来やしなかったんだ。鉄馬のカプセルは掏り替えられたんじゃない。もともと、鉄馬の薬瓶の全部が、毒のカプセルだった」

「そんな馬鹿な！」

狐沢は嚙み付くように言った。

「それじゃ、鉄馬は毎日毒を飲んでいたというのか。毒を飲んでいながら死にもせず、あの日に限って毒が効いて、死んでしまったとでも言うのか？」

「そのとおり！」

舞子は泰然自若《たいぜんじじゃく》として答えた。狐沢の方が呆《あ》っ気に取られたようだった。

「真棹だって、そのからくりは、ちゃんと見抜いてしまった」

「真棹も、だって？」

舞子は敏夫の方を向いた。

「真棹は勝君に、朋浩の手口を教えていたはずだがな」

「僕に？」

敏夫は迷路の中でまごまごしているようだった。

「真棹が勝君に書き置きした手紙の上に乗せてあった物だ」

「マドージョ！」

「そう、鉄馬殺しのからくりにはマドージョが使われていた。真棹は勝君にそれを教えたつもりだった」

敏夫はあわてて、ポケットからマドージョを取り出した。真棹が旅行に出掛けるときにも、真棹のバッグの中に入っていたマドージョだった。宗児に言わせると、新味のない、朋浩の愚作。

「このマドージョを作ったのが朋浩だ。ところで、何だって朋浩はこんな玩具を作ったんだと思う？　宗児が悪く言うまでもなく、誰が見たって、嫌らしい玩具だ。無論、売り物にもならないこんな玩具を、朋浩は何だって試作して見る気になったのだろう。——ということは、朋浩はもともと、こんな玩具を売る気ではなかったのさ。鉄馬を殺すために、こんな玩具を作り出した……」

「鉄馬を殺すため？」

舞子は手を出した。敏夫は舞子にマドージョを手渡した。舞子は背中のボタンを押してマドージョを髑髏《どくろ》の顔に変えて見せた。

「よく、ごらん！」

舞子は髑髏の顔になったマドージョを二人の目の前に差し出した。狐沢が懐中電燈でマドージョを照した。影が動き、マドージョが顔を歪《ゆが》めた。

「この、飛び出した、両方の目の玉だ。片方が赤くて、片方が白い。この二つの目玉を組み合わせると、鉄馬の飲んでいたカプセルと同じようなものが出来やしないか？」

狐沢は、あっと言って、懐中電燈を取り落しそうにした。

「朋浩はプラスチック製のカプセルが欲しかったんだ。しかし、工場にプラスチックのカプセルだけを注文したら、変に思われるだろう。けれども、マドージョの目玉を作らせるのなら、誰も変には思うまい」

「鉄馬の薬瓶のカプセルは、プラスチック製のカプセルだったのか？」

「朋浩はおそらく、真棹が鉄馬に渡した薬瓶を、旅行に立つ前に、中身をすっかり掏り替えておいたんだ。全部、プラスチックのカプセルの中に毒薬を入れ、ただ一錠だけは普通のゼラチンのカプセルに、同じ毒薬を入れたものを混ぜておいたんだ。狐沢君の言った通り、鉄馬は朋浩が旅行に立った翌日から、薬瓶の毒薬を、一錠ずつ飲んでいたんだ。だが、カプセルはプラスチック製なので、中の毒物が体内に吸収されることはなかった。朋浩と真棹が海外のどこかにいる頃、鉄馬は本物のカプセルの毒に行き当り、死んでしまうことになっていた」

「鑑識は気が付かなかったのか」

「そりゃそうさ。カプセルの中身が毒だと知った以上、誰がカプセルそのものを疑うものか。これが、反対にカプセルの中身に毒がなかったら、カプセルが毒ではないかと疑われていたかも知れないがね」

「早速、カプセルを調べさせよう」

「それがいい。鉄馬は新しい瓶になってから真棹に不快を訴えていた。そのとき鉄馬は薬が切れた状態だったので、その愁訴も当然だった……」

洞窟の水で濡れた敏夫の両足は、冷え切っていた。ほとんど感覚がなくなるばかりだった。だが、舞子の口から明らかにされた、朋浩の異様な犯罪計画に、苦痛さえ忘れていた。どのくらい時刻がたったろうか。敏夫は舞子の、最後の話を待った。

「……朋浩の計画は、ボストンで開かれる、国際玩具見本市の日取りを基にして、組み立てられていった。二週間の旅程。自分と真棹は海外にいる。その留守の間に、全ての殺人が進行し、完了しなければならないのだった。二週間の間に、透一は熊んべの腹から、睡眠薬の瓶を見付け出すだろう。香尾里さんの誕生日も、ちょうど旅程の中にある。逆立人形を手に入れたばかりの宗児は、その期間に、一度は動かしてみるだろう。旅に立つ前日、鉄馬の薬瓶のカプセルと、用意した毒のカプセルを掏り替えた。その薬瓶の錠剤は十五錠、その一つに、普通のカプセルに収められた、毒薬が入っていた」

舞子は続けた。

「国際玩具見本市に到着するまでの旅程は、ひまわり工芸にも、正確なところは教えていなかったと思う。外国にいる間、馬割家の誰かが、死亡した通知を受けることがあるかも知れない。あるとしても、朋浩はそれをにぎり潰してしまう気でいたのだろう。全ての殺人が完了してからでなければ、帰国するわけにはゆかないのだ。旅馴れぬ海外旅行の、何だか判らない手違いと言えば、それで済むことなんだ」

舞子は敏夫を見た。

「朋浩が旅立つ日、私と勝君は、朝から真棹を尾《つ》けさせられていた。全ての自動殺人のねじが巻き終えられ、朋浩がそれを手放した直後だったんだね。無論、真棹の行跡を見届けさせるのが目的だったんじゃない。朋浩の本当の目的は、自分と真棹が、予定どおり空港から旅立つのを、私たちに確認させたかったのだ。馬割家で次々と殺人事件が起れば、私たちは警察から呼び出されて、質問を受けるかも知れない。そのとき、私はこう答えるだろう。——朋浩と真棹は、確かにあの日、空港から飛び立ちました。外国にいるはずの二人は、今度の事件には、どれも関係がないでしょう、とね」

「天はそれを、見逃さなかった——」

狐沢は溜息のように言った。

「本当に、天は見逃さなかった。朋浩を殺した隕石は、エホバが天から落した石だったのだ」

「あの事故に巻き込まれながら、朋浩は自分の鞄を、本当に命に代えて取り出そうとした。あの鞄の中には、重要な品が入っていたんだな？」

「国際玩具見本市に出品するような品なんかじゃない。恐らく旅の途中で処分する筈だった、殺人計画の証拠になるような品が、いくつも残っていたのだろう。例えば、プラスチックのカプセルの残りとか、毒薬の残りとか、そういったものだろう」

全身に火傷を負い、病院のベッドの中で、酸素吸入のマスクを振り退けて絶叫した朋浩の声が、敏夫の耳の底に残っていた。

「病院に運ばれた朋浩は、自分の死を悟ったのだね。朋浩も、神の罰を信じただろう。勝君、朋浩の言葉を覚えているかい」

「――朋浩は、自分はいいと言っていました。そのときは、何がいいのか判りませんでしたが、今、思い当ります。自分の罪に対してこれで当然だ。これで、いいと思ったんですね」

「自分はこれで終りでも、殺人事件はこれから始まるところだったんだ。自分が死ぬと、その殺人事件も無意味になってしまう。と言って、もう中止することは出来ない。自動人形はすでに自分の手を放れて、独りで歩き始めたんだ。真棹が国内に残れば、自分の計画、中でも透一殺しを真棹に知られてしまうかも知れない。それは仕方がないとしても、真棹自身が次々に起る殺人事件の容疑者になることも考えられる。自分の死に直面して、朋浩は何を考えただろう」

一見無意味と思われた朋浩の最後の言葉。真棹さえも、事故の衝撃で、常軌を逸したと考えた朋浩の必死の言葉。

「――俺に構うな。すぐ出発しろ。今ならまだ、航空便に間に合う。……明日、ラザフォードデービス氏に会い、マドージョを、渡せ――」

敏夫は朋浩の言葉を繰り返した。

「何としてでも、真棹を国外に行かせなければならない。朋浩としては、無理を承知でも、その言葉を繰り返す以外、なかったんだ」

おそらく、生涯に一度だったと思われる、朋浩の必死の命令。その命令も、真棹は受け入れなかったのだった。

「狂ってる……」

狐沢が洞窟を見廻した。

「こんなところに、こんな洞窟があるのもだ」

「朋造が手を加えた逆立人形と同じだ。自動機械人形は、狂うととんでもない方向に行ってしまい、物に当って倒れても、歯車の動きを止めようともしない」

舞子は平然とした口調を崩さなかった。

「人間はそれ以上に狂い易い人形だ。時代が狂うと、とんでもないことでもする。幕末だって、狂っていたんだ。人間は身を守るためのからくりを考え、財産を隠すために、迷路も作る」

「そうだ、俺たちはその財産とやらを探していたんだった。舞子、その財産はどこにあるんだ」

狐沢が、立ち上った。

「もう、見付けたじゃないか」

「見付けただと？　どこでだ」

「真棹が倒れていた部屋さ。あの三方は、古い箱がぎっしり積み重ねられていた」

「あれが、箱だったのか。舞子、行ってみよう」

「財産とは億劫《おっくう》なもんだ」

舞子はよいしょと立ち上った。

真棹の倒れていた部屋に行く道は、もと通り水に没していた。舞子は楕円形の石を動かし、水を抜いた。

狐沢は部屋の中央に立ち、三方を見廻して唸《うな》った。敏夫も初めて見る千両箱の山であった。

狐沢は手近にある一つの箱を引き下した。かなりの重量らしく、角に張られた鉄は錆《さ》びて表面がぼろぼろになっていた。箱には埃《ほこり》がなく、明らかに最近、開けられた様子があった。

「朋浩が開けたのに違いない」

と、舞子が言った。

狐沢は箱の蓋を開けた。開けるのに、力はかからなかった。

箱の中には、和紙で包まれた、切餅《きりもち》がびっしり詰められていた。狐沢はその一つを抜き出し、封を切った。敏夫の懐中電燈が、その中身を照し出した。

「あっ！」

狐沢が叫んだ。

狐沢の手の中にある小判型をしたものは、山吹色の小判——ではないのだ。茶色に変色した、分厚な野暮ったい形をした金属であった。

「こりゃ、天保銭じゃないか……」

それは天保銭に違いなかった。

狐沢は別の一包を開けた。それも同じだった。いずれも緑青《ろくしょう》を生じ、錆びた真鍮色《しんちゅういろ》をした天保銭だった。

「囮《おとり》かも知れない……」

舞子が嗄《か》れたような声で言った。

「江戸時代には、金持の蔵には折れ釘などを入れた千両箱を用意したことがあったそうだ。その効果もまんざら捨てたものじゃなかったらしい」

だが、自信のない声だった。

狐沢は別の一箱を持ち下した。この蓋は容易には開かなかった。狐沢は腰に下げたドライバーを使った。蓋が開くと、同じような紙に包んだ切餅が見えた。だが、その中身は矢張り、同じ天保銭だった。

「念のためだ」

狐沢は箱の山の、下の方から一つの箱を引き出した。だが、どれも同じだった。

「こんなことって、あるのか？」

明治初期、一銭にも足らぬ八厘の価値しかなかった天保銭。その天保銭の山が、その部屋に築かれていたのだ。

「馬割家で、誰か使い果した人間がいたに違いない」

と、舞子が言った。

誰かが金を使い果し、代りに天保銭を詰めておいた？　それならば蓬堂だ。蓬堂の奇行の一つに、せっせと天保銭を貯め込んでいるというのがあった。

狐沢は笑い出した。

朋浩が馬割家の四人まで殺し、自分の掌の中に収めようとしたのは、ただの天保銭の山にすぎなかったのだ。

敏夫はその一つを掌の上に置いて見た。

「からくり身上《しんじょう》という言葉がある」

舞子の調子は元に戻っていた。

「世間の人には金持らしく見せ、本当は大した財産もない身上のことだ。馬割家の身上は、文字どおりのからくり身上だった……」

18 笑い布袋

西木ビルの事務所は十二月を迎えて、にわかに忙しくなった。

舞子は新しい仕事を始め、敏夫もエッグでくるくる走り廻った。

真棹とは会うことがなかった。真棹はひまわり工芸を引き継ぎ、仕事に没頭していると舞子が教えた。

「真棹は仕事の鬼になってしまったよ」

と舞子が批評した。

その舞子も、警察署への復職を、すっかり諦《あきら》めたようだった。

「私も、仕事の鬼になるのだ」

と、敏夫に宣言した。

「僕は、何の鬼になったらいいんですか？」

そんなことを言ったのは、事務所の隣の喫茶店であった。事務所が満員だったからだ。

「そりゃ、難問だ」

と、舞子が言った。

敏夫は天保銭を弄《もてあそ》んでいた。そうしていると、いつも、天保銭の奥に、ねじ屋敷や、迷路や、逆立人形や、真棹の姿が見えるのであった。

敏夫はそのとき、手を滑らせて、天保銭を取り落したのだった。天保銭は鋭い金属性の音を立てて転がった。

舞子の顔色が変った。

「勝君、それはねじ屋敷の洞窟にあった物だろう？」

「そうです。一枚だけ記念にポケットに入れて来ました。いけませんか？」

「いけなくはないが、ちょっと見せてごらん」

舞子は天保銭を受け取ると、バッグからナイフを取り出した。

「蓬堂は成金時代に、十円札の十を一に書き替え、料亭で一円として使ったことがあったという……」

舞子は天保銭の角に、ナイフの刃を入り込ませた。暗い真鍮の中から、鮮やかな金の光が輝いた。

「あっ！」

敏夫は小さく叫んだ。

「天保銭のからくりだ――」

舞子は満足げに、だが表情は悲しそうにして言った。

「これが鈴木久右衛門のからくりだ。久右衛門は純金の天保銭を作ったんだ。その上に真鍮の衣《ころも》を着せた、偽せの天保銭を大量に作った。そして、加賀から持ち出すことに成功した……朋浩は矢張りそれを見抜いていたんだ」

敏夫はめまいがした。同時に、真棹が、いきなり遠くの人になってしまったのを知った。

「真棹に、電話を掛けておやりよ」

敏夫はわざと笑って、首を横に振った。自分でもぎごちない笑いだというのが判った。笑い布袋《ほてい》の方がまだ自然だろう。

「君の方も、やっと諦める気になったらしいな……」

舞子は目を半眼《はんがん》にして敏夫を見、電話機の方に歩いて行った。

〈この小説を書くにあたり次の書物を参考にいたしました〉

『からくり』立川昭二　昭44　法政大学出版局
『日本人形玩具辞典』斎藤良輔　昭43　東京堂出版
『見世物研究』朝倉無声　昭3　春陽堂
『迷宮としての世界』グスタフ　ルネ　ホッケ　種村季弘、矢川澄子訳　昭41　美術出版社
『夢の宇宙誌』澁澤龍彥　昭39　美術出版社

泡坂妻夫本格のマスターピース

阿津川辰海

泡坂妻夫《あわさかつまお》との最初の出会いは、小学生時代に愛読していた、はやみねかおるがキッカケだった。私の記憶では恐らく、夢水清志郎《ゆめみずきよしろう》シリーズのクイズ本の中に、著者がオススメする三作品として、天藤真《てんどうしん》『大誘拐』、栗本薫《くりもとかおる》『ぼくらの時代』と並んで、泡坂妻夫の『亜愛一郎《ああいいちろう》の狼狽《ろうばい》』が挙がっていた。後日書店で両親にねだり、創元推理文庫版の『亜愛一郎の狼狽』を買ってもらった。夢中になって読んだ。ボロボロになるまで読み返した。私の手元にある『狼狽』は、その時買ってもらった版だ。

二度目の出会いは、学校の図書室だった。私の通う学校は中高一貫校で、前身である九段《くだん》高校が九段中等教育学校と改称し、中学の校舎が新設された。図書室は中高両方にあったが、高校の方も使っていいと言われ、中学生の私は勇んで放課後に繰り出した。そこで、泡坂妻夫の『奇術探偵　曾我佳城《そがかじょう》全集』の単行本を見つけた。その本が並んでいた棚には、「卒業生作家のコーナー」とあった。同じ学校の先輩だったのか。親近感も覚えて、そのコーナーに並んでいる本を無我夢中で読んだ。泡坂好きが高じて、作家デビューが決まった時、泡坂の本名である厚川昌男《あつかわまさお》から音を取って、苗字を「阿津川」とした。

思い入れのある作家なので、ついつい、思い出話から始めてしまった。本題に戻ろう。

泡坂妻夫ミステリの魅力は、伏線や逆説、遊び心など多岐にわたるが、その中心的特徴として、「何が起こっているか／起こっていたか」という絵解きが絶妙に巧《うま》いことを挙げたい。ミステリの用語で言えば、「ホワットダニット」の技術ということになる。事件や物語の裏面に、首尾一貫した論理が走っていたことが解決編に至って分かるのだ。私がこのホワットダニットの驚きを最初に味わったのは、『亜愛一郎の狼狽』収録の「黒い霧」だ（実際には『狼狽』収録作において他にもホワットダニットの構造をもつ作品はあるが、主題となる事件が存在しないように見える点で「黒い霧」は衝撃的だった）。一見不可解なドタバタ騒ぎの裏で、何が起きていたか。それが明らかになった時、泡坂のミステリは、他のどれとも違う、と感動させられた。より特徴的な作品として、刑事と亜が歯医者に行くだけのナンセンス劇に見える「歯痛《はいた》の思い出」（『亜愛一郎の逃亡』収録）を挙げてもいいかもしれない。

中心となる謎や興味で牽引《けんいん》するのでなく、「何が起きているか」という状況そのもので読者を牽引するのは非常に難しい。読みやすく、情報密度が適切で、しかも伏線だけはしっかりと印象付ける――そういう文章が書けなければ、そもそも「ホワットダニット」を主題とするという入り口にさえ辿り着けない。読者の予断を操る技術も求められる。『花嫁のさけび』などはほとんどその技術だけで支えられている。あるいは、近年創元推理文庫入りした『折鶴』

『蔭桔梗《かげききょう》』のように、一見恋愛小説・普通小説に見える作品にも、ミステリの企みを忍ばせたものがあるが、これも文章技術と予断を操る技術がなければ到底辿り着くことが出来ない（同様の指摘は、同じく「幻影城」出身の連城三紀彦《れんじょうみきひこ》にも言えるかもしれないが、ここでは触れている余裕がない）。

さて、長い前振りになったが、そうした特徴を持つ泡坂妻夫作品において、マスターピースとも言える傑作が本書『乱れからくり』なのである。ここには、泡坂妻夫という作家の全てがある。伏線、ダブルミーニング、ホワットダニット、謎解きの鮮やかさ、そして、大人の遊び心が。

幕末期まで遡《さかのぼ》る一族が所有する「ねじ屋敷」において、からくり仕掛けの玩具が飛び交いながら連続殺人劇が繰り広げられ、しかも「宝探し」の趣向まであるという、いわばゴテゴテの本格ミステリではあるが、作者の筆は脂《あぶら》ぎったところを感じさせない。一族の悲劇をテンポよく、かつ静かにプレゼンテーションする手つきは、長編第二作にして練達の域に達している。

ここには、泡坂妻夫という作家の全てがある、と言った。もちろん、題材一つとってもそうだ。ペダンティックとさえ言えるからくり趣味や、「抱《だ》き茗荷《みょうが》」の家紋が謎になるところも実に作者らしい（作者は紋章上絵師《もんしょううわえし》としての顔もあり、『折鶴』『蔭桔梗』などの収録短編にも活かされている）。

細かい部分の技術も素晴らしい。読み返せば読み返すほど、ここも伏線だったのか、という発見がある。ネタばらしになるので全部は書けないが、6章から7章に至る部分の、「あるモノ」についての「あらため」の手つきは実に惚れ惚れとする。個々の殺人劇のトリックについてもその処理に余念はない。特に注目して欲しいのは、迷路の中で起こる殺人事件のトリックだ。犯人の周到な狙いや、ダイイングメッセージ、「決定的な証拠」を発見させるためのプロットなど、ありふれたトリック一つから、幾重にも「技」を見せる。

だが、それ以上に作者らしさを感じさせるのは、事件全体の構図である。この作品の、この連続殺人劇の裏面には、どんな「論理」が走っていたのか。この屋敷で、いったい何が起こっていたのか。その意外な構図が解き明かされた時、私はすっかりやられてしまって、以来、泡坂ミステリの魅力に取り憑《つ》かれてしまったのだ。

奇術師でもある作者が、あえて「からくり」を題材に選んだ理由については次の箇所がヒントになりそうだ。

「(前略)トリックでなく実際に機械だけの力で、唄ったり踊ったり文字を書いたりする人形が数多く作り出されている」

「だからつまらなくなったと言う人もいます」

「なるほどね。その人はよほどトリック好きなんだろう。確かに、からくりでは不可能なところを、トリックで補充されていれば、見る方では面白いに違いない。だがこの頃から、トリックは機械師から、奇術師の手に移り、機械師は機械の可能性だけを追求するようになっ

たね。(後略)」(『乱れからくり』p.157-158)

これはミステリに引き寄せても読み解ける文章なのではないだろうか。ここでいう「トリック」がミステリ用語の「トリック」とはズレているので説明がややこしくなるが、機械の「からくり」仕掛けそのものに頼らず、奇術師は心理の隙を突く技術や演出によって「トリック」を作り出す。そう、『乱れからくり』には多くの「からくり」仕掛けが登場し、ハウダニットにも一役買っているが、本当に大切なのは演出や技術の部分、泡坂一流の「トリック」なのである。そして私はそれこそが、泡坂一流のホワットダニットの技術なのではないかと思っている。この小説は「からくり」を前面に出したハウダニットの小説であるが、真の「トリック」にはホワットダニットのプレゼンテーションがある。

ここからは、少しだけ、ネタばらし込みの解説に踏み込もう。

【以下、本書のネタバレを含みます!】

私がこの本を初めて読んだ際、最も気になっていたのは、犯人の存在感がないことだった。どうも、人が動き回って殺しているという恐怖がない。あっさりした文体のせいだろうか。毒殺が多いせいだろうか。色々と思考を巡らせたにもかかわらず、真相には気付けなかった。存在感がないのは当然なのだ。なぜなら、最初に退場させられてしまっているのだから。

最も重要なのは「偶然」の使い方である。本格ミステリにおいて、犯人に都合の良い「偶然」はタブー視されるが、『乱れからくり』においてはむしろ犯人の計画を阻害するような形で「偶然」が立ち現れる。隕石による死、という究極的な結果そのものも「偶然」だが、他にも、「香尾里《かおり》殺しにおいて犯人が消失したとみられる奇妙な状況が生じてしまうこと」「香尾里殺しの凶器が坂を転がるよう犯人が実験しただろうに、地下通路の中に入り込んでしまうこと」「宗児《そうじ》殺しにおいて凶器である逆立《さかだち》人形の動きを目撃者に見られてしまうこと」「鉄馬《てつま》殺しにおいてダミーとして設置した注射器が機能しないこと」など、犯人の意思が及ばないところで不幸な偶然は多発し、犯罪の形は歪《いびつ》になっていく。まさしく「乱れからくり」。犯人が設置した「からくり」仕掛けは、偶然により「乱れ」ていくのだ（隕石により犯人が処分しようとしていた証拠が燃えるなど、犯人にとって幸運に作用した部分もある。「電池がないんだな」という言葉のダブルミーニングも偶然の産物だが、それ以上に不幸の印象の方が強い。こうしたバランスも時計仕掛けのように精妙だ）。だからこそ本書は、からくり仕掛けがもたらすハウダニットの趣向以上に、ホワットダニットの企みが最大の驚きを与えてくれる作品なのだ。この歪な犯罪には、どのような論理が走っているか、いったい「何が起こっていた」のか？　それこそが本書の最大の驚きだからだ。

しかし、その「乱れ」にも、一定の論理が走っていることに注目したい。そもそも、透一《とういち》が死んだ際に犯人の葬儀が開かれていたことが、最初のケチのつきはじめなのだ。全ては犯人自身の死から起因している。犯人自身の死が、葬儀に繋《つな》がり、次の死に繋がり、人間消失の状況へ繋がり……というように、「偶然」の不幸は、「必然」の玉突き事故を起こしているのである。これこそが、『乱れからくり』の「乱れ」が美しいとさえ感じさせる所以《ゆえん》だ。

動機の選択にも余念がないことを指摘しておきたい。これがたとえば、一族を根絶やしにしたいという観念的な動機ならば、たとえ犯人が命を落としても、目的は達せられてしまう。しかし、犯人の動機には復讐心だけでなく、財産欲もからみついている。だからこそ、犯人の死は、犯人にとっての最大の不幸として受け止められるのである。

犯人の計画は、実によく考えられている。香尾里の誕生日や錠剤の数で日取りを制限し、透一をはじめ家族の心理を操る仕掛けも実に入念だ。まさに見事な「からくり」仕掛け。しかし、もし犯人の計画通りに犯人がただそこに「居ないだけ」の長編だったなら、『乱れからくり』はここまでの傑作にはならなかっただろう（事実、「最初の死者が犯人」という構図だけ取り出すなら、イギリスの推理作家Aが一九三二年に達成している。アガサではない）。

ならば、『乱れからくり』を傑作たらしめたのは何か？

それこそ、泡坂の技術であり、演出――つまり、奇術師の「トリック」なのである。

『乱れからくり』は一九七七年幻影城から刊行され、一九七九年角川文庫、一九八八年双葉文庫に収録された作品です。

著者紹介　1933年東京生まれ。奇術師として69年に石田天海賞を受賞。75年「DL2号機事件」で幻影城新人賞佳作入選。78年『乱れからくり』で第31回日本推理作家協会賞、88年『折鶴』で第16回泉鏡花文学賞、90年『蔭桔梗』で第103回直木賞を受賞。2009年没。

検印
廃止

乱れからくり

1993年9月24日　初版
2022年4月8日　17版
新装版　2024年7月12日　初版

著者　泡《あわ》坂《さか》妻《つま》夫《お》

発行所　(株)東京創元社
代表者　渋谷健太郎

162-0814/東京都新宿区新小川町1-5
電話　03·3268·8231-営業部
03·3268·8204-編集部
URL　http://www.tsogen.co.jp
DTP　工友会印刷
暁印刷・本間製本

ISBN978-4-488-40230-3　C0193

泡坂ミステリの出発点となった第1長編

THE ELEVEN PLAYING-CARDS◆Tsumao Awasaka

11枚のとらんぷ

泡坂妻夫

創元推理文庫

◆

奇術ショウの仕掛けから出てくるはずの女性が姿を消し、
マンションの自室で撲殺死体となって発見される。
しかも死体の周囲には、
奇術小説集「11枚のとらんぷ」で使われている小道具が、
毀されて散乱していた。
この本の著者鹿川は、
自著を手掛かりにして真相を追うが……。
奇術師としても高名な著者が
華麗なる手捌きのトリックで観客＝読者を魅了する、
泡坂ミステリの長編第１弾！
解説＝相沢沙呼